MERANO FATALE

Elisabeth Florin wuchs in Süddeutschland auf; ihre journalistische Laufbahn begann sie in den 1980er Jahren bei der RAI in Bozen. Von den Menschen in Südtirol und ihrer Geschichte fasziniert, verbringt sie seither viel Zeit in Meran und Umgebung, meistens in Begleitung ihres Mannes und ihres kleinen Hundes. Sie arbeitete fünfundzwanzig Jahre lang als Finanzjournalistin und Kommunikationsexpertin in Frankfurt am Main. www.elisabethflorin.de

ELISABETH FLORIN

MERANO FATALE

Kriminalroman

emons:

Bibliografische Information der Deutschen Nationalbibliothek
Die Deutsche Nationalbibliothek verzeichnet diese Publikation
in der Deutschen Nationalbibliografie; detaillierte bibliografische
Daten sind im Internet über http://dnb.d-nb.de abrufbar.

© Emons Verlag GmbH
Alle Rechte vorbehalten
Umschlagmotiv: shutterstock.com/Sonja Filitz
Umschlaggestaltung: Nina Schäfer
Gestaltung Innenteil: DÜDE Satz und Grafik, Odenthal
Lektorat: Carlos Westerkamp
Druck und Bindung: CPI – Clausen & Bosse, Leck
Printed in Germany 2024
ISBN 978-3-7408-1710-7
Originalausgabe

Unser Newsletter informiert Sie
regelmäßig über Neues von emons:
Kostenlos bestellen unter
www.emons-verlag.de

Im kalten Herzen gefriert die Treu.

William Shakespeare,
»König Heinrich VIII.«, 1623

Tag 1 – Hundert Prozent Desaster

Meran, Kornplatz
Donnerstag, 23. März, gegen 17 Uhr

Unheilverkündend blitzt die Klinge in der Nachmittagssonne.
»Halt endlich still. Ich tu dir doch nichts.«
Lügen, nichts als Lügen.
Die rothaarige Dame mittleren Alters keucht vor Entsetzen.
Sie weicht zurück und duckt sich, aber es gibt kein Entrinnen.
Sie sind zu zweit.
Der Ältere packt sie mit einer Hand am Kinn, mit der anderen greift er nach ihrem Hals.
Aber die Rothaarige hat ihre Manieren auf den Straßen Merans gelernt. Nicht umsonst wird sie von allen, die sie kennen, die Wilde Hilde genannt.
Geschickt nutzt sie das Überraschungsmoment und zwickt den Älteren in den Finger.
»Autsch!« Ispettore Emmenegger steckt den blutenden Daumen in den Mund. Von einem gotteslästerlichen Fluch begleitet, fliegt die Schermaschine in hohem Bogen durch Emmeneggers Wohnzimmer.
Die Hündin öffnet das Maul. Es ertönt ein lang gezogener, Gänsehaut erregender Ton.
»Schau, was du angerichtet hast. Jetzt weint sie.« Der dreiundzwanzigjährige Paul Tschugg ist Schauspieler am Meraner Stadttheater – und selbst ernannter Hundeflüsterer.
Ispettore Emmenegger seufzt. Er hat die beiden geerbt: die Hündin von einem Mordopfer. Und Paul von seinem Vorgänger im Amt. Der hatte es sich zur Aufgabe gemacht, sich um den Jungen zu kümmern: ohne intakte Familie, als Teenager schwer erziehbar. Hinter seinem jungenhaften, gut aussehenden Äußeren schlummern skurrile Eigenheiten.
Emmenegger muss zugeben, dass sich Paul in den letzten

Jahren rausgemacht hat. In seiner von Macken und aberwitzigen Ideen gebeutelten Seele steckt eine derart geballte Wucht Talent, dass den Direktoren der Theaterverwaltung nichts übrig blieb, als dem Jungen eine Chance zu geben. Seit dem Ende seiner Schauspielausbildung gehört Paul Tschugg zum festen Theaterensemble – bis zum Jahresende allerdings auf Probe.

In neun Monaten kann so gut wie alles passieren. Der Gedanke lässt Emmenegger schaudern.

***

Von Pauls Hand baumelt jetzt der Gürtel von Emmeneggers heiß geliebtem Bademantel, einem flaschengrünen Relikt aus den neunziger Jahren.

»He, was soll das?«

»Wir müssen sie mit irgendwas festbinden, sonst wird das nichts.«

»Aber nicht damit!«

»Jetzt stell dich nicht so an, alter Mann.«

Paul geht vor Hilde in die Hocke und schaut ihr in die braunen Triefaugen.

»Hilde, meine Süße. Dein Herrchen«, Paul deutet auf Emmenegger, »geht mit dir auf ein großes Fest. Dafür müssen wir dich supi-supi-schön machen. Okidoki?«

Hilde guckt von einem zum anderen, in ihren Augen steht Abscheu. Sie schüttelt sich.

Das würde Emmenegger am liebsten auch tun.

Die alljährliche Frühjahrsparty, von der Paul spricht, findet kurz vor Ostern im Haus von Emmeneggers Schwiegereltern in spe statt. Diesmal soll es ein besonders glamouröses Fest werden, denn der Termin fällt mit ihrem Hochzeitstag zusammen.

Die Party besteht aus albernem, geckenhaftem Angeber-Gequatsche reicher Leute, die Emmenegger nicht kennt und auch nicht kennen will. Und aus hochgestochenem Essen in

Mini-Portionen, von denen kein Mensch satt wird, auf Mini-Tellern aus teurem Porzellan. Und zu allem Überfluss sind da diese hochmütig dreinschauenden Kellner, die jeden ohne Designerklamotten von oben herab behandeln.

»Wie wär's denn diesmal zum Beispiel mit geselchtem Haxenfleisch und ein paar zünftigen Käseknödeln?« Doch die einzige Ernte, die Emmenegger mit dieser kulinarischen Anregung eingefahren hatte, war die ironische Miene von Eva, seiner Angebeteten.

Außerdem, und das ist das Schlimmste, wird auf diesem Fest getanzt. In diesem Umfeld ist es einem Mann nicht vergönnt, in Ruhe sein Bier zu trinken. Die Frauen sind ganz verrückt nach der Tanzerei. Ständig juchzt eine: »Damenwahl!«

Jeder vernünftige Mann würde einen Bogen um so eine Party machen.

Eva hat ihm allerdings deutlich vermittelt, dass für ihn Anwesenheitszwang herrscht. Und weil Hilde nicht so lange allein bleiben kann, muss sie mit.

Das Problem sind die Kellner. Hilde mag keine Schwarzbefrackten. Eilt einer vorbei, pflegt sie unter dem Tisch hervorzustürzen und den Nichtsahnenden am Hosenbein zu packen. Das Resultat ist immer das Gleiche. Das Opfer zuckt zusammen. Das Tablett gerät ins Schwanken. Biergläser und Teller fliegen durch die Luft. Alles endet in einer Schweinerei auf dem Boden.

Auch diesmal ist es so gut wie sicher, dass etwas passieren wird. Hilde ist ein Hund mit hundert Prozent Desaster-Garantie. Mit ihr als Partygast dürfte das lauwarme Verhältnis zwischen Emmenegger und Evas Eltern unaufhaltsam Richtung Eisberg driften, wie weiland die »Titanic«.

Wie lange sich das chinesische Porzellan und die Kristallgläser der Marthalers noch des Lebens erfreuen dürfen, steht in den Sternen.

»Am besten sage ich den Kellnern, sie sollen in Skistiefeln antreten«, sagte Eva, und es war nur zum Teil scherzhaft gemeint.

»Hilde hat das Herz auf dem rechten Fleck.« Wie immer sprang Paul der Hündin bei. »Sie hat viel durchgemacht. Der alte Mann und ich sind ihre Familie. Sie will uns nur beschützen.«

Eva weiß über Hildes Vergangenheit Bescheid, die so ähnlich ist wie die von Paul. Was blieb ihr übrig, als nachzugeben? Unter der Bedingung, dass die Hündin manierlich aussieht, soweit möglich, und olfaktorisch unauffällig ist.

∗∗

»Wir heben sie auf den Tisch«, sagt Paul. »Fass mit an. Du nimmst sie an den Hinterbeinen.«

»Hast du sie noch alle? Auf meinen Esstisch?«

Paul zuckt die Achseln. »Siehst du hier einen anderen?«

»Aber nicht ohne Handtuch drunter!«

Das Handtuch, das Paul herbeischafft, entpuppt sich als das letzte flaschengrüne seiner Art. Wieder eins von Emmeneggers Lieblingsstücken. Eva hat schon mehrfach versucht, es zu entsorgen, hat sich aber erwischen lassen. Vielleicht werden sie und Hilde doch noch beste Freundinnen.

Als Hilde auf dem Tisch sitzt, kratzt sie sich ausgiebig. Paul grinst. »Sollten wir beim Baden nicht alle Flöhe erwischt haben?« Als er Emmeneggers Miene sieht: »War ein Scherz.«

Er guckt hoch zur Deckenlampe, in seinen Augen steht eine Paul-typische Mischung aus gewiefter Spekulation und engelsgleicher Reinheit. Emmenegger ahnt Böses.

»Das lässt du schön bleiben!«

Doch Paul hat bereits den Gürtel um die schwere Pendelleuchte geschwungen und die Enden um den Bauch der Hündin verknotet.

Hilde in flaschengrünem Bademantel-Gürtel-Geschirr hängt mit einer Art Seilzug an der Küchenlampe. Vielleicht ist die Konstruktion einen Hauch weniger professionell als in einem Hundesalon.

Was Paul in der Hitze des Gefechts vergessen hat: Emmeneggers Küchenfenster, das auf den Kornplatz hinausgeht, steht weit offen. Auf dem Kornplatz versammeln sich immer Tauben.

Kellner sind für Hilde Bösewichter niedriger Stufe, leicht zu verjagen. Tauben sind Erzfeinde. Abgesandte der Hölle. Und schon lässt sich eine davon mit provokantem Flügelschlagen auf Emmeneggers Fensterbrett nieder. Eine Kriegserklärung!

Hilde zögert keine Sekunde. Dreißig Kilo Lebendgewicht machen einen Satz nach vorn. Ein Ruck, ein Knirschen – die Befestigung der Lampe reißt aus der Decke. Mit lautem Scheppern landet das Ensemble aus Chrom, Drähten und Dübeln auf Emmeneggers sorgsam polierter Tischplatte. Eine Glühbirne zerbirst, Glasscherben spritzen umher. Die Hündin wirft sich ins Geschirr, hechtet hinunter auf den Boden, rast zum Fenster – und zieht die Lampe samt Aufhängung hinter sich her.

Die Taube ist weg. Hilde steht mit den Vorderbeinen auf dem Fensterbrett und bellt sich die Seele aus dem Leib. Passanten schauen hoch und schütteln die Köpfe. Hildes Augen sind wild verdreht.

»Armes Mädel. Du musst dich nicht immer so aufregen.« Paul tätschelt Hilde den Kopf und schließt das Fenster.

Desaster-Garantie, hundert Prozent.

Wie gelähmt steht Emmenegger da und starrt seinen Tisch an. Die tiefen Kratzer sehen aus, als wäre ein Tyrannosaurus Rex drübermarschiert.

In das Chaos hinein läutet das Telefon.

Mord mit Herz

Café Unterweger am Tappeinerweg. Oberhalb Merans
Zur gleichen Zeit

Rosalinde Herzinger, von allen nur die Herz-Rosie genannt, stellt ein Tablett mit leeren Gläsern auf dem Tresen ab. Ihr Rückgrat brennt wie die Hölle. Vorsichtig streckt sie den Rücken durch.

Gott sei Dank, bald Feierabend. Nach dem Ansturm heute spürt Rosie jeden Knochen im Leib. Das Wetter ist herrlich und Meran voller Urlauber, die über den Tappeinerweg spazieren und dann hier, im Café Unterweger, einkehren. Alle wissen, wie gemütlich es sich inmitten von Zitronen- und Olivenbäumchen Brotzeit machen lässt.

Und der Ausguck von der Terrasse sucht wirklich seinesgleichen: Der Blick schweift über die Weinberge zum kleinen, romantisch zwischen Obstplantagen eingebetteten Dorf Gratsch. Dann hinüber zur Festung Thurnstein und weiter ins Etschtal hinein. Über allem thront majestätisch die Mutspitze, der Hausberg von Meran.

Rosie schaut in die Runde. Noch zwei Tische besetzt. Tisch vier, eine Familie mit zwei Kindern, zahlt gerade bei ihrer Kollegin.

Am Tisch eins, ganz vorn in der Ecke, sitzt ein einzelner Herr.

Rosie kennt ihn, wie man einen Stammgast kennt, der jedes Jahr hierherkommt. Meistens ist er allein, manchmal mit einer Frau. Rosie ist aufgefallen, dass die Damen wechseln. Offenbar ist er nicht verheiratet.

Wie immer ist der Mann wie aus dem Ei gepellt, die Kleidung war teuer, das sieht man. Trotzdem behandelt er die Herz-Rosie immer freundlich, nicht so überheblich wie die meisten mit Geld.

Sie schätzt ihn auf Anfang fünfzig, ein paar Jahre jünger als sie. Höchstens zehn. Also – ungefähr gleich alt.

Soll sie sich ein Herz fassen und hinübergehen? Ihn fragen, ob er vielleicht noch etwas möchte?

Vielleicht würde er sie auffordern, ein Glas mit ihm zu trinken, jetzt, wo das Lokal praktisch leer ist.

Nun steht sie am Tisch.

Merkwürdig, wie er dasitzt. So zusammengesunken. Hoffentlich ist ihm nicht schlecht geworden. Vorsichtig berührt Rosie ihn an der Schulter. Da kippt der Mann nach vorn. Im Fallen wirft er sein Weinglas um. Rote Flüssigkeit tropft auf Rosies Zehen, die aus ihren Gesundheitssandalen herausschauen.

Die Herz-Rosie will schreien, aber es kommt nur ein Keuchen aus ihrem Mund.

Irgendwo muss man sterben

Kornplatz, Meran. Kommissariat der Polizia di Stato
Wenig später

»Eigentlich hätten wir beide ab Montag Urlaub. Was meinst
du: Soll ich versuchen, den Fall an die Carabinieri abzugeben? Seit seiner Beförderung zum Dienststellenleiter ist Pitti
mächtig scharf drauf, sich zu profilieren.« Die Frage gilt Emmeneggers Kollegin und einziger Mitarbeiterin.

Als Leiter der Meraner Mordkommission kann Emmenegger so was allein entscheiden, aber zu viel Übermut hat
schon Ikarus nicht überlebt. Eva Marthaler ist nämlich nicht
nur seine Kollegin, sondern seit einem Jahr auch seine Lebens-
partnerin. Da heißt es bei der Zusammenarbeit: Augen auf an
der Bahnsteigkante.

»Das geht auf keinen Fall!« Eva schüttelt den Kopf, dass
die dunkelroten Locken fliegen. »Carabiniere Pitti ist schon
in Ordnung, aber sein Team in Meran-Mitte besteht zurzeit
bloß aus zwei Schwachköpfen.«

Wohl wahr. Patrici und Conelli finden nicht mal den Dreck
unter den eigenen Schuhen.

»Außerdem«, führt sie ins Feld, »ist der Mord auf der Terrasse vom Unterweger passiert. Jede Wette, dass der Tote ein
Urlauber ist!«

Feriengäste als Mordopfer sind im Meraner Tourismus-
marketing nicht vorgesehen. Meran ist stolz auf seine romantische Atmosphäre, die verträumten Gassen und lauschigen
Promenaden, wo man selig die Zeit vergessen kann. Gewalt-
verbrechen? Die passieren anderswo.

Und wenn doch, dann muss der Täter hinter Schloss und
Riegel, und zwar pronto, sonst treten die Politiker auf den
Plan. Menschen, die Emmenegger ungefähr so gernhat wie
die Wilde Hilde Tauben.

Erst neulich hat Polizeichef Branga, der unentwegt auf Facebook und X unterwegs ist und neuerdings auch per Instagram postet, in einem Co-Artikel mit seinem Schwiegervater, einem bekannten Politiker, Meran zur verbrechensfreien Zone erklärt. So etwas Ähnliches hat er schon mal gemacht. Dummerweise ist damals kurz danach ein Mord geschehen, genau wie jetzt.

Emmenegger grinst. »Irgendwo sitzt ein hinterhältiges Teufelchen, das dem Chef eins auswischen will.«

»Das ist kein Teufelchen«, witzelt Eva. »Das ist der Schutzengel der Mordermittler. Stell dir bloß vor, der Chef hätte recht!«

Eva hört sich nicht sonderlich traurig an, weil der Urlaub ausfällt. Stattdessen erwartungsvoll und ein bisschen aufgeregt. Emmenegger geht es genauso. Es ist ihr erster Mordfall nach längerer Zeit, in der sich außer einer Flut von Aktennotizen aus Rom nicht viel ereignet hat.

Im Stillen gratuliert Emmenegger dem Toten zu seinem verhängnisvollen Entschluss, nach Meran zu fahren. Irgendwo muss man schließlich sterben. Es gibt schlechtere Orte als den Unterweger.

Pfeifend greift der Ispettore nach dem Motorradschlüssel und wirft Eva den zweiten Helm zu.

Cherchez la femme

Café Unterweger am Tappeinerweg
18 Uhr

Vor dem Eingang zum Café Unterweger hat sich eine Menschentraube gebildet. Die Leute stehen auf den Zehenspitzen und versuchen, über die Hecke zu spähen. Ein paar tuscheln miteinander.

Emmenegger seufzt. Die Segnungen von WhatsApp, Twitter und Co. »Ich vermute, eine der Kellnerinnen hat das Wasser nicht halten können. Hoffen wir mal, dass sie kein Foto der Leiche ins Internet gestellt hat.«

»Was wollen die bloß hier? Es gibt doch nichts zu sehen.«

»Das ist denen egal. Je weniger man sieht, desto grusliger kann man es sich ausmalen.«

Vor der Tür steht der Carabiniere Patrici. Er ist der große Schweiger des unsäglichen Duos der Station Meran-Mitte, in Insiderkreisen auch als Pat und Patachon bekannt. Er starrt über Emmenegger hinweg, als halte er vor dem Buckingham Palace Wache. Bloß dass dem König solche Ohrfeigengesichter bestimmt nicht vors Schloss kommen.

Patrici hat abstehende Ohren, eine gebrochene Nase und rot unterlaufene Augen wie ein Bernhardiner.

»Guten Morgen, Kollege«, sagt Eva mit zuckersüßer Stimme. »Sei so nett und lass uns durch.« Patrici rührt sich keinen Zentimeter.

Emmenegger greift nach seinem Handy. »Gib die Tür frei, Pat. Oder soll ich den Chef anrufen?«

In Patricis Miene zucken Blitze, als er seinen Spitznamen hört, aber er tritt zur Seite.

***

Am Tatort ist die Hölle los.

Jemand brüllt Anweisungen. Arnold Kohlgruber, Leiter der Meraner Spurensicherung, ist wie üblich der Meinung, alle außer ihm wären begriffsstutzig und taub. Wie immer tun seine Leute so, als hörten sie ihn nicht.

Kohlgruber ist gar nicht mal so unbeliebt, aber ständig Zielscheibe von Spott und derben Scherzen.

In grüner Schutzkleidung und mit Pinzetten und Plastikbeuteln zur Beweissicherung ausgestattet, nehmen seine Mitarbeiter gerade die letzten Proben innerhalb eines abgesperrten Areals um die Leiche.

Zwei Serviererinnen stehen an der Bar und rauchen.

Ansonsten ist das Lokal leer.

Gerade hat Kohlgruber Eva und Emmenegger bemerkt. Schon stürzt er auf sie zu. Eva raunt Emmenegger ins Ohr: »Achtung, Kohli-Bakterium im Anmarsch. Ich nehme schon mal Zeugenaussagen auf.«

Und weg ist sie. Emmenegger würde auch gern ausbüxen, aber es ist zu spät.

»Ich weiß schon, was hier passiert ist«, schallt es ihm entgegen.

War ja klar. Emmenegger verdreht die Augen.

Arnold Kohlgrubers Steckenpferd sind Tathergangsanalysen, seiner Meinung nach die hohe Kunst jeder Mordermittlung. Zuständig ist für so was die Mordkommission, also Emmenegger, aber das ist Kohlgruber einerlei. Er glaubt nämlich fest daran, dass er mit einer besonderen Begabung gesegnet ist.

Erst neulich hat er Emmenegger in einem schwachen Moment erzählt, dass er bereut, nicht selbst Kriminaler geworden zu sein.

Seither dankt Emmenegger seinem Herrgott jeden Tag dafür, dass der das verhindert hat.

Meistens trompetet Kohlgruber seine Theorie überall herum. Dann werden im gesamten Polizeihaus Wetten mit Geldeinsatz abgeschlossen, ob er ausnahmsweise richtigliegt.

Auch ein blindes Huhn – Meistens laufen sie allerdings haushoch gegen ihn. Gottlob weiß Kohlgruber nichts davon.

»Es war Selbstmord. Ihr könnt gleich wieder gehen.«
Überrascht starrt Emmenegger den Spusi-Chef an. »Wie kommst denn auf so was, Arnold?«
Kohlgruber deutet hinüber zu der zusammengesunkenen Gestalt. »Erst mal hat er keine äußeren Verletzungen.«
»Jetzt hör aber auf. Du weißt doch selber, dass manche Stichwunden winzig sind. Außerdem …«, Emmenegger schaut hinüber zu der Leiche, »… stand irgendwas auf dem Tisch?«
»Ein Glas Rotwein, das umgekippt ist.«
»Und?«
Schnauben. »Wir haben natürlich Fingerabdrücke gesichert. Der Rest von dem Wein ist unterwegs ins Labor. Verschwendung von Steuergeldern.«
»Ich verstehe nicht, wieso du dich auf Selbstmord versteifst.«
»Schau ihn dir gleich mal an. Er sieht furchtbar mitgenommen aus.«
»Was hast du denn erwartet – das blühende Leben?«
Kohlgruber wedelt den Einwand mit einer Handbewegung fort. »Ja, tot ist er schon, aber ich meine was anderes. Ich wette, er hatte was Unheilbares.«
»Also wirklich!«
»Du musst dich reinversetzen in die Menschen, Emmenegger. Der Mann sieht nach der Diagnose den ganzen Jammer vor sich, fährt ein letztes Mal nach Meran und –«
»Und knipst sich das Licht auf der Sonnenterrasse vom Unterweger aus, in Anwesenheit von fünfzig Touristen, die Sahnetorten futtern?«
Kohlgruber schmollt. »Du bist immer so negativ. Vielleicht wollte er einfach ein bisschen Gesellschaft am Ende.«
»Hast du mal an dem Rest von dem Rotwein gerochen?«
Kohlgruber verzieht angeekelt das Gesicht. »Bei meiner empfindlichen Nase?« Neuerdings hat sich der Spusi-Chef

wunde Schleimhäute zugelegt.«»Igor hat das gemacht.« Igor ist Kohlgrubers bester Mann. »Es roch bloß nach Rotwein, sagt er.«

»Seid ihr mit dem Toten durch? Kann ich rüber?«

»Igor!«, schreit Kohlgruber im Falsett.

Der stemmt sich hoch und hebt den Daumen.

»Geldverschwendung«, meckert Kohlgruber schon wieder. »Der Mann hat irgendwas genommen, was schnell …«

Er spricht ins Leere. Emmenegger steht bereits neben dem Toten.

***

Der Mann trägt einen hellen Sommeranzug. Dezent und elegant. Im Kragen ist das Etikett eines bekannten Meraner Herrenschneiders eingenäht.

Vorsichtig greift Emmenegger in die Sakkotasche des Toten. Eine Brieftasche. Eine grüne Kreditkarte von American Express. Ein Ausweis mit einem Namen und einem Ort. Ulrich Brünner aus Frankfurt am Main.

In einer Brusttasche steckt eine goldene Karte mit Magnetstreifen, vermutlich eine Zimmerkarte. In der anderen ein schwarzes Handy von Motorola, ein altmodisches Gerät, mit dem man nur telefonieren kann.

Nirgendwo ein Tablettenröhrchen oder Blister. Emmenegger hat gelernt, auf sein Bauchgefühl zu hören. Und das sagt ihm: Das hier war kein Selbstmord.

Eva tritt neben ihn.

»Hilf mir mal.« Gemeinsam nehmen sie den Toten bei den Schultern, aber er lässt sich nicht aufrichten. Die Leiche ist starr und steif.

»Eine der Kellnerinnen sagt, dass er zusammengesunken dasaß. Als sie ihm auf die Schulter getippt hat, kippte er vornüber«, berichtet Eva.

»Da waren die Muskeln also noch beweglich.« Emmenegger. »Der Tod kann nicht lange davor eingetreten sein.

Warten wir ab, was unsere hochverehrte Frau Dr. Landers dazu sagt. Wenn die Dame geruht aufzutauchen.« Gerichtsmedizinerin Landers ist für ihre Faulheit und Überheblichkeit bekannt. Aber über die reißt keiner im Polizeihaus Witze.

Am linken Handgelenk des Toten blinkt eine schlichte silberne Uhr mit eingekerbten Rillen auf der Lünette.

»Das ist eine Uhr mit Handaufzug«, sagt Eva mit sachkundiger Miene. »Mein Vater hat auch so eine von früher, aber die trägt er nie.«

»So was gibt's noch?«, staunt Emmenegger. Plötzlich empfindet er Respekt für den Toten, der offenbar ein altmodischer Mensch mit einem Sinn für klassische Schönheit war.

Er geht in die Hocke, um dem Toten ins Gesicht zu sehen. Der Mann ist Anfang, Mitte fünfzig, ungefähr im gleichen Alter wie er selbst. Silbergraue Haare, am Oberkopf zurückgekämmt, im Nacken kurz geschnitten.

Unwillkürlich zwirbelt Emmenegger seine braungrauen Strähnen, die für einen Mann im Staatsdienst viel zu lang sind.

Er versteht jetzt, wie Kohlgruber zu seiner Selbstmordtheorie kommt. Die Wangen des Toten sind hohl. Unter den Augen liegen dunkle Schatten.

Trotzdem wirkt der Mann nicht so, als wäre er krank gewesen. Die feinen Linien um den Mund sehen aus, als hätten sie sich erst kürzlich gebildet. Die weißen Lachfältchen in dem von der Meraner Sonne gebräunten Gesicht erzählen dieselbe Geschichte.

Ein Mann mit Humor. Aber dann, vor nicht allzu langer Zeit, kamen Schmerz oder Trauer.

Unter buschigen Brauen starren braune Augen ins Leere. Sie verraten nichts, aber das ist nie der Fall.

Wie immer ist Eva ehrfürchtig, fast ein bisschen kleinlaut, wenn sie dem Tod begegnet. Leise sagt sie: »Er hat ziemlich gut ausgesehen, findest du nicht?«

»Irgendwie erinnert er mich an Gregory Peck.«

Emmeneggers Vorgänger hatte ein Faible fürs Hollywood-Kino, und ein bisschen davon hat im Laufe ihrer langjährigen Zusammenarbeit auf Emmenegger abgefärbt.

Eva runzelt die Stirn. »Gregory… Peck? Wer ist denn das?« In manchen Augenblicken fühlt sich der Altersunterschied von siebzehn Jahren zwischen Eva und ihm an wie ein Roman, der nie geschrieben wurde.

»Gregory Peck war ein berühmter amerikanischer Filmschauspieler in den fünfziger, sechziger Jahren. Meistens hat er aufrechte Männer gespielt, denen irgendwas Schicksalhaftes zustieß.«

»Den muss ich bei Gelegenheit mal googeln.«

»Irgendwas Interessantes vonseiten der beiden Kellnerinnen?«

»Der Tote war Stammgast, er kam in den letzten Jahren immer wieder ins Café«, antwortet Eva. »Heute war eine Frau in seiner Begleitung. Irgendwann ist sie gegangen. Der Mann hat noch eine Weile allein dagesessen. Gegen halb fünf hat eine der beiden Bedienungen gesehen, wie er am Tresen vorbei in Richtung Toilette ging.«

»Das war alles?«

»Ich hab's erst einmal dabei belassen. Du willst ihre Aussage sicher auch hören und bestimmt nicht die Wiederholung.«

»Da hast du recht. Ich komme gleich.«

***

Was hat Emmeneggers Vorgänger, Commissario Pavarotti, stets gesagt? »Blenden Sie die Gegenwart aus. Reisen Sie zurück in der Zeit. Dann geschieht der Mord erneut, direkt vor Ihren Augen.«

Er schließt die Augen. Und siehe da, die Geräusche der Spurensicherung, die ihre Sachen zusammenpackt, klingen ab. Evas Stimme, die in der Ferne mit einer Kellnerin redet, wird zu einem Flüstern. Kohlgrubers Tiraden verstummen.

Stattdessen hört er Tellergeklapper, Lachen und Kindergeschrei. Geschäftige Schritte von Kellnerinnen, die hin und her laufen.

Emmenegger sieht Ulrich Brünner, wie er sich nach einer Frau umdreht, die Richtung Ausgang eilt. Er beobachtet ihn, wie er aufsteht und in Richtung Toilette verschwindet.

Der Tisch ist verlassen. Nur das Weinglas steht da. Niemand achtet darauf.

Da ist jemand. Die Person geht vorüber. Sie streckt die Hand aus und schüttet etwas ins Glas. Nur ein Augenblick, dann ist es getan.

Doch eine Chance, dass jemand etwas beobachtet hat, gibt es immer.

***

Emmenegger tritt an die Theke, zu Eva und den beiden Serviererinnen.

Rosie Herzinger, die Übeltäterin mit dem Posting im Internet, schaut betreten drein. Sie würde ihren Lapsus liebend gern wiedergutmachen. Aber als Emmenegger fragt, ob sie ein paar Gäste des heutigen Nachmittags mit Namen kennt, muss sie passen.

»Es waren viele junge Ehepaare mit Kindern da, die ich vorher noch nie gesehen hab«, sagt sie. »Und auch die älteren Herrschaften kannte ich nur vom Sehen. Wie die heißen und wo die abgestiegen sind – keine Ahnung. Tut mir so leid.«

Emmenegger fragt nach Zahlungen per Kreditkarte.

Rosie zieht den Computer zurate. Wie sich zeigt, haben nur zwei Parteien eine Karte benutzt. »Ich erinnere mich an die. Das waren Familien mit Kindern.«

Unwahrscheinlich, dass der Täter unter ihnen ist. Trotzdem. »Drucken Sie mir bitte die Belege aus.«

»Die Elli hier«, Rosie stupst die junge Frau neben ihr in die Seite, »hat am Tisch von dem armen Mann bedient.«

Elli ist Aushilfe und ungefähr so gelangweilt wie ahnungslos. Von ihr ist nur zu erfahren, was ihr Bestellzettel hergibt: Tisch eins. Ein Viertel Vernatsch. Ein Cappuccino.

»Die Elli schaut den Leuten eh nie ins Gesicht, sondern bloß aufs Trinkgeld«, lästert Rosie.

Elli schmollt, und Emmenegger schickt die junge Frau nach Hause.

»Bleiben wir doch noch einen Augenblick bei Ihnen, Frau Herzinger.« Emmenegger ist kein Süßholzraspler, aber er stürzt sich ins Getümmel. »Auch wenn Sie nicht am Tisch des Toten bedient haben, eine erfahrene Kellnerin wie Sie hat die Augen doch überall.«

Die Rosie lächelt verschämt und wirft Emmenegger einen schmelzenden Blick zu.

»Na ja, der arme Mann ist so gegen vier gekommen«, sagt Rosie. »Genau weiß ich es nicht, weil der Teufel los war. Er hat mir zugewinkt und ist mit der Dame zu seinem Tisch.«

»Haben Sie die Frau schon mal gesehen?«

»Ja, ich glaube, die war schon ein paarmal mit ihm bei uns im Lokal.«

»Wie sah sie denn aus?«

»Elegant war sie …«, sagt Rosie schmachtend. »Sie trug eine dunkle Sonnenbrille, so eine mit riesigen Gläsern. Und sie hatte einen schwarz-weißen Hut mit breiter Krempe auf. Sie hat jedes Mal einen Hut getragen, glaub ich. Wegen der Sonnenbrille und dem Hut hab ich vom Gesicht nicht viel sehen können. Nur, dass ihre Lippen knallrot geschminkt waren.«

Sauber. Emmenegger überlegt, wie viele elegant gekleidete Frauen mit Sonnenbrillen von Armani oder Versace sich derzeit in Meran aufhalten. Ein paar tausend?

»Hatte der Tote reserviert?«, will Eva wissen.

Rosie nickt eifrig. »Er hatte den Tisch seit letzter Woche gebucht. Immer Dienstag und Donnerstag, vier Uhr.«

»Bestimmt haben Sie ein paar Worte aufgeschnappt, was der Tote mit der Frau beredet hat.« Eva.

Rosie fährt hoch, ihre Wangen brennen.

»Glauben Sie etwa, ich belausch unsere Gäst?«

»Ganz bestimmt nicht«, legt sich Emmenegger ins Mittel. »Meine Kollegin hat sich vielleicht ein bissel missverständlich ausgedrückt.«

Das Schnauben neben ihm lässt nichts Gutes ahnen.

»Der Tisch direkt hinter dem des Toten war Ihrer, hab ich recht?«

Rosie Herzinger nickt, ihre Stirn ist gerunzelt.

»Ich denk mir, dass Sie vielleicht kassieren mussten. Wenn zwei Meter entfernt gesprochen wird, dann lässt es sich nicht vermeiden, dass man was hört. Das ist was anderes als lauschen.«

»Das stimmt schon«, sagt Rosie, etwas besänftigt. »Aber da war – Moment.« Ihre Augen funkeln vor Aufregung. »An dem Tisch, von dem Sie sprechen, hat ein älteres Ehepaar gesessen. Die haben sich bei mir beschwert. Die Milch in ihrem Cappuccino wäre sauer. Pffft!«, macht Rosie empört. »Bei uns ist alles ganz frisch! Jedenfalls hab ich mich umgedreht, um zwei neue zu holen, und in dem Moment steht die Elegante auf. Sie hatte immer noch ihre Sonnenbrille auf der Nase, aber trotzdem hab ich gesehen, dass ihr Tränen die Wangen hinuntergelaufen sind. Meine Güte«, Rosie schlägt die Hand auf den Mund, »um ein Haar hätte ich das vergessen!«

»Das haben Sie gut beobachtet«, sagt Emmenegger lächelnd. »Ist die Dame noch einmal zurückgekommen?«

»Glaub ich nicht. Aber hundertprozentig sicher bin ich nicht. Kurz darauf hat die Elli, das ungeschickte Madl, ein Tablett mit Weizenbiergläsern fallen lassen, und ein Kind hat einen Schwall Bier ins Gesicht gekriegt. Der Kleine hat geschrien wie am Spieß. Der Boden war klitschnass und voller Scherben. Ich bin in die Küche gerannt, um Schaufel und Besen und ein paar Handtücher zu holen. Auf dem Rückweg ist mir der Herr Brünner entgegengekommen, als er Richtung Toilette ging. Von dem, was danach an seinem Tisch passiert ist, hab ich nichts mehr mitgekriegt. Außer später, als er dann tot war.«

✳✳✳

Beim Hinausgehen sagt Eva spitz: »Ich hab gar nicht gewusst, dass du einer bist, der den Frauen schöntut.«
Emmenegger schickt ein stilles Stoßgebet zum Himmel. »Manchmal hilft ein bisschen Schöntun. Aber du hast ja gesehen, wie ungeschickt ich mich dabei anstell.«
Eva wirft ihm einen scheelen Blick zu. »Hast du mir auch schon mal schöngetan?«
»Das hättest du doch sofort gemerkt.«
»Also bloß deshalb nicht.« Auf Evas Gesicht liegt ein ironisches Lächeln. In ihren Augen stehen tausend Fragen. Das ist einer dieser Momente zwischen ihnen, der Emmenegger Angst macht.
Er nimmt Evas Hand. »Du musst nicht jedes Wort abwiegen, das ich sag, mein Engel. Ich kann die Sätze nicht immer so schön drechseln, dass sie glatt und geschmeidig daherkommen. Aber ich mein es ehrlich, und ich dachte immer, das weißt du auch.«
Eva ist jung, hübsch und stammt aus reichem Haus. Alle Männer, die Augen im Kopf haben, schauen ihr hinterher. Sie kann jeden haben. Was findet sie ausgerechnet an ihm? Er ist dreiundfünfzig und immer noch nicht Commissario. Seit zwei Jahren drückt er sich vor der Prüfung, aus Angst, sie zu vermasseln.
Vielleicht hat Eva eingesehen, dass sie im Begriff ist, sich an den Falschen zu binden. Vielleicht sind die kleinen Scharmützel, die sich in letzter Zeit zwischen ihnen abspielen, ein Zeichen dafür.
Plötzlich stellt sich Eva auf die Zehenspitzen und gibt ihm einen Kuss. »Jetzt schau nicht so! Ich hab bloß Spaß gemacht!«
Emmenegger fällt ein Stein vom Herzen, aber ein bisschen Beklommenheit bleibt stecken.

Eva ist bereits wieder beim Fall – und Feuer und Flamme. »Wenn wir zurück im Kommissariat sind, lege ich als Allererstes die Mord-Akte an. Viel haben wir ja noch nicht. Pech, das mit den Biergläsern. Sonst hätte die Rosie Herzinger bestimmt noch mehr mitbekommen.«

»Es könnte Absicht gewesen sein.«

Eva reißt die Augen auf. »Du meinst, der Mörder hat das Glas umgestoßen, um Verwirrung zu stiften?«

»Oder ihm ist der Zufall zu Hilfe gekommen. Wir müssen ein paar von den anderen Gästen ausfindig machen. Vielleicht sind wir dann schlauer.«

***

Mittlerweile ist die Nacht hereingebrochen. Draußen vor dem Unterweger haben sich die Gaffer verzogen. Am Eingang, neben der großen Sisyphos-Figur aus Holz, steht bloß noch einer. Und ein Hund mit einer Knollennase, die einer Kartoffel ähnelt.

Küsschen und Umarmung. Eva steht in Pauls Fankurve, da kann er noch so viel Mist bauen.

»Wie findest du Hilde?« Paul.

Eva mustert die Hündin und schnüffelt. »Passabel. Kannst du mit ihren Ohren noch was machen? Die sehen immer noch nach Mottenfraß aus.«

»Wann steigt denn nun die große Fete?«

»Am Mittwoch in vierzehn Tagen«, sagt Eva leichthin und wirft Emmenegger einen Seitenblick zu.

Vierzehn Tage. Emmenegger sieht eine rote »14« vor seinem inneren Auge blinken, und daneben rasen die Sekunden unaufhaltsam rückwärts, wie beim Zählwerk einer Bombe. Und er hat keine Ahnung, wie er das Scheißding loswerden soll.

»Was machst du eigentlich hier?«, fragt er Paul schärfer, als er beabsichtigt hat.

»Dein Chef hat mir gesagt, dass du hier bist.«

»Du hast Branga angerufen, um mich ausfindig zu machen? Hast du sie noch alle?«

»Von wegen!« Pauls Miene ist die pure Entrüstung des Gerechten. »Der Mann hat zu Hause angerufen, weil er dich auf dem Handy wieder mal nicht erreichen kann. Ich hab ihm versprochen, dich aufzustöbern. Du sollst dich schleunigst bei ihm melden. Was ist denn da Aufregendes drin?« Paul zeigt auf den Plastikbeutel mit den Habseligkeiten des Toten, die Emmenegger in der Hand hält. »Lass mich raten. Huh«, er schlägt die Hand vor den Mund, »ein abgeschnittener Finger?«

Emmenegger verdreht die Augen. Pauls Faible für den Tod ist eine seiner Macken und das Theaterspielen das einzige Gegenmittel.

»Da brat mir einer einen Storch«, sagt Paul plötzlich mit gezierter Ernsthaftigkeit. Wieder einmal wechselt seine Stimmung, wie ein Pendel, das nie zur Ruhe kommt. »Eure Leiche war wohl ein ganz Vornehmer.«

»Woher willst du das denn wissen?«

»Na, wo er doch im Principe gewohnt hat. Unter fünfhundert Euro die Nacht geht da null.« Paul zeigt auf die goldene Zimmerkarte, die durch das Plastik schimmert.

Das Schlosshotel Principe im Winkelweg ist die vornehmste und teuerste Adresse in ganz Meran.

Eva staunt. »Woher weißt du das?«

»Ach, ich kenn da so einen.« Bescheiden blickt Paul zu Boden. »So einer« stellt sich als der Alleineigentümer des Hotels und einer der Kuratoren des Meraner Stadttheaters heraus, der die jungen Talente hin und wieder zum Tee ins Schlosshotel einlädt.

»Bist du sicher?« Emmenegger war in seinem ganzen Leben noch nie in dem Hotel und hätte diesen Zustand der Unschuld liebend gern beibehalten.

»Hundertpro.« Paul zeigt auf ein winziges weißes Wappen mit einer Krone, das in einer Ecke der Magnetkarte eingraviert ist. »Dass ich's nicht vergesse: Du musst jetzt die Hilde übernehmen. Der Direx hat Zusatzproben angesetzt, weil wir morgen Abend mit der Zweitbesetzung für die Katharina spielen.« Paul gibt derzeit den Petruchio in Shakespeares »Der Widerspenstigen Zähmung«. Die Hauptrolle, was denn sonst? Ehe er sich's versieht, hat Emmenegger die Hundeleine in der Hand.

»Unmöglich. Ich kann mit Hilde nicht in diesen Nobelschuppen.«

Hilde schaut mit Kulleraugen von einem zum anderen. Ihr kupferfarbenes Fell steht am Kopf ab, als wäre der ganze Hund elektrisch aufgeladen. Der Schwanz zuckt. Ein Speichelfaden tropft aus ihrem Maul und landet auf dem Pflaster.

»Du machst das schon, alter Mann. Da kann Hilde schon mal ein bisschen feines Benimm für die Party üben.«

»Paul, heute Abend geht es wirklich nicht. Wir haben einen neuen Fall«, springt Eva Emmenegger bei.

»Weiß ich ja«, sagt Paul unbeeindruckt. »Aber die Kunst geht nun mal vor Mord.«

Und schon ist er verschwunden.

Sturm auf den Palast

Schlosshotel Principe, Winkelweg
Abends

Mit starrer Miene marschiert Emmenegger durch die Eingangshalle des Schlosshotels, ohne nach links und rechts zu blicken.

Mit gesenktem Kopf schlappt Hilde hinter ihm drein.

Als Letztes folgt Eva, die immer wieder stehen bleibt und sich dreht, um die Pracht zu bewundern.

Das »Schloss«, wie das Hotel von Eingeweihten genannt wird, ist nicht protzig. Es ist wunderschön. Über hundert Jahre alt und doch jungfräulich.

Weiße Säulen. Die Böden aus cremefarbenem Marmor. Dicke Teppiche dämpfen den Schritt.

Eine Freitreppe schwingt sich hinauf in den ersten Stock, leicht und fast schwerelos, so fein ist sie geschmiedet.

Hier rennt keiner. Hier gehen die Uhren langsamer.

Früher war Eva oft mit ihren Eltern zum Essen und anlässlich von Familienfeiern im Schlosshotel. So was gehört zum guten Ton für vermögende Leute – sehen und gesehen werden, den anderen zeigen, was man sich leisten kann. Deswegen kommt ihr Vater her, der liebe, alte Trottel.

Eva ist die Meinung anderer Leute ziemlich egal, für sie bedeutet das Principe etwas ganz anderes: ein Palast, in dem die Erinnerungen regieren, ein Bollwerk gegen das Verrinnen der Zeit. Das Principe ist nicht bloß Stein und Marmor, Holz und Kristall, es ist pure Beständigkeit. Solange es dieses Haus noch gibt, ist die Welt nicht ganz verloren.

Eva bleibt stehen und schließt die Augen. Auf einmal fühlt sie sich wieder wie achtzehn.

Sie erinnert sich an ein Abendessen anlässlich ihrer Maturafeier. Ein blaues Etuikleid aus Seide und Spitze, hochhackige Peep-Toes, ein Geschenk ihrer Mutter. Den Kopf voller Träume, das Herz hüpft im Tanz.

Ihre Hochzeitsfeier mit Emmi im Schloss – mein Gott, das wäre – unglaublich. Wer im Schlosshotel Principe den Bund fürs Leben eingeht, der startet unter dem wohlwollenden Auge all derer, die hier einmal geheiratet haben.

Aber daraus wird nichts. Und das liegt nicht nur daran, dass sie Emmi niemals überreden könnte.

Im Schlosshotel Principe finden keine Feiern und Veranstaltungen mehr statt. Niemand geht mehr im Hotel ein und aus, der dort kein Zimmer bewohnt.

Mittlerweile ist das Schloss ein reines Kurhotel für wohlhabende Leute, die entgiften und entschlacken wollen. »Ohne diese Spezialisierung hätte das Hotel keine Überlebenschance gehabt. Es ist zu klein, um im Wettbewerb mit den ganz Großen mitzuhalten«, hatte ihr Vater ihr kurz nach dem Wandel erklärt, als sie traurig war und sich ausgeschlossen fühlte.

Aber vielleicht könnte das Principe ja einmal eine Ausnahme …

»Jetzt komm endlich, Eva!«

Emmenegger lehnt am Empfangstresen, im Gespräch mit einem Mann mittleren Alters im dunklen Anzug. Der Mann zwinkert ihr zu, als wisse er genau, was in ihr vorgeht. Vielleicht tut er das ja.

Als sie in ihren Jeans und den Ballerinas die Halle überquert, kommt es ihr vor, als knistere ihr Kleid und ihre hochhackigen Schuhe versänken im Flor des seidenen Sarough.

Irgendwo im Haus spielt jemand leise Klavier.

∗∗∗

Am Revers des Mannes hinter dem Empfangstresen heftet ein goldenes Schildchen: »Herr Ludwig«. Im Knopfloch steckt eine winzige Nadel. Das Wappen mit der Krone.

»Frau Marthaler, herzlich willkommen! Welche Freude, Sie wieder einmal im Haus zu sehen«, sagt er lächelnd. »Wenn auch aus traurigem Anlass. Ihr Kollege, Herr, äh …«, er zieht Emmis Visitenkarte zurate, »… Ispettore Emmenegger hat mir gerade mitgeteilt, was passiert ist. Das ist eine furchtbare Nachricht. Ich bin untröstlich.«

»Hallo, Herr Ludwig.« Eva streckt die Hand aus, um ihn zu begrüßen. Der Mann ist Empfangschef im Schloss, solange sie denken kann. »Schön, Sie zu sehen! Ich hoffe, es geht Ihnen gut.«

Bevor Ludwig antworten kann, tritt ein schlanker, hochgewachsener Mann Anfang fünfzig dazwischen, der sogar Emmenegger um einen halben Kopf überragt. Gegenüber dem zierlichen Ludwig sieht er aus wie ein Riese.

»Polizei? Bei uns im Haus?«

»Mordkommission.« Emmenegger übernimmt. »Und wer sind Sie, wenn ich fragen darf?«

Der Neue mustert ihn von oben herab. »Mein Name ist Valentin Niederhofer. Ich bin der Direktor dieses Hotels. Ich entscheide, wer zu uns ins Haus kommt.«

»Herr Niederhofer, das ist Frau Marthaler. Sie und ihre Eltern sind Stammgäste«, legt sich Ludwig ins Mittel. »Außerdem müssen Sie wissen, dass –«

Emmenegger tritt einen Schritt vor. »Einer Ihrer Hausgäste wurde heute Nachmittag ermordet.«

Ludwig zu Niederhofer: »Es handelt sich um Herrn Brünner. Sehr bedauerlich.«

Der Hoteldirektor runzelt die Stirn. »Der Name sagt mir nichts. Welche Suite hat er bewohnt?«

»Die Suite Landhaus Rooftop Comfort«, gibt Ludwig Auskunft.

Eva kennt das Zimmer gut. Es liegt im Nebengebäude und ist eine der kleinsten Suiten im Haus.

In der Miene des Hoteldirektors steht deutlich: niemand Wichtiges. Kein Presserummel. Kein Reputationsschaden für das Hotel.

Ludwig kann auch Gesichter lesen. Seine Stimme klingt gepresst. »Herr Brünner war ein Stammgast. Er kam seit fünf

Jahren für drei Wochen zu uns, immer im März oder April. Aber das können Sie nicht wissen. Sie sind ja erst seit einem Jahr im Haus.«

Niederhofer wendet sich an Emmenegger. »Also, was wünschen Sie?«

»Wir müssen eine Durchsuchung des Zimmers vornehmen, das der Tote bewohnt hat. Stellen Sie uns bitte eine komplette Liste Ihres Personals zusammen.« Emmenegger überlegt kurz. »Außerdem eine Aufstellung Ihrer Gäste in den letzten fünf Jahren, und zwar für die Zeit, während der Tote hier gewohnt hat.«

»Unerhört! Dem kann ich nicht zustimmen. Unsere Gäste verlassen sich darauf, dass wir ihre Privatsphäre schützen.«

»Möchten Sie, dass ich den Polizeichef anrufe? Sie können die Anweisung auch von ihm entgegennehmen, wenn Ihnen das lieber ist«, sagt Emmenegger kalt.

Da klingelt Niederhofers Telefon. »Ah – gut, dass Sie anrufen, Commendatore. Hier sind zwei Leute von …« Er hält inne. Sein Mienenspiel ist eine Mischung aus Überraschung, Ärger, aber auch Beflissenheit. »Ja, Commendatore. Wie Sie wünschen.«

»Der Eigentümer«, flüstert Ludwig Eva zu. »Wie immer ausgezeichnet informiert.«

»Herr Ludwig, dann begleiten Sie die Polizei mal zum Landhaus hinüber. Und danach stellen Sie die Unterlagen für die Herrschaften zusammen. Ich bin leider anderswo unabkömmlich.«

Als sich Niederhofer verabschiedet hat, kann sich Ludwig ein feines Lächeln nicht verkneifen. Statt eines Kommentars bückt er sich, um Hildes Kopf zu tätscheln. »Wie heißt er denn?«

»Das ist eine Sie«, sagt Emmenegger. »Die Hilde ist ein bisschen struppig, zugegeben. Aber sie hat ein Herz aus Gold.«

»Nur darauf kommt es an«, sagt Ludwig. »Wir nehmen den inoffiziellen Weg durch den Park, dann kann sie noch einmal …« Er hüstelt.

Nach einem Spaziergang durch einen palmengesäumten Garten erreichen sie ein kleines Schlösschen im klassischen Stil.

Die Hündin weicht dem Empfangschef, offenbar ihr neuer bester Freund, nicht von der Seite.

Misstrauisch betrachtet Eva Hildes lang heraushängende Zunge und die funkelnden Augen.

***

Ein kleines Türchen an der Schmalseite des Landhauses steht offen.

»Das ist der Lieferanteneingang«, erklärt Ludwig. »Im ersten Stock gibt es einen Patio als Verbindungsstück zwischen dem Hauptgebäude und dem Landhaus. Diesen Übergang benutzen unsere Gäste.«

Emmenegger dreht sich zu Eva um. »Hör mal, geh du doch mit Hilde zurück ins Büro.«

Eva starrt ihn an. »Du schickst mich weg? Aber wieso denn? Ich hatte mich so darauf gefreut …«

Emmenegger meidet ihren Blick. »Ich denk mir halt, dass es keine gute Idee ist, Hilde bei einer Zimmerdurchsuchung dabeizuhaben. Außerdem kannst du in der Zwischenzeit gleich die deutsche Kripo informieren.«

Sie zuckt die Achseln, ihre Miene eine einzige Enttäuschung.

Emmenegger sieht den beiden hinterher. Für ihn sind Häuser wie dieses Schlosshotel eine Zurschaustellung teurer Dinge, die die Welt nicht braucht. Eine Spielwiese für reiche Leute, die nicht wissen, wohin mit der Kohle. Und zeigen wollen, wie viel sie haben.

Für Eva sind sie – irgendwas, das er nicht versteht. Wieder einmal macht er sich Sorgen, dass Eva sich verändert und wird wie ihre Eltern.

Er hat bemerkt, wie verzückt sie vorhin aussah. Ihr Scharfblick ist getrübt von Erinnerungen, die mit diesem alten Gemäuer zusammenhängen. Es wird ihr guttun, wenn sie ein bisschen auf Distanz geht.

***

Der Empfangschef wartet auf der obersten Etage, die Schlüsselkarte in der Hand. Verwundert sieht er sich um. »Wo ist denn Frau Marthaler?«

»Sie musste leider zurück ins Büro.«

»Schade. Sie hätte sich gefreut, dieses Zimmer wiederzusehen.«

Meine Güte. Emmenegger kann nicht begreifen, warum reiche Leute so ein Brimborium um einen Schlafplatz machen. Vor der Suite befindet sich eine kleine Sitzgruppe. »Bitte nehmen Sie Platz, Herr Ludwig. Ich möchte mich noch kurz mit Ihnen unterhalten. Wann genau hat Herr Brünner im Hotel eingecheckt?«

»Das war am Sonntag vor zwei Wochen. Er wäre noch eine weitere Woche bei uns gewesen«, sagt Ludwig leise.

»Da müssen Sie nicht nachsehen?«

Jetzt lächelt Ludwig. »Viele Jahre im Beruf trainieren das Gedächtnis für solche Dinge.«

»Hatte er einen Mietwagen?«

»Nein. Ansonsten hätte er einen unserer Parkplätze in Anspruch genommen. Angereist ist Herr Brünner wie immer mit dem Zug.«

»Wenn es kein Kuraufenthalt war, was machte er hier? Unternahm er Wanderungen?«

»Ich kann mich nicht entsinnen, ihn in Wanderkleidung gesehen zu haben. Ich vermute, er machte einfach Urlaub, Ispettore. Womit er sich genau die Zeit vertrieb, das entzieht sich leider meiner Kenntnis.«

»Der Tote kam seit fünf Jahren hierher. Da müssen Sie ihn doch ein wenig besser gekannt haben«, setzt Emmenegger nach.

Der Empfangschef faltet die Hände. »Wie man einen Menschen kennt, den man einmal im Jahr für ein paar Wochen zu Gesicht bekommt.«

»Sie haben vorhin gesagt, dass Ulrich Brünner ein feiner Mensch war. Wie kommen Sie darauf?«

Ludwig denkt einen Moment nach. »Er nahm sich immer die Zeit, einen Gruß oder ein freundliches Wort an die Angestellten zu richten. Das kann man leider nicht von jedem unserer Gäste sagen. Entschuldigung, das steht mir nicht zu.« Der Empfangschef macht eine zerknirschte Miene.

Emmenegger wird der Mann gleich sympathischer.

»Ich erinnere mich an eine Begebenheit, ich glaube, es war im letzten Frühjahr«, fährt Ludwig fort. »Ein Aushilfskellner war unachtsam und hat ein Tablett mit vollen Gläsern fallen lassen. Herr Brünner hat ihm geholfen, die Scherben einzusammeln. Anschließend hat er gegenüber dem Direktor behauptet, er habe den Jungen beim Vorbeigehen angerempelt.«

»Und das stimmte nicht?«

Ludwig lächelt. »Herr Brünner wollte verhindern, dass der Junge entlassen wird.«

»Hatte er viel Kontakt zu den anderen Gästen?«

Es kommt Emmenegger so vor, als wäre die Frage Ludwig ein wenig unangenehm.

»Nun, bei einem Aufenthalt von drei Wochen lernt man zwangsläufig andere Hausgäste kennen.« Ludwig überlegt. »Er schien mir recht beliebt zu sein. Aber das war kein Wunder, Herr Brünner war eben ein Gentleman der alten Schule. Und er tanzte gern.«

Was finden die Leute bloß an dieser Hopserei?

»Kann man denn hier im Hotel – äh – tanzen?«

»Selbstverständlich! Wir bitten unsere Gäste zweimal in der Woche ab fünf Uhr zum Tanz in den Tee-Salon. Und im Frühjahr und Herbst findet ein großer Ball statt.« Ludwig beugt sich vor und sagt mit gedämpfter Stimme: »Diese Veranstaltung ist besonders beliebt bei unseren alleinstehenden Gästen. Aber wir nennen ihn natürlich nicht den Ball der Einsamen Herzen. Die Direktion hielte das für – nun, despektierlich. Wie es der Zufall will, findet der nächste Ball in der kommenden Woche statt. Sie und die hochverehrte Frau Marthaler sind herzlich dazu eingeladen!«

»Vielen Dank, sehr freundlich.« Von dieser Einladung darf Eva nichts erfahren. »Wissen Sie, womit der Tote seinen Lebensunterhalt verdiente?«

»Bedauere. Vielleicht …«, Ludwig zögert, »… hatte er Arbeit nicht nötig. Damit wäre er nicht der Einzige unserer Gäste.« Ein verstohlener Blick zur Armbanduhr.

»Eine letzte Frage. Welchen Eindruck machte Herr Brünner in den letzten Tagen auf Sie?«

»Auf mich hat er so wie immer gewirkt. Gut gelaunt, entspannt. Ich kann es immer noch nicht glauben. Wahrscheinlich war es eine tragische Verwechslung, meinen Sie nicht auch?«

Theoretisch möglich, aber Emmenegger glaubt nicht daran. Dieser Mord auf der Terrasse vom Unterweger war zu gut geplant, als dass es am Ende den Falschen getroffen hat.

❊❊❊

»Schließen Sie bitte auf, Herr Ludwig.«

Der öffnet die Tür und tritt mit einer seltsamen kleinen Handbewegung zur Seite – eine Art Willkommen, das ehrlich wirkt, wenn man bedenkt, wie oft der Mann das macht.

Ja, die Suite ist recht nett.

Stäbchenparkett, auf Hochglanz poliert. Ein halbrundes Fenster mit Butzenscheiben. Das Doppelbett im Biedermeierstil. Messinglampen mit Schirmen aus weißem Leinen. Ein zierlicher Schreibtisch.

Die Möbel in Emmeneggers Wohnung sind zwar nicht ganz so edel wie die hier, aber genauso altmodisch. Die seinen will Eva lieber heute als morgen entsorgen. Warum nur?

Emmenegger dreht sich zu Ludwig um. »Was kostet das hier?«

»Achthundert Euro pro Nacht.«

Achthundert! Das ist Raubrittertum. Mehr als hundertfünfzig hat Emmenegger noch nie für eine Hotelübernachtung hingeblättert, und das ist schon ein Batzen Geld für ein Bett für die Nacht.

Emmenegger streift sich ein Paar durchsichtige Schutzhandschuhe über. Kann schon sein, dass diese Suite für Eva so was Ähnliches ist wie der Heilige Gral.

Jetzt ist sie Teil eines Tatorts.

***

Zur selben Zeit sitzt Eva an ihrem Schreibtisch im Bereitschaftsraum des Kommissariats. Mittlerweile ist es neun Uhr abends. Sie ist seit über zwölf Stunden auf den Beinen. Ihre Augenlider sind schwer wie Blei.

Vor einer Viertelstunde hatte Eva den zuständigen Beamten aus Frankfurt an der Strippe, einen Kommissar Müller vom Kriminaldauerdienst im Frankfurter Polizeipräsidium. Eva freut sich immer, wenn sie mit den Deutschen zusammenarbeiten kann. Ihnen fehlt hin und wieder ein bisschen Phantasie, aber beim Planen und Organisieren sind sie Spitzenklasse.

Am nächsten Morgen werden die Frankfurter den Fall von der deutschen Seite her aufrollen. Kommissar Müller hat ihr versprochen, Brünners Finanzstatus und das Ergebnis der Durchsuchung seiner Wohnung so bald wie möglich in die Cloud hochzuladen.

Außerdem ist er bereit gewesen, noch an diesem Abend nachzuprüfen, ob gegen den Toten in Deutschland etwas vorliegt. Auf diesen Anruf wartet sie jetzt.

Eva reibt sich die Augen. Es war nicht bloß wegen Hilde, dass Emmi sie zum Büro zurückbeordert hat. Es ärgert ihn, wenn sie Gefallen an irgendetwas findet, das er nicht mag. Was ist so schlimm daran, wenn man hie und da anderer Meinung ist?

Geld kann jedenfalls nicht der Grund sein, warum er das Schloss nicht leiden kann. Emmi hat selbst genug davon. Geerbt von seinen Eltern (übrigens Großgrundbesitzer und

Weinbauern wie die ihren) – und seiner vor Jahren verstorbenen Frau. Marthas Schatten sitzt Eva noch immer im Nacken und flüstert ihr zu: »Er wird dich nie so lieben wie mich, du Gänschen.«

Sie schüttelt die dunklen Gedanken ab. Wahrscheinlich ist die Untätigkeit der letzten Monate schuld. Wenn Emmi keine Nuss zu knacken hat, wird er brummig und ungemütlich. Und sie wird – zugegeben – ein bisschen zickig.

Über den toten Ulrich Brünner werden sie sich schon wieder zusammenraufen.

Das Telefon klingelt. Das wird Kommissar Müller sein. Mit leichterem Herzen als vorher greift Eva zum Hörer.

Ein Fund mit Brisanz

In der Suite des Toten
Später Abend

Der verschiedene Ulrich Brünner ist mit leichtem Gepäck
gereist.
Eine Regenjacke. Zwei dunkle Anzüge. Ein Sportsakko.
Eine dunkelblaue Baumwollhose. Vier weiße Hemden, zwei
Shirts, ein Pullover. Ein Paar schwarze, elegante Schnürschuhe
mit Lochmuster, ein Paar leichte Laufschuhe. Unterwäsche.
Zwei seidene Schlafanzüge.
Emmenegger wundert sich. Das ist alles, für einen drei-
wöchigen Aufenthalt?
Allerdings ist jedes Stück von erlesener Qualität. Die meis-
ten tragen Etiketten italienischer Designer: Brioni. Armani.
Versace.

Emmenegger ist allein in der Suite. Ludwig hat sich nach
einer wortreichen Entschuldigung zurück zur Rezeption be-
geben. Ein Unternehmer aus Wien ist angereist, ein äußerst
anspruchsvoller Gast.
»Ziehen Sie dann einfach die Tür hinter sich zu, Ispettore.
Ich komme später noch einmal her, um abzuschließen.«
»Nicht nötig, Herr Ludwig. Ich versiegle die Tür, wenn ich
gehe.«

Behutsam schließt Emmenegger den Kleiderschrank. Morgen
werden die Sachen abgeholt, in Plastiktüten verpackt und in
der Asservatenkammer in Bozen eingelagert. Das traurige
Ende eines Lebens, von dem Emmenegger kaum mehr weiß
als eine Stunde vorher.
Die Durchsuchung hat bisher nicht viel ergeben. In der
Brusttasche der Regenjacke steckte ein knapp zwei Wochen

altes Tagesticket vom Wanderparkplatz auf dem Hafling, außerdem eine Quittung über zwölf Euro fünfzig, am selben Datum ausgestellt von der Leadner Alm, einer Almhütte, die man vom Parkplatz aus erwandern kann.

Aus einer ledernen Kosmetiktasche förderte Emmenegger zwei Packungen eines blutdrucksenkenden Medikaments und ein Schmerzmittel zutage, deutlich stärker als das handelsübliche Ibuprofen. Interessant, aber nichts, womit man sich umbringen kann. So viel zu Kohlgrubers Selbstmordtheorie.

∗∗∗

Den kleinen Sekretär im Salon hat sich Emmenegger bis zum Schluss aufgespart. Ein Laptop, Tablet oder Smartphone ist nicht zu finden. Auch wenn der Mann altmodisch war: Ein vorsintflutliches Motorola-Handy kann wohl kaum Brünners einziges Kommunikationsmittel gewesen sein.

Emmenegger bückt sich. Unter dem Schreibtisch steckt ein Ladekabel in einer Steckdose. Emmenegger probiert, ob es ins Handy passt. Fehlanzeige.

Er durchsucht das Zimmer erneut. Kein weiteres Gerät. Hm.

Auf der polierten Arbeitsplatte liegen ein gespitzter Bleistift, ein schwarzer Montblanc-Kugelschreiber und ein Block mit Schreibpapier. Einige Blätter fehlen.

Auf der papiernen Schreibunterlage hat sich etwas durchgedrückt.

Emmenegger nimmt den Bleistift zur Hand und färbt das Papier ein. Zum Vorschein kommen ein paar Worte.

Angst
am teuersten ist
ewig lieben
Fünkchen

Ganz oben rechts das Datum des gestrigen Tages. Ein zusammenhängender Text ist nicht erkennbar. Sehr schade.

Ein Liebesbrief? Hatte Brünner Angst vor irgendwas? Und was bitte bedeutet »Fünkchen«? Ein Fünkchen Wahrheit?

Die Handschrift ist schräg, ausgreifend, mit vielen Schlaufen. Sie wirkt auf Emmenegger merkwürdig stockend.

Es sieht so aus, als habe der Tote einen letzten Brief geschrieben. Und jetzt ist die Gelegenheit, Gedanken in Worte zu fassen, für immer vorüber.

Die Schubladen des Sekretärs enthalten weitere Stifte und eine Packung Taschentücher. Emmenegger nimmt die Schubladen komplett heraus, man kann nie wissen.

Mit Klebstreifen an der Innenseite des Schreibtisches ist ein verschnürtes Päckchen aus Packpapier befestigt.

Vorsichtig löst er die Verschnürung – und starrt auf den Inhalt. Fünfhundert-Euro-Geldscheine.

Emmenegger zählt. Es sind genau hundert.

In dem Päckchen sind fünfzigtausend Euro.

***

Zehn Minuten später.

Verflixt und zugenäht.

Genau wegen solcher Funde gibt es die Vorschrift, Durchsuchungen grundsätzlich paarweise vorzunehmen.

Was tun? Die Asservatenkammer in Bozen, in der solche Beweisstücke aufbewahrt werden, ist um diese späte Stunde geschlossen. Aber Emmenegger kann fünfzigtausend Euro nicht einfach mit nach Hause nehmen.

Er braucht dringend einen Zeugen.

Sein Handy brummt. Eine WhatsApp von Eva: »Ich mache Schluss für heute. Brauchst du mich noch?«

Emmenegger überlegt kurz. Soll er sie herbitten? Keine gute Idee, nachdem er sie vorhin weggeschickt hat. Das wird noch mal zur Sprache kommen, hundertprozentig, aber bitte nicht mehr heute Abend. Er schreibt ihr zurück: »Schlaf schön!«

Der Empfangschef fällt ihm ein. Ludwig könnte die Existenz des Geldes gegenzeichnen. Emmenegger überquert den Patio und läuft die Treppe hinunter zur Rezeption.

Am Empfang steht ein Mensch um die dreißig und spielt mit seinem Smartphone. Offenbar der Nachtportier. Von seinem Chef ist weit und breit nichts zu sehen.

Emmenegger zögert. Wenn er den jungen Typen da drüben ins Vertrauen zieht, ist diese Information im Netz, sobald er ihm den Rücken kehrt.

Branga anrufen? Das hätte er längst machen sollen, aber Emmenegger ist zu müde, um sich seinen Anschiss abzuholen.

Nach kurzem Nachdenken tippt er eine weitere Nachricht, diesmal an den Polizeichef, über den Fund des Geldes. Damit müsste er aus dem Schneider sein. Geräuschlos fällt die schwere Glastür des Hotels hinter ihm ins Schloss. Er blickt durch die Scheibe zurück. Der Mensch hinter dem Tresen spielt weiter mit seinem Handy. Wahrscheinlich hat er ihn gar nicht bemerkt.

***

Nach der gut beleuchteten Hotelauffahrt kommt Emmenegger die Straße düster und abweisend vor.

Die Laternen verströmen einen schwachen Schein. Emmenegger erinnert sich an eine entsprechende Energiesparmaßnahme: ökologisch sinnvoll, aber zulasten der Sicherheit.

In einigen Restaurants und Bars in den Lauben geht um diese Zeit noch die Post ab, doch hier in Obermais ist es ruhig.

Die Cavourstraße kommt in Sicht. Zwei Nachtschwärmer wanken eng umschlungen aus der Bar Cavour. Auf unsicheren Beinen biegen die beiden in den Winkelweg ein und verschwinden aus Emmeneggers Blickfeld.

Jetzt ist niemand mehr zu sehen.

Das viele Geld brennt ein Loch in seine Hosentasche. Was, wenn jemand darüber Bescheid weiß und es sich holen will? Emmenegger ist kein ängstlicher Typ. Aber seit er vor zwei Jahren niedergeschlagen wurde und anschließend fast draufgegangen wäre, hört er auf seinen siebten Sinn.

Und der sagt: Aufpassen jetzt.

In einem Durchgang auf der anderen Straßenseite ist für den Bruchteil einer Sekunde ein winziger Lichtpunkt zu sehen. Die Glut einer Zigarette? Er versucht, das Dunkel zu durchdringen, aber da drüben ist nur noch Schwärze.

Vergeblich tastet Emmenegger nach seiner Waffe. Sauber. Die Beretta liegt wieder mal da, wo sie ihm viel nützt. In seiner Schreibtischschublade im Kommissariat.

Gute Stellen für einen Überfall gibt es einige, bevor er die hell erleuchtete Postbrücke erreicht. Oder etwas später, auf dem Stück vom Bozner Tor über die Leonardo-da-Vinci-Straße bis zum Domplatz. Da sind keine Restaurants, nur Läden – alle um die Zeit geschlossen.

Emmenegger spurtet los. Ein paarmal dreht er sich im Laufen um. Niemand folgt ihm, aber er hält nicht an.

Als er in die Lauben einbiegt, torkeln ihm einige späte Trinker aus einer Weinstube entgegen. Fast rennt er sie um, Flüche und Verwünschungen gellen ihm hinterher.

Schwer atmend erreicht Emmenegger den Kornplatz.

Das Licht im Treppenhaus funktioniert nicht.

Weil Lacante, der Hausmeister, wieder mal ständig durch Abwesenheit glänzt, hat Emmenegger vor ein paar Wochen eigenhändig die Sicherung ausgewechselt und neue Birnen reingedreht. Hat jetzt der Schalter einen Wackelkontakt?

Oder – jemand hat dafür gesorgt, dass das Licht aus ist. Es überläuft ihn kalt. Lauert da jemand im dunklen Treppenhaus?

Emmenegger kennt jede knarzende Treppenstufe. Leise schleicht er nach oben.

Nichts geschieht. Unbehelligt erreicht er seine Wohnungstür.

Als Emmenegger den Schlüssel ins Schloss steckt, spürt er kalten Stahl an seinen Schläfen. »Lassen Sie die Waffe fallen!« Erleichtert atmet Emmenegger auf, fast muss er grinsen. »Ich hab gar keine bei mir, Chef.«

Das Licht geht an. Branga steht ihm gegenüber, kalkweiß im Gesicht. »Sie haben mir einen schönen Schrecken eingejagt. Warum schleichen Sie zu Ihrer eigenen Wohnung? Sperren Sie auf. Nun machen Sie schon.«

Der Polizeichef wohnt draußen in Burgstall. Wie kommt der Mann nach der WhatsApp so schnell hierher?

Hoher Besuch

Emmeneggers Wohnung am Kornplatz
In der Nacht

In der Wohnung ist es stockdunkel. Paul müsste eigentlich zu Hause sein.

Emmenegger schaltet das Flurlicht ein.

»Gehen wir in die Küche. Letzte Tür links. Aber Sie kennen sich ja aus.«

Wortlos stiefelt der Polizeichef den Flur entlang. Brangas weißes Hemd ist zerknittert, die Aura der Lässigkeit, mit der er sich sonst umgibt, wie weggeblasen. Das letzte Mal war er hier, um Emmenegger einen Anschiss zu verpassen. Aber heute steckt hinter dem nächtlichen Besuch was anderes.

»Ein Bier?«

»Haben Sie auch was Stärkeres?«

Ja, eindeutig was anderes.

Emmenegger stellt seinen Waldhimbeer-Schnaps nebst zwei kleinen Gläsern auf den Tisch und schnappt sich zwei Flaschen Bier aus dem Kühlschrank.

»Probieren Sie den mal. Das ist der berühmte Waldler Original. Natur pur. Und stark. Tut mir leid, dass ich mich wieder nicht gemeldet hab, Chef.«

»Ach das.« Der Polizeichef wischt sich mit der Hand übers Gesicht. »Ich wollte Sie fragen …«, er verzieht den Mund zu einer Mischung aus Grinsen und Verzweiflung, »… ob Sie noch ein Bett frei haben, sagen wir, für ein oder zwei Nächte.«

Emmenegger starrt ihn entgeistert an. »Äh – wie bitte?«

»Tut mir leid, dass ich Ihnen das zumute.« Branga trinkt den Schnaps auf ex und spült mit dem Bier nach. »Meine Frau und mein Schwiegervater haben mich vor die Tür gesetzt. Ein Hotel kommt nicht in Frage, jeder Gastwirt in Meran kennt mein Gesicht.«

Eine Weile sagt keiner von beiden etwas. Dann Branga: »Wenn Sie jetzt glauben, ich hätte eine Affäre, liegen Sie falsch.«

Emmenegger ist erleichtert. Er mag keine Fremdgeher. »Sie können so lange hier pennen, wie Sie wollen, Chef. Ich hab reichlich Platz.«

Wieder Schweigen, während Branga die zweite Bierflasche in Angriff nimmt.

»Wissen Sie, wer mein Schwiegervater ist?«

Emmenegger schüttelt den Kopf, obwohl er eine sehr genaue Vorstellung hat. Zu Beginn ihrer Zusammenarbeit hat er sich über Claudio Branga schlaugemacht. Sein Schwiegervater ist Fraktionsvorsitzender der Freien Bewegung, der zweitgrößten Partei im Südtiroler Landtag. Für die FBW wurden die Wörter Parteienfilz und Klüngelwirtschaft erfunden.

Zuerst dachte Emmenegger, der Apfel fiele nicht weit vom Stamm. Aber mit der Meinung lag er in Brangas Fall daneben.

»Sagt Ihnen der Name Georg Rafizanger etwas? Das ist mein Schwiegervater.«

Spitzname: Raffzahn.

»Ach, der«, antwortet Emmenegger gedehnt.

Branga nickt wortlos. Dann: »Es geht um Ermittlungen gegen ein paar seiner Parteimitglieder, wegen Bestechlichkeit und Vorteilsnahme. Mein Schwiegervater hat von mir verlangt, die Kollegen von der Abteilung Wirtschaftskriminalität zu stoppen und die Akten zu vernichten. Ich habe mich geweigert. Daraufhin hat er mich aus dem Haus geworfen. Und Sabine hat sich auf seine Seite geschlagen. Ich hätte es mir denken können.«

»Ihre Frau? Aber …?«

Branga wirkt einen Moment unschlüssig, vermutlich überlegt er, wie viel Persönliches er preisgeben soll. »Wir sind seit acht Jahren verheiratet. Ich wusste schnell, dass es ein Fehler war. Die Details erspare ich Ihnen. Sabines Vater war von Anfang an gegen die Verbindung, weil ich Italiener bin. Seit gestern weiß ich, dass er sich nur einverstanden erklärt hat, weil sich ein Polizist in der Familie einmal als nützlich erweisen kann. Und jetzt soll ich meinen Teil der Abmachung einhalten, die er vor der Hochzeit mit seiner Tochter getroffen hat.« Er lacht bitter. »Ich wusste nicht einmal, dass es eine Abmachung gab.«

»Ich versteh nicht, wie dieser Typ Sie aus Ihrem Haus rauswerfen kann.«

»Ganz einfach. Weil die Villa in Burgstall ihm gehört. Seit Jahren will ich ausziehen, aber Sabine hat sich geweigert. Was ich mir mit meinem Gehalt leisten kann, ist ihr zu schäbig. Ständig hieß es, ich soll mich endlich ins Zeug legen, mit den richtigen Leuten verkehren, aufhören, so ein kleinkarierter Spießer zu sein …« Seine Stimme versickert.

Emmenegger bläst die Backen auf und lässt die Luft entweichen. »Polizeichef von Meran. Wenn das keine Karriere ist«, sagt er unbeholfen.

Branga wirft ihm einen ironischen Blick zu. »Leider habe ich den Polizeichef ebenfalls meinem Schwiegervater zu verdanken. Damals, vor zweieinhalb Jahren, hatte ich eine dumpfe Ahnung, dass er das gedeichselt hat, aber ich hab den Kopf in den Sand gesteckt. Ich wollte glauben, dass ich die Position wegen meiner Fähigkeiten bekommen habe.«

Emmenegger kann nicht verstehen, dass jemand so naiv sein kann, trotzdem nickt er. Branga schenkt sich Schnaps nach. Der nächste Morgen wird definitiv übel werden.

»Und jetzt will er mir den Job wieder wegnehmen. Mehr noch, er will mich vernichten. So hat er sich ausgedrückt.«

Emmenegger starrt ihn an. »Sie glauben, dass Ihr Schwiegervater Ihnen ans Leder will?«

Branga steht auf, geht ein paar Schritte, setzt sich wieder hin. »Dem Mann traue ich so ziemlich alles zu«, stößt er hervor. »Oder er hängt mir etwas an, sodass ich den Dienst quittieren muss. Etwas, das mein Leben lang an mir kleben bleibt. Dass ich korrupt bin, zum Beispiel. Was für ein Witz. Er ist der Korrupte von uns beiden.« Branga steht wieder auf, starrt durchs Fenster auf den Kornplatz hinaus. »Ich habe das Gefühl, dass mir jemand folgt.«

Ach du Scheiße.»Ich glaub, ich hab eine Riesendummheit gemacht.« Emmenegger erzählt von den Fünfzigtausend.

»Wo ist das Geld jetzt?« Brangas Augen sind kalt. Der Polizeichef ist zurück.

»In meiner Jackentasche.«

»Sie haben doch einen Zeugen?«

Aufmerksam studiert Emmenegger die Tischplatte.

»Das darf doch nicht wahr sein.«

»Ich dachte, dass es besser ist, den Fund geheim zu halten.« Branga stöhnt auf.»Es läuft auf das Gleiche hinaus, wenn die Ihnen etwas anhängen. Der Leiter der Mordkommission, einer der wichtigsten Mitarbeiter des Polizeichefs, unterschlägt fünfzigtausend Euro. Damit bin ich erledigt.«

»Ich hab Ihnen eine WhatsApp geschickt, die beweist, dass ich das Geld abgeben will. Damit sind wir aus dem Schneider«, sagt Emmenegger schnell.

»Die Nachricht hab ich nicht gesehen.« Erleichtert zückt Branga sein Handy.»Ah, da ist sie: ›Hallo Chef. Bin im Zimmer des Mordopfers im Schlosshotel Principe. Hammer-Fund: fünfzigtausend Euro in bar. Das wär was für unsere Kaffeekasse! Werde mich morgen um das Geld kümmern ☺ und melde mich.‹«

Branga starrt auf die WhatsApp.

Beim nochmaligen Lesen muss Emmenegger zugeben, dass böswillige Menschen die Nachricht auch falsch verstehen können.

***

Im Flur dreht sich ein Schlüssel im Schloss.

Paul schlurft in die Küche – und bleibt stehen, als er den Besuch entdeckt.

Aus Pauls Nase tropft Blut. Das rechte Auge ist blau unterlaufen und zugeschwollen. In der Hose klafft ein Riss.

»Scheiße, was ist denn mit dir passiert?« Emmenegger springt auf.

»Wer um Himmels willen ist das denn?« Branga ist ebenfalls aufgestanden.

Paul strafft sich, tritt auf Branga zu und lächelt dieses feine Tschugg-Lächeln, dem niemand widerstehen kann. »Sie sind Claudio Branga, der Polizeichef, richtig? Ich bin Paul Tschugg, der Schauspieler. Ich habe vor ein paar Jahren einmal das Vergnügen gehabt, Ihren Sohn zu spielen.«

»Meinen Sohn?« Branga versteht kein Wort. »Ich habe keine Kinder.«

Paul macht eine wegwerfende Handbewegung. »Eine lange Geschichte. Es ging um einen wichtigen Fall des Ispettore.« Eine kurze Hinwendung zu Emmenegger, der sich plötzlich fühlt wie in einem Drei-Personen-Bühnenstück.

»Nehmen Sie doch wieder Platz, Direttore.«

Branga sinkt auf den Stuhl zurück, gemäß der Regieanweisung. So ist das eben mit Paul. Er kann mit blutiger Nase und abgerissenen Klamotten den König spielen.

Bloß bei Emmenegger funktioniert das nicht. »Schluss mit dem Schmus. Wer hat dir das Veilchen verpasst?«

Paul lässt sich in den nächsten Stuhl fallen. »Ist doch egal.«

»Ich will wissen, wer dich so zugerichtet hat!«

»Ich hab mich mit einem Typen geprügelt. Zufrieden?«

»Du hast *was*?«

Paul lässt den Kopf hängen. »Es war nach der Probe. Die ist für die Katharina Zwo, also die Zweitbesetzung, nicht so gut gelaufen. Das Mädel ist der Texthänger in Person.« Paul nimmt einen tiefen Atemzug. »Ich bin also mit der Lucia in die Klosterschänke, um den ersten Akt noch mal durchzugehen. Zuerst war die Bar leer, aber dann kamen ein paar rein, die hatten schon ganz schön was intus. Als wir gerade mittendrin sind, kommt einer von denen zu uns rüber, so ein Schrank von Mann, und packt das Mädel am Arm.«

»Und da hast du den edlen Ritter gespielt.« Emmenegger ist alles klar.

»›Hau ab, du verdammte Schwuchtel, und lass dich nie wieder in der Nähe von meiner Süßen blicken‹, hat er gesagt und mir einen Faustschlag verpasst. Ich hab nicht gewusst, dass das ihr Kerl ist, ich schwör's!«

»Sie sollten den Mann anzeigen«, sagt Branga.

Paul schüttelt den Kopf. »Dann schmeißen sie die Lucia endgültig raus. Sie hat sowieso einen schweren Stand.«

Paul verschwindet im Bad. Wasser rauscht.

»Er wird's überleben«, sagt Emmenegger. »Was machen wir jetzt mit den Fünfzigtausend?«

»Mein Schwiegervater hat beste Verbindungen zu den Carabinieri«, sagt Branga. »Vermutlich hat er bereits Leute drauf angesetzt, etwas Belastendes gegen mich auszugraben – oder notfalls unterzuschieben. Zum Beispiel bei einer Verkehrskontrolle. Ein Grund für eine Leibesvisitation findet sich doch immer.«

»Scheiße.« Emmenegger wirft das Bündel auf den Tisch. Das Papier platzt auf, Scheine schweben durch den Raum.

Paul stolziert aus dem Bad und macht große Augen.

»Nicht schlecht. Hast du im Lotto gewonnen, alter Mann?«

Emmenegger gibt eine kurze Zusammenfassung des Abends, mit ein paar redaktionellen Streichungen, was Brangas persönliche Situation anbelangt.

»Das ist alles? Das ist euer Problem?«

»Hast du vielleicht eine Idee, wie wir das Geld nach Bozen schaffen können?«

Paul grinst breit. »Na klar. Ich bin eben genial.«

Tag 2 – Pauls komische Nummer

Meran, in der Villa Bux
Freitag, 24. März, 11 Uhr vormittags

Eva hat den ersten Cappuccino hinuntergestürzt und macht dem Kellner ein Zeichen. Noch einen.

Eva gegenüber hängt ein Ölgemälde mit einer schönen jungen Frau in einem hellgrauen Kleid. Die Frau hat rote Locken, so wie sie.

Im Café brennen alle Lampen. Es ist später Vormittag und düster draußen. In der Nacht hat das Wetter umgeschlagen. Am Himmel türmen sich dunkle Wolken auf.

Außer Eva sind nur eine Handvoll Wanderer im Bux, die anscheinend abwarten wollen, ob es gleich regnen wird.

Sie fröstelt und schlüpft in ihre Jacke. Der Kellner stellt den dampfenden Kaffee vor ihr ab, und Eva umklammert die Tasse mit ihren kalten Händen.

Es ist nach Monaten ihr erster Besuch in der Villa Bux. Das Café in der Karl-Wolf-Straße hat sich zu einem Ort für besondere Anlässe gemausert.

Jemand stößt die Tür auf, und ein Schwall kalter Luft weht herein. Emmenegger, in Kapuze und Regenjacke.

»Puh. Da kommt gleich was runter.« Er lässt sich in den Stuhl fallen. »Es soll nasskalt werden, die nächsten Tage.«

Emmi und Small Talk? Sie hat doch geahnt, dass irgendwas im Busch ist.

Emmenegger nimmt einen tiefen Atemzug.

»Dass ich dich gestern weggeschickt hab, tut mir leid. Ich hab mich wegen Verschiedenem geärgert. War blöd von mir.«

Dass Emmi sich bei ihr entschuldigt, ist eine Premiere. »Das Verschiedene war das Hotel, oder?«

»Ich versteh halt nicht, wieso du auf einen Schuppen abfährst, in dem die Übernachtung achthundert Euro kostet.«

»Es gibt auch etwas günstigere Zimmer«, verteidigt Eva das Schloss.

»Du weißt, was ich meine.«

»Es ist einfach – Das Hotel ist voller Erinnerungen an meine Kindheit. Da drin fühle ich mich wieder wie achtzehn.«

»Das versteh ich jetzt nicht. Ich hab gedacht, du bist grad erst achtzehn.«

Eva muss kichern.

Emmenegger beugt sich über den Tisch und küsst sie. Dann schaut er ihr in die Augen. »Ich hab eben Angst, dass du wirst wie deine Eltern. So – kohlefixiert.«

Ihrem Vater ist Geld wichtig, das stimmt schon, aber Eva ärgert sich trotzdem, dass Emmi sich zum Richter berufen fühlt. Trotzig sagt sie: »Wieso sagst du so was? Du hast doch selber Geld von den deinen geerbt.«

»Meine Alten waren die totalen Arschgeigen. Ich hab ihr Geld nur deshalb noch, weil Paul es vielleicht noch brauchen kann.«

»Nicht jeder vermögende Mensch ist – so«, sagt Eva hilflos. »Kannst du ihnen denn nicht mal eine Chance geben? Vielleicht findest du raus, dass meine Eltern ganz okay sind. Bitte.«

Emmi nickt langsam. »Na gut, ich versuch's.«

»Versprochen?«

»Verlass dich drauf.«

Emmenegger ist sichtlich froh, dass er noch was anderes zu erzählen hat. Zum Beispiel von dem Hausgast, der gerade mit dickem Kopf in seinem Büro im Polizeihaus sitzt und sich bemüht, die Wendung in seinem Leben zu verkraften.

»Dann kann ich erst mal nicht bei dir übernachten«, sagt Eva. »Du bist mein Chef.«

»Ich glaube, Branga hat andere Sorgen zurzeit«, gibt Emmenegger zurück.

»Zieh doch so lange zu mir, bis er was anderes hat.« In Emmis Wohnung am Kornplatz, die er vor Jahren mit seiner verstorbenen Frau gekauft hat, fühlt sich Eva sowieso immer ein wenig beklommen.

»Keine schlechte Idee. Aber was machen wir mit Paul?«
Da hat Emmi recht: Der Polizeichef und Paul allein in der
Wohnung – das ist nicht gut.
»Wir finden schon eine Lösung.« Ihr Herz hüpft vor
Freude. Sie und Emmi zusammen in ihrer kleinen Wohnung,
zu der die Geister der Vergangenheit keinen Zutritt haben.
»Willst du was zum Lachen sehen? Guck mal in dein
Handy«, sagt Emmenegger.
An einer neuen WhatsApp-Nachricht hängt ein Video.
»Was ist das denn?« Auf dem Video ist das Horror-Duo
Conelli und Patrici zu sehen, die Grimassen schneiden.
»Du kriegst die Geschichte gleich zu hören, aber erst mal
brauch ich was Warmes in den Magen.«
Emmenegger bestellt eine Schokolade mit Sahne und streckt
genüsslich die Beine aus.
Evas Augen werden groß, als sie von den Fünfzigtausend
hört, mit denen Emmenegger aus dem Hotel spaziert ist.
»Um Himmels willen, warum hast du mich denn nicht an-
gerufen?«
»Es war nach elf.« Emmenegger grinst. »Du brauchst
schließlich deinen Schönheitsschlaf. Keine Sorge – alles paletti.«

***

Seit einer halben Stunde liegt das Geld sicher verwahrt in der
Asservatenkammer in Bozen, nach ein paar kleineren Tur-
bulenzen.
Als Emmenegger im Begriff war, den Inhalt von einem Dut-
zend Hundebeuteln auf den Tresen zu leeren, brach unter den
Beamten der Einlagerungsstelle ein Tumult aus.
Nach einem Telefonat mit Claudio Branga wurde Emmen-
egger gestattet, die Säcke aufzuknoten, aber nicht ohne eine
Plastiktüte unterzulegen. Sicherheitshalber. Offenbar war man
bei den Asservaten an derbe Scherze gewöhnt.
Als tatsächlich Scheine zum Vorschein kamen, beruhigten
sich die Gemüter. Das Geld wurde gezählt, Eingangsstempel

wurden zum Einsatz gebracht und Dokumente dreifach unterschrieben.

Am Ende fragte einer der Beamten mit ernstem Gesicht, ob die Hundebeutel ebenfalls in Verwahrung genommen werden sollten. Seine Kollegen bogen sich vor Lachen. Die Asservaten hatten den Ausgleichstreffer erzielt.

Die Vorgeschichte: Als Emmenegger an diesem Morgen ins Bad wollte, wäre er fast mit einem Unbekannten zusammengeprallt.

Emmenegger starrte der Erscheinung hinterher. Hochtoupierte Haare, schwarzer Lippenstift, hautenger Body unter einem Glitzerumhang, Zehn-Zentimeter-Plateausohlen.

»Paul! He!«, schrie er nach oben Richtung Dachkammer. »Wer zum Teufel ist dieser Alien in unserem Bad?«

Die Erscheinung streckte den Kopf aus der Küchentür und sang im höchsten Falsett: »Der A-lien, der A-lien, das ist die Tschu-hugg-Tra-han-se!«

Gottlob lag der Polizeichef noch in tiefem Waldler-Koma.

Kopfschüttelnd beobachtete Emmenegger, wie Paul die Kotbeutel präparierte. »Das ist zu viel, um als Hildes Hinterlassenschaft durchzugehen. Den Rest der Beutel müssen wir woanders unterbringen.«

»Kein Problem«, sagte Paul. »Schau mal weg, alter Mann!« Emmenegger drehte sich um. Er hörte ein Rascheln.

»Wo ist das Geld hin?«

»Willst du das jetzt wirklich wissen?«

»Hab's mir gerade anders überlegt.«

***

Zehn Minuten später, im Innenhof von Emmeneggers Haus, versteckte sich Paul hinter einen Vorsprung, während Emmenegger durch eine Maueröffnung linste, um die Lage auszubaldowern.

Seine Wohnung befand sich direkt gegenüber dem Polizeihaus, keine fünfzig Meter von seinem Arbeitsplatz entfernt. Auf fünfzig Metern konnte viel passieren.

Und siehe da, an einem Tisch vom Café Tiefenbrunn saß Carabiniere Conelli und rauchte. Bestimmt war seine bessere Hälfte Patrici nicht weit.

Jede Wette, die beiden Arschlöcher hatten irgendwas bei sich, was sie bei der Leibesvisitation bei ihm »finden« würden. Wenn die beiden Vögel das Geld entdeckten, brauchten sie nichts zu fingieren. Das wäre natürlich vom Allerfeinsten.

Emmenegger zögerte. »Conelli und Patrici haben dich doch mal festgenommen. Bist du sicher, die erkennen dich nicht?«

»In dem Aufzug? Jetzt leg mir schon die Handschellen an. Halt dich ans Skript, dann wird alles gut.«

Und schon tänzelte Paul auf den Kornplatz hinaus und Emmenegger mit Hilde hinterher.

Ein feixender Carabiniere Conelli trat ihnen in den Weg, hinter ihm ragte Patrici auf, er machte ein Gesicht wie eine Krähe, die Aas entdeckt hat.

»Da schau her, der Ispettore Emmenegger«, sagte Conelli, die Stimme triefend vor Sarkasmus. »Was haben wir denn in den schwarzen Säckchen, die du mit dir herumschleppst?«

»Was wohl? Hundekacke«, sagte Emmenegger lakonisch. »Die Töle da hat schweren Durchfall. Willst du mal riechen?«

»Bäh, das ist ja widerlich.« Conelli prallte zurück – und musterte Paul. »Und was ist das für ein Paradiesvogel?«

»Er will seinen Namen nicht sagen. Vielleicht haben Marsianer keinen.« Emmenegger feixte. »Ich hab ihn im Park vor der Landesfürstlichen Burg erwischt. Er wollte gerade einer alten Frau, die mit ihrem Hund Gassi ging, die Handtasche klauen. Jetzt muss ich weiter. War wie immer nett, mit euch zu plaudern.«

Emmenegger wollte Paul fortziehen.

»Einen Moment, Kollege, nicht so schnell.« Conelli stellte sich ihm in den Weg. »Mir hat ein Vögelchen was zugeflüstert. Nämlich, dass du die Hand bei den Drogenbossen aufhältst.«

»So ein ausgemachter Schmarrn.« Emmenegger, ganz lässig. »Wenn ihr zwei euch blamieren wollt, nur zu, aber nicht grad jetzt. Ihr seht doch, dass ich eine Verhaftung hab. Diese Tusnelda, oder der Typ, so genau weiß ich –«

»Ich bin di-vers«, quakte Paul dazwischen. »Di-vers! So heißt das heutzutage korrekt!«

»Da ist die erste Silbe falsch«, meldete sich Patrici aus dem Hintergrund. »Per-vers. So heißt das richtig.«

Pat und Patachon stießen sich gegenseitig an und lachten.

»Am besten stecken wir euch in eine Zelle, da seid ihr zwei Süßen beim Diverse-Sachen-Machen ungestört«, setzte Conelli einen drauf.

»Ich glau-be es nicht. Das glau-be ich jetzt nicht.« Paul, in bester Hape-Kerkeling-Manier, mit einem Hauch Harald Glööckler. »Das ist soo was von sexuelle Diskriminierung. Und das bei unseren geschäätz-ten Oooo-Ordnungskräften!«

Als Antwort züngelte Patrici obszön, ließ die Hüften kreisen und wollte sich gerade in den Schritt fassen – da schrie er auf einmal: »He – was soll das? Was macht der da?«

»Einen Film von euch zwei Affen«, sagte Emmenegger.

Wie von Zauberhand hatte sich der Diverse von den Handschellen befreit, sein Finger schwebte über einer Handytaste.

»Meine Herren, Sie können nun mit der Durchsuchung fortfahren.« Paul hob den Zeigefinger, jetzt ganz ausgefuchster Anwalt. »Allerdings sehe ich mich dann leider gezwungen, dieses Filmchen ins Internet hochzuladen. Dann sollten Sie mit Ihrer unehrenhaften Entlassung aus dem Polizeidienst rechnen.«

Patrici wollte auf Paul los, aber sein Kompagnon hielt ihn zurück. »Lass mal, Kollege.« Conelli ging rückwärts und zeigte mit dem Finger auf Emmenegger. »Wir kriegen euch schon noch.« Dann marschierten die beiden erhobenen Hauptes von dannen.

Paul legte Emmenegger den Arm um die Taille und wackelte mit den Hüften. Die Kotbeutel wippten in Emmeneggers Hand. Ein Altrocker mit Lederjacke und eine Dragqueen überquerten eng umschlungen den Kornplatz. Touristen blieben stehen und starrten ihnen mit offenem Mund hinterher.

Der Tote, der die Frauen liebte

Mordkommission der Polizia di Stato, Kornplatz
12 Uhr mittags

Evas Finger fliegen über die Tasten. Das geöffnete Dokument auf ihrem Rechner ist die Mord-Akte, die auf den neuesten Stand gebracht werden muss. Da ist zum Beispiel die Information von gestern Abend, dass Ulrich Brünner polizeilich nicht aktenkundig war. Gegen den Mann lag nicht einmal eine Geschwindigkeitsübertretung vor.

Auch Emmeneggers fünfzigtausend Euro schwerer Fund muss schleunigst aufgenommen werden, nebst Dokumentation der Asservatenkammer.

Das Telefon klingelt. Kohlgruber, Leiter der Spurensicherung. Eva stöhnt. Emmenegger ist beim Polizeichef, Bericht erstatten. Es bleibt ihr nichts übrig, als selbst dranzugehen.

»Wegen der Fingerspuren auf dem Weinglas. Erwartungsgemäß sind die des Toten drauf. Da sind allerdings noch zwei kleinere Abdrücke. Sie stimmen nicht mit den anderen überein, sind aber zu verschmiert, um sie mit irgendwem zu vergleichen.«

»Zu dumm. Aber danke.«

»Noch was. Igor sagt mir gerade, ihr wollt, dass wir Geldscheine auf Fingerabdrücke untersuchen. Geldscheine! Seid ihr noch ganz gescheit?«

»Die fünfzigtausend Euro befanden sich im Besitz des Mordopfers und sind ein wichtiges Beweisstück«, behauptet sich Eva tapfer. »Das Geld könnte das Motiv für den Mord sein. Wenn ihr irgendwelche verwertbaren Fingerabdrücke sicherstellen könnt, dann brauchen wir die.«

»Das sind hundert Scheine! Habt ihr eine Ahnung, wie lang so was dauert?«

»Ich kann es leider nicht ändern, Herr Kollege.«

Aufgelegt.

Eine WhatsApp von Kommissar Müller aus Frankfurt poppt auf. »Gleich lade ich ein paar Dokumente hoch: Durchsuchungsergebnisse der Wohnung des Mordopfers. Taunusstraße 29, Frankfurter Bahnhofsviertel.«

Die Dokumente, die Evas Drucker ausspuckt, entpuppen sich als Liebesbriefe, allesamt mit einer schwungvollen Schrift von Hand geschrieben.

Beim Lesen fühlt sich Eva berührt. Die Briefe sind zart und richtiggehend poetisch.

Das Problem ist nur: Sie sind nicht an eine einzige Frau gerichtet.

Die Adressatinnen sind eine Petra, eine Claudia, eine Marion, eine Brischitt (Brigitte?), eine Juliane und eine Rosemary. Weitere Damen sind mit ihren Kosenamen vertreten: eine Pummelbärin, ein Hasilein, eine Mitzimausi, ein Süßmops und ein Butzenbaby.

Evas Mitgefühl für Ulrich Brünner ist stark abgekühlt.

Jede Wette, dass die Angebeteten nichts voneinander wussten.

Oder vielleicht doch?

Aus dem Nichts ist ein Dutzend weiblicher Mordverdächtiger am Horizont aufgetaucht.

✳✳✳

Pfeifend kommt Emmenegger herein. Als er Evas Gesicht sieht: »Was ist?«

»Lies mal. Das haben die Deutschen in Brünners Wohnung gefunden.« Eva legt ihm die Ausdrucke der Briefe auf den Schreibtisch.

Ihr Handy piept. Noch eine Nachricht aus Deutschland. Müller und seine Kollegen haben Brünners Bank angewiesen, die Kontounterlagen und seinen Finanzstatus hochzuladen, außerdem die Abrechnung eines Kreditkartenunternehmens.

Wieder gibt Eva ein Passwort ein, und auf ihrem Bildschirm erscheinen Brünners Bankauszüge der letzten fünf Jahre.

Im Abstand von ein paar Monaten, manchmal mehr, sind Geldeingänge in unterschiedlicher Höhe verzeichnet, meistens zwischen fünf- und zehntausend Euro. Die Beträge stammen von unterschiedlichen Absendern. Die Nachnamen sagen Eva nichts. Die Vornamen sind durch die Bank weiblich. Einige decken sich mit denen auf den Briefen.

»Denkst du, was ich denke?«

»Sieht ganz so aus, als wäre Ulrich Brünner ein Heiratsschwindler gewesen.«

Jeden Monat belastet ein bekanntes Kreditkartenunternehmen sein Konto mit hohen Beträgen. Aktuell ist es um viertausend Euro überzogen.

»Der Mann war pleite.« Emmenegger lässt sich in seinem Stuhl zurückfallen, der gefährlich wackelt. »Hast du die Kreditkartenabrechnung gesehen?«

Eva nickt. »Den Löwenanteil machen Hotel- und Restaurantrechnungen aus. Erhebliche Summen. Immer wieder der Frankfurter Hof. Ein paarmal der Bayerische Hof in München. Das Carlton in Sankt Moritz. Und das Baur au Lac in Zürich. Alles Luxushotels, genauso teuer wie das Schlosshotel Principe.«

Sie schauen sich an.

Offenbar hat Brünner von reichen Frauen gelebt. Aber unter dem Strich ging die Rechnung nicht auf. Brünner hatte sich übernommen.

»Der Mann hat im Frankfurter Bahnhofsviertel gewohnt«, berichtet Eva. »Laut Kommissar Müller ist die Taunusstraße eine verrufene Gegend. Drogen, Sex, Prostitution.«

»Wir vergessen gerade etwas.« Emmenegger. »Er hatte fünfzigtausend Euro in seinem Schreibtisch versteckt.«

»Ich wette, er hat das Geld ergaunert. Die Frage ist – von wem?« Eva geht noch einmal alle Einzahlungen auf Brünners Konto durch. »Keine fünfzigtausend, nicht mal annähernd so viel. Er muss den Betrag in bar erhalten haben.«

»Vielleicht von einer seiner Flammen. Und dann ist die edle Spenderin dahintergekommen, dass er noch andere Eisen im

Feuer hatte. Ich an ihrer Stelle wäre verdammt sauer gewesen. Fünfzigtausend Euro sind ein gutes Mordmotiv.«

»Ich frage mal an, ob die deutschen Kollegen Brünners Damenkränzchen ausfindig machen können. Möchtest du, dass die Deutschen die Befragungen durchführen, oder willst du dir die Damen selber vornehmen? Wir könnten Videotelefonate organisieren, per Zoom oder so.«

»Äh …« Emmenegger passt diese Häufung von weiblichen Verdächtigen gar nicht, vor allem, wenn es um so peinliche Themen wie die Vortäuschung von Liebe geht. Falsche Hoffnungen. Enttäuschte Gefühle. Wenn Lippen zittern und Tränen fließen, fühlt man sich so hilflos als Mann.

»Ähem. Könntest du nicht die Frauen befragen? Du hättest echt was gut bei mir.«

Eva grinst, während sie auf die Telefonverbindung zum Polizeipräsidium wartet.

***

Das Telefonat ist auf Lautsprecher. Gegenseitige Begrüßung, knapp, professionell. Kommissar Müllers Deutsch mit dem Anflug eines fremden Dialekts füllt den Raum.

Der Tote hat allein gelebt. Zu seinen Nachbarn – zwei iranische Familien – hatte der Mann keinen Kontakt.

Brünner war nie verheiratet. Sein Vater: Schulleiter, seit zwanzig Jahren tot. Brünners Mutter, Hausfrau, lebte im Heim, bis sie 2017 im Alter von fünfundsiebzig Jahren starb.

»Ich hab mit der Heimleiterin telefoniert. Die Mutter hatte Alzheimer, anfänglich nur leicht. 2003 kam sie ins betreute Wohnen. Ab 2005 hat sich Brünner rührend um sie gekümmert. Der Mann ist im Heim in bester Erinnerung«, sagt Müller.

Durch den Lautsprecher sind Stimmen zu hören. Die beiden Beamten vom Kriminaldauerdienst, die Brünners Wohnung durchsucht haben, sind zu Müller gestoßen.

»Ich schicke Ihnen gleich Fotos rüber«, sagt einer der Männer. »Die Möbel schauen aus, als kämen sie vom Sperrmüll. Die Kleidung im Schlafzimmerschrank war abgetragen. Das Haus ist in einem noch schlimmeren Zustand als die meisten im Bahnhofsviertel – und das will in der Gegend was heißen.« Der Beamte stößt einen komischen Laut aus, eine Mischung aus Abscheu und Fassungslosigkeit. »Das einzige Fenster ging auf einen Hinterhof hinaus, wo die Mülltonnen von einem chinesischen Schnellrestaurant stehen. In der Wohnung roch es durchdringend nach Sojasoße und Glutamat. So kann doch kein normaler Mensch leben.«

»Wir haben einen Verdacht, wie das zusammenhängt«, sagt Emmenegger und gibt eine Zusammenfassung im Stenogrammstil.

Es ist still in der Leitung. Dann fragt Müller: »Von wie vielen Frauen reden wir?«

»Elf in den letzten Jahren. Die Bankunterlagen reichen allerdings bloß bis 2018 zurück.«

Wieder Stille.

Eva kann förmlich sehen, wie Müller den Personalaufwand kalkuliert.

»Konnten Sie schon etwas über den Hintergrund des Toten herausfinden?« Eva.

»Nach seinem Abitur im Jahr 1990 hat Ulrich Brünner an der Universität Frankfurt vier Semester Germanistik auf Lehramt studiert. 1992 gab er das Studium auf und zog aus der elterlichen Wohnung aus.« Müller seufzt. »Wir wissen nicht, wo Brünner in den folgenden dreizehn Jahren gewesen ist und was er gemacht hat. Die bei seiner Bank und dem Kreditkartenunternehmen hinterlegte Adresse war die seiner Mutter, aber da wohnte er schon lange nicht mehr. Erst zwei Jahre nachdem sie ins Heim gekommen war, taucht der Mann wieder auf. Er nahm sich eine Wohnung in der Textorstraße in Frankfurt-Sachsenhausen und fing an, seine Mutter zu besuchen. Kurz nachdem sie starb, 2017, erfolgte der Umzug ins Bahnhofsviertel.«

»Scheint so, als hätte seine Mutter ihn finanziell unterstützt«, sagt Eva. »Nach ihrem Tod ging es mit ihm bergab. Und dann kam er auf die Idee, Frauen um ihr Geld zu erleichtern.«

»Hatte der Tote einen Wagen?«

»Es gibt keine Zulassung auf seinen Namen. Weder Führerschein noch Fahrzeugpapiere.«

»Wie sieht es mit einer Versicherung aus?«

»Offenbar war Brünner nie kranken- oder rentenversichert. Auch das spricht dafür, dass er in seinem Leben nie fest angestellt war.«

»Wie hat dieser Mann es angestellt, an eine Kreditkarte zu kommen?« Eva.

»Wahrscheinlich ein Altvertrag aus Studentenzeiten, der all die Jahre durchgelaufen ist«, mutmaßt Emmenegger. »Früher haben die Kartenunternehmen praktisch jedem eine Karte in die Hand gedrückt. Und bei Brünner kam ja immer wieder Geld rein. Im Endeffekt haben alle gut an seinen Schulden verdient.«

Das Telefonat endet mit dem Versprechen der Deutschen, Brünners Frauen ausfindig zu machen.

Eva zieht die Stiefel an

Aufstieg zur Leadner Alm
Früher Nachmittag

»Ich will nicht.«

»Jetzt komm. Ein bissel Bewegung kann nicht schaden. Heute können wir eh nix mehr machen. Die Deutschen werden Brünners Damenkränzchen nicht vor morgen aufstöbern.«

Emmenegger wühlt im Schrank wie ein Hund nach einem Knochen. Mit einem triumphierenden Ausruf fördert er schließlich ein Paar Bergschuhe zutage.

Eva stöhnt. »Die müssen doch erst eingelaufen werden.« Sie sind nagelneu, Emmi hat sie ihr letztes Weihnachten geschenkt.

»Wie willst du das machen, wenn du sie nie anziehst? Vom Hafling zur Leadner Alm, das ist ein Katzensprung, genau richtig zum Einlaufen.«

»Zur Leadner Alm kommt man doch auch mit dem Auto.«

»Ja, aber das ist nicht zünftig.«

»Und die schwarzen Wolken am Himmel?«

»Das Wetter zieht von den Ötztaler Alpen herüber. Auf der anderen Seite, auf dem Hafling, scheint immer noch die Sonne. Bis es da regnet, sind wir längst wieder unten.«

Eva tippt auf ihre Uhr. »Heute ist es viel zu spät. Wir verschieben es auf morgen, gell?«

»Nix da. Mir lässt diese Gaststättenrechnung von der Leadner Alm einfach keine Ruh. Der Mann war kein typischer Wanderer. Hinter dieser Tour steckt irgendwas, das spür ich. Was hat er da oben gewollt?«

Von Emmeneggers Hand baumeln plötzlich Wanderstöcke – auch so ein Weihnachtsgeschenk, ebenfalls noch in unbenutztem Zustand. Und da ist ja Evas Regenjacke. Sauber gefaltet, verschwindet sie gerade im Rucksack, der – Simsalabim – auf einmal mitten im Zimmer steht.

»Es ist grod amol zwei durch. Um vier sind wir oben.« Wie gnadenlos dieser Mensch sein kann, wenn es ums Wandern geht.

Hilde schlurft ins Zimmer. Der Wanderrucksack wirkt wie ein Jungbrunnen auf die müde Kriegerin. Laut bellend saust sie im Zimmer hin und her, packt den Rucksack und zerrt ihn zur Tür.

Deutlicher kann man es nicht ausdrücken.

»Hilde, is ja gut«, grinst Emmenegger.

Seufzend gibt sich Eva geschlagen. Sie nimmt Emmeneggers ausgestreckte Hand und lässt sich vom Stuhl hochziehen.

***

Knapp zwei Stunden später.

Emmenegger ist stehen geblieben, um auf Eva zu warten. Hilde zerrt an der Leine. Ihr ist kein Pfad zu steil, kein Weg zu weit. Rasten ist langweilig.

Dieses letzte Stück durch den Wald, bevor die Leadner Alm in Sicht kommt, ist steinig und voller Wurzeln.

Man hätte natürlich auch der Fahrstraße statt dieser Abkürzung folgen können. Aber ein bisschen schwitzen hat noch keinem geschadet – Emmeneggers Wander-Grundsatz Nummer eins.

Als Eva keuchend bei ihm ankommt, tröstet er: »Ich bin stolz auf dich. Jetzt hast du's gleich geschafft, mein Engel. Nach der nächsten Biegung siehst du schon die Alm.«

Mit letzter Kraft stößt sie hervor: »… Dann hätte ich – jetzt gern – die Flügel …«

***

Der Aufstieg war von Anfang an flügellahm verlaufen. Kurz nachdem Eva auf dem großen Wanderparkplatz am Ortsausgang von Hafling von Emmeneggers Motorrad gestiegen war, musste sie feststellen, dass sie ihre Sonnenbrille vergessen hatte. Sie blinzelte in das grelle Licht. Prompt setzte ein leichter Kopfschmerz ein.

»Was ist?«

»Ich brauch ein Aspirin.«

»Ich hätte frische Luft im Angebot. Die hilft genauso gut.« Emmenegger schulterte den Rucksack. »Ich möchte bloß wissen, wie Brünner hier heraufkam. Er hatte keinen Leihwagen und trotzdem ein Parkticket von diesem Parkplatz hier in der Tasche.«

Eva folgte Emmenegger, der mit langen Schritten die Fahrstraße überquerte. Der Pfad, den er einschlug, stieg leicht an.

»Wann wird's denn wieder flach?«, fragte Eva hoffnungsvoll.

»Steiler wird's. Wir müssen zweihundertfünfzig Meter hoch.«

Manche Informationen können einem die Stimmung ziemlich vermiesen. Schicksalergeben trottete Eva weiter. Sie waren erst ein paar Kilometer gelaufen, und schon pochten ihre Oberschenkel.

Eva blieb stehen und massierte ihr Bein.

Sie stand auf einer Art Hochplateau, wie auf einem sonnenbeschienenen Balkon. Ihr Blick fiel auf sattgrüne Bergwiesen. Überall zwischen dem Grün weiße Blüten. Eine Kirchturmspitze im Hintergrund.

Die Landschaft rückte nah heran, als blickte man durch ein Fernglas. Die Schrunden und Furchen der Sarntaler Alpen wirkten wie gezeichnet. Es kam Eva vor, als könnte sie die Gipfel mit Händen greifen.

Emmenegger hatte recht gehabt. Hier herüben zogen noch bauschige Schönwetterwolken über den Himmel. Postkartenpanorama.

Ja, gut, so ein Anblick entging einem, wenn man im Auto mit fünfzig Sachen durch die Landschaft kurvte.

Aber auf der anderen Seite waren da die Muskelschmerzen,

klitschnasse Haare und ein trockener Mund, als hätte man Sand verschluckt.

»Geh weiter! Du kriegst sonst Seitenstechen!«, erschallte es von vorn.

Als sich Eva weiterschleppte, sagte Emmenegger gedankenverloren: »Da war dieses Ladekabel in Brünners Suite. Ich glaube, der Tote hatte einen Laptop oder ein Tablet. Und das wurde gestohlen, weil irgendwas Belastendes drauf war. Vielleicht irgendein Hinweis auf eine der Frauen, auf die Täterin.«

»Bin mal auf – die Gästeliste – vom Schloss – gespannt«, schnaufte Eva.

Sie wanderten an ein paar Bauernhöfen und einem Gasthaus namens Brunnerhof vorbei und tauchten in den Wald ein.

Vogelgezwitscher, das leise Knacken von Tannennadeln unter ihren Füßen. Das weit entfernte Geräusch einer Säge. Sonst war es still.

Der stechende Schmerz in Evas Schläfen klang langsam ab. Gleichzeitig schwante ihr, dass sich unter ihrem großen Zeh etwas Unschönes entwickelte.

»Emmi, Hilfe! Ich krieg eine Blase!«

»Das passiert schon mal beim Einlaufen.«

»Autsch! Lass uns umkehren!«

»Wegen einem Wimmerle am Fuß? Ah geh.«

Immerhin ließ Emmi das Gerenne bleiben, und sie konnte allmählich aufschließen.

»Jetzt vergiss amol deinen Zeh, denk an Ulrich Brünner und seine Frauen. Ich begreif nicht, warum ihn keine von denen angezeigt hat.«

Aha, er versuchte, sie abzulenken.

»Vermutlich – weil – sie – sich – geschämt haben«, stieß sie hervor.

✳✳✳

Mittlerweile konnte Eva jedes Steinchen durch die Schuhsohle spüren. Sie versuchte, langsam und ruhig zu atmen, doch kaum war es ihr gelungen, wurde der Weg wieder ein bisschen steiler.

Und als wäre das noch nicht genug, schlug Emmenegger auf einmal einen Haken nach links. Ein schmaler Pfad, steil und verwildert, zweigte vom Forstweg ab und führte durch Büsche und Gestrüpp den Berg hinauf. Auf einem Wegweiser stand in verwitterter Schrift: »11a, Leadner Alm«.

»Abkürzung«, sagte Emmenegger über die Schulter.

»He!«, rief Eva und blieb stehen. Aber er war bereits außer Sicht.

Ihr Zeh war auf die doppelte Größe angeschwollen. Der Schuh war jetzt viel zu klein. Eine zweite Blase war im Anmarsch. Schweißtropfen brannten in ihren Augen.

»Sind wir bald da?«, schrie sie in den Wald hinein.

»… bald da?« Ein Echo ihrer Worte, wie ein leises Lachen.

Plötzlich, vor einer Biegung, hörte Eva ein Quaken. Der Weg wurde breiter, das Gelände öffnete sich. Auf einer sonnenbeschienenen Lichtung am Wegrand lag ein kleiner Teich mit Fröschen und Kaulquappen, daneben eine Sitzbank. Es war ein schönes, verträumtes Plätzchen. Emmenegger stand da und checkte sein Handy.

»Pause.« Eva ließ sich auf die Bank sinken. »Ich muss unbedingt was trinken.«

»Jetzt schon?« Aber dann holte Emmenegger die Thermosflasche mit kaltem Tee und Wasser für Hilde hervor.

Beide tranken gierig. »Ahhh – das hat gutgetan«, sagte Eva. »Du, das mit den vielen Frauen verstehe ich sowieso nicht.«

»Was meinst du damit?«

»Es wäre doch viel schlauer gewesen, sich eine reiche Tussi zu angeln und ihr treu zu bleiben. Dann hätte er ausgesorgt gehabt. Aber Brünner hat sich immer wieder für ein Taschengeld ins Zeug gelegt, und am Ende war er pleite. Keine besonders erfolgreiche Strategie.«

»Fünftausend Euro sind für dich ein Taschengeld?«

Und schon marschierte Emmenegger los; der Sturmschritt war zurück.

»Mann, jetzt warte doch mal! Es ist einfach so, dass ich an Brünners Stelle ganz anders vorgegangen wäre.«

Emmenegger drehte sich um und grinste. »Da können wir Mannsbilder ja froh sein, dass aus dir keine Heiratsschwindlerin geworden ist.«

Eva stieß ihn in die Seite. »Du …!«

Emmenegger zog sie an sich heran. »Im Unterschied zu dir hat Brünners Talent halt nicht für die Oberliga gereicht.«

***

Und da ist er endlich, der Wegweiser, der Eva am allerbesten gefällt: »Leadner Alm, 200 m«. Mit letzter Kraft und wunden Füßen schleppt sie sich einen eingezäunten Wiesenweg entlang. Wegen der Wanderstöcke, die stundenlang im Dauereinsatz waren, schmerzen jetzt auch die Arme. Die Stöcke schlenkern nur noch kraftlos neben ihren Beinen.

Aber in ihren Kopf ist Ruhe eingekehrt. Das Gefühl für die Zeit ist verschwunden. Trotz der körperlichen Beschwerden ist sie im Herzen seltsam beschwingt. So müssen Marathonläufer empfinden.

»Hör mal, Emmi«, sagt sie langsam. »Mir ist gerade etwas eingefallen. Diese Liebesbriefe waren doch allesamt an die Frauen gerichtet, oder?«

Emmenegger nickt. »Glaube schon.«

»Eben. Das ist es, was mir nicht in den Kopf will. Brünner hätte der Empfänger der Briefe sein müssen, nicht der Absender. Warum hatte er all diese Briefe bei sich liegen, warum hat er sie nicht abgeschickt?«

»Vielleicht hat er sie geschrieben, um die Damen bei Laune zu halten, und ist nicht mehr dazu gekommen, sie zur Post zu bringen.«

»So viele auf einmal?« Evas Miene ist zweiflerisch, aber dann hellt sie sich auf.

Die Alm ist in Sicht. Strahlend weiß liegt sie da, wie aus dem Bilderbuch, in ihrem Rücken dunkle Tannen. Die Holzbalkone und die dunklen Fensterläden glänzen in der Spätnachmittagssonne.

Kein einziger Gast ist zu sehen. Die Tische und Bänke vor dem Haus sind verlassen.

»Mach ruhig langsam«, sagt Emmenegger. Als ob er das extra betonen müsste. »Ich geh schon mal vor und schau, was da los ist.«

Als Emmenegger die Alm erreicht, öffnet sich die Tür. Eine Frau mit Kopftuch kommt heraus, einen Besen in der Hand. Die beiden unterhalten sich, nach kurzer Zeit verschwindet die Frau im Haus.

Endlich erreicht Eva humpelnd die Alm. »Und – was ist jetzt?«

»Die öffnen offiziell erst am Ostersonntag. Aber sie macht uns trotzdem was zu essen und zu trinken. Und du kriegst ein warmes Fußbad und Pflaster.«

»Mei, ist das schön!« Eva könnte heulen vor Freude.

Die rote Schirmmütze

Auf der Leadner Alm
Nachmittags

Die Frau mit dem Kopftuch entpuppt sich als die Mutter des Leadner-Bauern. Sie wohnt seit zwei Wochen mutterseelenallein hier oben, um alles für den Saisonauftakt zu Ostern vorzubereiten. Ihrer fünfundsechzig Lenze zum Trotz fühlt sie sich jung und fit. Ihr macht das Putzen Spaß, und der »liabe Bua kann amol in den Urlaub fahren«, lacht sie. »Zu Ostern, wenn die vielen Gäst kemmen, isch er donn wieder do.«

Nachdem Eva im Schankraum, mit dem Rücken zum Kamin, genüsslich ihre Füße gebadet hat, gesellt sie sich zu Emmenegger und der Bäuerin, die draußen sitzen, bei Speck und Kaminwurzen, einem Krug Roten und einem großen Glas Buttermilch. Hilde ist mit einem Knochen beschäftigt, an dem sie geräuschvoll nagt.

Die Bleiklötze sind weg. Eva hat wieder Füße. Sie prickeln heftig, aber das geht vorbei. Die Blasen sind gut verpflastert, die Welt ist wieder schön.

Mittlerweile steht die Sonne tief. Die Schatten sind lang, das Grün der Felder ist dunkler jetzt, das Licht weicher. Weit kann man schauen, über endlose Tannenwälder, die blau herüberschimmern, bis zu schemenhaften Gipfeln am Horizont.

»Da bist ja.« Emmenegger schiebt ihr ein Glas Roten hin. Aber Eva greift lieber nach der Buttermilch und wischt sich hinterher genüsslich die Milchreste vom Mund. Dann beißt sie in eine Kaminwurz, serviert auf urigen Baumscheiben und mit Essiggurken drapiert.

»I mog's, wenn's zünftig isch«, schmunzelt die Bäuerin. »Lang zu, Madl!«

»Also, wie sieht's aus, wollen wir morgen zu den Stoanernen

Mandeln?«, neckt Emmenegger sie. Er zeigt auf die hölzernen Wegweiser, die von der Alm in verschiedene Richtung führen. »A Katzensprung, bloß zweieinhalb Stunden mehr.«

»Bisch deppet, Bua? Do oben liegt nou Schnea«, schilt die Bäuerin.

Emmenegger grinst und legt die Quittung aus Brünners Regenjacke auf den Tisch.

Wie sich herausstellt, erinnert sich die Frau gut an den Mann. Sein Name sagt ihr nichts, er hat ihn nicht genannt, aber sie erkennt ihn von dem Passbild, das die beiden ihr zeigen.

**

Es war vor vierzehn Tagen gewesen, am selben Tag, als ihr Sohn sie zur Leadner Alm heraufgefahren hatte.

Die Bäuerin war in der Küche, als ein Wanderer in die Gaststube kam und wissen wollte, ob sie etwas zu trinken und zu essen richten könnte. Und ob sie ein wenig Sonnencreme hätte?

Der Mann hatte jämmerlich gehinkt, auf Stirn und Nase glänzte ein frischer Sonnenbrand.

Sie hatte geantwortet, Brot und Butter habe sie nicht, die Alm sei noch zu. Aber Speck und Kaminwurzen wären da.

Die Bäuerin lächelt Eva und Emmenegger an: »So bin i halt. I konn koan Wanderer abweis'n.«

Anschließend war ihr Sohn hereingekommen. Sie dachte, dass er sie wegen ihres weichen Herzens tadeln wollte.

Stattdessen sagte er: »Mutter, geh ins Haus und ruh dich aus«, und nahm ihr das Tablett aus der Hand.

Der Bäuerin war die eigentümliche Reaktion ihres Sohnes nicht geheuer. Sie ging ins Haus und spähte durch das Küchenfenster.

Erst jetzt bemerkte sie, dass der Neuankömmling nicht allein war.

»Wie sah die Frau aus?«, fragen Eva und Emmenegger gleichzeitig.

»Leider konn i nit amol sogn, ob Weibele oder Mandele. Genau g'segn hon i nur den Mo auf eurem Foto.«

Die Person verschwand gerade in der Toilette, und alles, was die Bäuerin sah, war ein Hinterkopf, auf dem eine rote Schirmmütze saß. Unter ihrem Rand glaubte sie, schwarze Haare zu erkennen, aber dieser Eindruck konnte auch ein Spiel des Sonnenlichts gewesen sein.

Ihr Sohn saß am Tisch und redete mit Brünner. Die Bäuerin konnte nur Satzfetzen verstehen. »Die ham über Geld geredet, so viel is sicher.«

Auf einmal standen ihr Sohn und Brünner auf. Die zweite Person kam aus der Toilette und verschwand mit den beiden anderen hinter dem alten Heustadl. Der Statur nach entweder ein kleiner, zierlicher Mann oder eine sehr schlanke Frau mit jungenhafter Figur.

»I wär ihnen am liebsten nachg'laufen, aber i wollt net, dass mein Sohn meint, i spionier.«

Als er wenig später allein zurückkam, fragte sie, was die Fremden gewollt hätten. Ihr Sohn antwortete, sie hätten über Wandertouren gesprochen. »Aber er konnt mir den ganzen Tag nit in die Augen schaun.«

»Wie können wir Ihren Sohn erreichen?«, fragt Emmenegger.

Die Bäuerin notiert seine Handynummer auf einem Zettel, macht ihnen aber wenig Hoffnung auf einen schnellen Rückruf.

Der junge Leadner-Bauer befindet sich zurzeit auf einem Kreuzfahrtschiff im Atlantik, ungefähr in der Mitte zwischen den Kanarischen und den karibischen Inseln.

»Lass uns noch einmal mit Herrn Ludwig sprechen«, schlägt Eva vor. »Irgendwer muss doch beobachtet haben, mit wem Ulrich Brünner zu dieser Wanderung aufgebrochen ist.«

***

Kurz darauf packen sie ihre Sachen zusammen und verabschieden sich. Emmenegger schaut auf die Uhr und überschlägt die Zeit. Sie haben noch eine Stunde und zwanzig Minuten, bis die Dämmerung kommt. Bis dahin müssen sie den Wald durchquert haben.

Als sie den Hohlweg erreichen, stolpert Eva über eine Wurzel und stürzt. Mit schmerzverzerrtem Gesicht krümmt sie sich auf dem Boden. Sofort ist Hilde bei ihr und leckt ihre Hand.

Emmenegger will ihr aufhelfen, aber der Fuß lässt sich nicht belasten. »Mist, ich glaub, der ist gebrochen.«

Eva wird es nicht zu Fuß zum Auto schaffen, schon gar nicht vor Einbruch der Dunkelheit. »Bleib sitzen, ich frag, ob die Leadner-Bäuerin uns fahren kann.« Emmenegger sprintet los.

Die Frau schlägt die Hände über dem Kopf zusammen. Das Auto ihres Sohnes steht in Meran.

Aber im Heuschober rostet noch ein Gefährt vor sich hin – ein VW-Kombi, der der früheren Almwirtin gehört hat.

Die Augen der Leadner-Bäuerin sind nicht mehr so gut, vor allem im Zwielicht, aber wenn Emmenegger fahren möchte?

Ein Wunder geschieht, der alte, klapprige VW springt an. Vorsichtig bugsiert Emmenegger ihn zwischen Mistgabeln und anderen, gefährlich aussehenden, mit Haken und Zinken gespickten Gerätschaften ins Freie.

Als Eva zwei Stunden und einen Arztbesuch nebst Röntgenbild später auf ihrem Sofa liegt, bringt sie schon wieder ein halbes Lächeln zustande. Und das Mundwerk läuft auch wie geschmiert.

»Da hast du's. Bergtouren schaden der Gesundheit.«

Emmenegger flucht innerlich. Die Leadner Alm ist die klassische Einsteigertour, auf der nicht viel passieren kann. Eigentlich …

»Paps wird untröstlich sein, wenn ich auf seinem Frühjahrsball nicht mit ihm tanzen kann.«

»Schmarrn«, sagt Emmenegger. »Saublöd, das mit deinem

Fuß, aber es ist bloß eine Sehnenzerrung. Der Arzt hat gesagt, in ein, zwei Tagen ist alles wieder in Ordnung.«

Und da sind auch die Ermittlungen im Mordfall Brünner.

»Ich kann doch jetzt nicht einfach aussetzen!«

»Bist doch bloß auf den Fuß gefallen, nicht auf den Kopf«, grinst Emmenegger. »Die Laufarbeit übernehm halt ich bis auf Weiteres. Gleich morgen, nach der Leichenschau, geh ich noch amol ins Schlosshotel. Und du schonst deinen Fuß.«

»Aber …«

»Keine Widerrede.«

Mit dem Kopf voller Bedenken gibt Eva sich geschlagen.

Emmi allein im Schloss. Das ist ungefähr so beruhigend wie die Wilde Hilde auf dem Frühjahrsfest ihrer Eltern.

Tag 3 – Alte Narben

Meran, Innenstadt
Samstag, 25. März, später Vormittag

Der Unterschied zwischen dem Schlosshotel Principe und dem Ort, von dem Emmenegger gerade kommt, könnte größer nicht sein.

In der Leichenhalle der Meraner Gerichtsmedizin in der Galileo-Galilei-Straße gibt es weder Marmor noch Brokat, sondern schlichte weiße Kacheln. Die Temperatur liegt knapp oberhalb des Gefrierpunkts. Es riecht nicht nach Rosen und Jasmin, sondern nach Desinfektionsmitteln. Der einzige Luxus besteht in einem aufwendigen Kühlsystem.

Die Gerichtsmedizinerin Sara Landers macht ihrem Spitznamen »Eisprinzessin« alle Ehre. Freundliches Benehmen zu Kollegen und Mitarbeitern ist unter ihrer Würde. Viel lieber als im Sektionssaal hält sich die Landers in der Nähe von Merans Reichen und Schönen auf. Emmenegger gehört weder zur einen noch zur anderen Kategorie.

Diesmal war das »Guten Morgen« besonders kühl ausgefallen. Sara Landers war wütend wegen der Anweisung des Polizeichefs, Ulrich Brünners Obduktion vorzuziehen.

Wenn jemand sie mit der Nase darauf stieß, dass auch sie lediglich eine Befehlsempfängerin war, wurde sie fuchsteufelswild.

Ulrich Brünner war in guter körperlicher Verfassung gewesen. So viel zu Kohlgrubers These, dass der Mann todkrank war. Auch sein Herz war kerngesund. Trotzdem hatte es auf der Terrasse beim Unterweger plötzlich ausgesetzt.

Die Landers hatte Gewebe- und Blutproben entnommen, die im Labor analysiert werden würden, aber Emmenegger hatte keine Lust, so lange zu warten.

Sara Landers kniff die Lippen zusammen. »Bevor der Laborbefund vorliegt, kann ich nichts dazu sagen, das sollten Sie mittlerweile wissen.«

Das einzig Ungewöhnliche, was sich bei der Sektion ergeben hatte, war eine Reihe von Operationsnarben an der linken Hüfte. »Es sieht ganz nach einem jahrzehntealten Bruch des Oberschenkelhalsknochens aus«, bemerkte Sara Landers am Ende, in einem ungewöhnlichen Anflug von Offenherzigkeit.

Die Würde selbst

Schlosshotel Principe
Später Vormittag

Und jetzt betritt Emmenegger eine andere Welt. Offenbar ist am Samstag An- und Abreisetag im Schlosshotel Principe. In der Halle türmen sich Lederkoffer, Golftaschen und Kosmetikköfferchen. Menschen in eleganter Reisekleidung eilen hin und her.

Emmenegger hat seine Jeans gegen einen dunklen Anzug getauscht. Das Teil stammt noch aus der Zeit, als er seinem Vorgänger im Amt auch in Kleidungsfragen nacheiferte. Weil er im letzten Sommer durchs Kraxeln ziemlich viele Muskeln aufgebaut hat, spannt der Anzug jetzt mächtig an den Schultern.

Aber wenn er mit den Wölfen heulen muss, um diesen Mordfall zu lösen, dann halt in Gottes Namen.

Vor der Rezeption hat sich eine kleine Schlange gebildet. Emmenegger setzt sich in einen der brokatbezogenen Sessel und spielt Zuschauer.

Hinter dem Tresen stehen drei Hotelangestellte. Einer von ihnen ist Ludwig. Der Empfangschef ist in seinem Element. Ruhig und effizient steckt er Hotelrechnungen in Umschläge, nimmt Kreditkarten entgegen, macht Small Talk – und hat noch die Zeit, Fragen seiner beiden Kollegen zu beantworten. Die Rezeption ist sein Revier, die Gäste sind herzlich willkommen, aber eben – Gäste.

Da ist keine Spur einer Demutshaltung oder von Anbiederung, nur professionelle Hilfsbereitschaft. Ludwig ist die personifizierte Würde.

Menschenskind, dieser Mann hat den Kopf über der Wasserlinie, egal, welcher Gschaftlhuber gerade ein- oder auscheckt. Emmenegger kann nicht umhin, ihn zu bewundern.

Er selbst würde beim erstbesten Gast, der ihn von oben herab behandelt, ausrasten.

Bei ein paar Anreisenden kommt Ludwigs Freude sichtlich von Herzen. Der Mann strahlt, schüttelt Hände. Persönlich begleitet er die Gäste zum Aufzug, drückt Knöpfe, winkt nach dem Pagen, packt mit an.

Auf dem Rückweg entdeckt er Emmenegger. Sein Lächeln wird ein wenig kühler, aber er hat sich sofort im Griff. Freundliches Nicken, der Anflug eines Augenzwinkerns – ein kurzes Handzeichen: zehn Minuten.

Emmenegger beschließt grimmig, sich in Geduld zu üben, doch schon nach wenigen Minuten kommt ein Page angelaufen. Herr Ludwig erwarte ihn jetzt in seinem Büro.

***

Durch eine kaum sichtbare Tapetentür neben der Rezeption betritt Emmenegger eine andere Hotelwelt. Diese hier ist ihm deutlich sympathischer. Statt der teuren Seidenteppiche funktionale Läufer. Weiß gekalkte Wände. Energiesparlampen statt Kristalllüster.

Ludwigs Büro ist klein und fensterlos. Ein Schreibtisch aus Walnussholz, darauf eine grüne Bankerlampe. Zwei Sessel und ein Tischchen, alles ein wenig abgewohnt, vielleicht Stücke aus dem Hotelbestand. Dahinter ein deckenhohes Regal, Walnuss, mit Schubladen.

Herr Ludwig erhebt sich und reicht Emmenegger die Hand. »Ispettore! Ich freue mich, Sie wiederzusehen«, sagt er, und es klingt echt. Dass es nicht ganz die Wahrheit ist, verrät nur das unmerkliche Wippen seines Fußes gegen die Schreibtischkante. »Ich nehme an, Herrn Brünners Tod führt Sie zu uns?«

»Tut mir leid, dass ich Sie erneut belästigen muss.« Emmenegger kann auch vornehm tun, leider kriegt man davon so einen fauligen Geschmack im Mund.

»Darf ich Ihnen einen Tee kommen lassen? Wir haben

einen wirklich sehr guten Darjeeling. Oder vielleicht einen Earl Grey? Falls Sie eine Kräutermischung vorziehen, würde ich einen Rooibostee mit Vanille vorschlagen.«

Emmenegger bekommt auf der Stelle Sodbrennen. »Nein danke, sehr nett, aber Tee – äh. Zum Mordfall Brünner. Wissen Sie, ob der Tote einen Laptop oder etwas in der Art bei sich hatte?«

Ludwig überlegt. »Ich glaube nicht, dass ich Herrn Brünner mit einem derartigen Gerät gesehen habe.«

Emmenegger seufzt. »Um ehrlich zu sein, gibt uns der Tote einige Rätsel auf.«

»Wirklich?« Herr Ludwig blickt erstaunt drein. »Das wundert mich aber. Mir kam Herr Brünner nie besonders geheimnisvoll vor.«

»Herr Ludwig …« Wie soll er die Sache anfassen? »Dieses Hotel hier ist mehr als ein Job für Sie, nicht wahr?«

Der Empfangschef lächelt. »Vor vierzig Jahren habe ich im Principe als kleiner Page angefangen, Ispettore. Das Hotel ist meine zweite Heimat. Fast mein ganzes Leben habe ich hier verbracht.«

»Ich hab Sie vorhin beobachtet«, tastet sich Emmenegger weiter vor. »Sie behandeln die Leute auf eine besondere Art. So – persönlich. Aber das funktioniert nur, wenn man seine Gäste kennt.«

Ludwig lehnt sich zurück. »Und jetzt wollen Sie wissen, wie gut ich Herrn Brünner kannte.« Seine Miene ist ausdruckslos, seine Augen ruhen auf der polierten Schreibtischplatte.

Emmenegger sagt nichts. Wartet.

***

Schließlich schaut der andere auf. »Bei uns wird Herr Brünner als Privatier vermerkt, aber ich bin nicht sicher, ob das zutrifft. Es könnte sein, dass er nicht ganz so wohlhabend war, wie er vorgab. Aber das kommt häufiger vor.«

»Wie meinen Sie das?«

»Wenn er in Gesellschaft war, bestellte er nur das Beste. Teure Weine, Champagner. Doch das war nicht oft der Fall. Abgesehen vom Frühstück speiste er außer Haus, wo es natürlich viel günstiger ist.« Herr Ludwig faltet die Hände im Schoß. »Aber daran ist nichts Geheimnisvolles. Einige Gäste sparen das ganze Jahr auf den Aufenthalt in unserem Haus. Während dieser Zeit schlüpfen sie in ein anderes Leben, in dem sie vermögender und erfolgreicher sind als in Wirklichkeit. Man spielt eine Rolle, und natürlich erzählt man die eine oder andere kleine Lüge, wo man herkommt und wie man sein Geld verdient. Vielleicht war das auch bei Herrn Brünner der Fall«, sagt der Empfangschef. »Trotzdem mochte ich ihn. Er war ein freundlicher, bescheidener Mensch, der wenig Aufhebens um seine Person veranstaltete. Stattdessen machte er anderen gern eine Freude. Zum Beispiel gab er großzügig Trinkgeld, vor allem den kleinen Angestellten, unseren Pagen und Hilfskellnern. Und den Zimmermädchen.«

»In seinem Ausweis ist seine Heimatanschrift vermerkt, die wenig vertrauenerweckend ist«, sagt Emmenegger. »Haben Sie sich nicht gefragt, ob Brünner die Hotelrechnung überhaupt bezahlen kann?«

»Frankfurt-Sachsenhausen ist mir ein Begriff«, sagt Herr Ludwig kühl. »Das ist keine Villengegend, aber durchaus respektabel.«

»Da hat er schon seit Jahren nicht mehr gewohnt.«

»Oh.«

»Ich dachte, Sie überprüfen die Ausweise Ihrer Gäste.«

»Sämtliche Daten der Stammgäste sind bei uns gespeichert. Adresse, Geburtstag, Kreditkartennummer. Persönliche Wünsche«, sagt Ludwig leise. »Uns ist es wichtig, ihnen die umständliche Anmeldeprozedur zu ersparen. Wir wollen sie als alte Freunde begrüßen, nicht bloß als zahlende Gäste.«

»Nur interessehalber: Wie hoch ist seine Rechnung mittlerweile?«

Jetzt konsultiert der Empfangschef doch seinen Laptop.

»15.826 Euro und fünfzig Cent.«

Donnerwetter.

»Herr Brünner wird Ihnen wohl diesmal das Geld schuldig bleiben«, sagt Emmenegger. Besser, die fünfzigtausend Euro vorerst nicht zu erwähnen. »Sein Konto war zum Zeitpunkt seines Todes um über viertausend Euro überzogen.«

»Oh.«

Ludwig ist wohl doch kein so guter Menschenkenner. Der freundliche, sympathische, bescheidene Brünner – ein Betrüger.

»Tut mir leid.«

Ludwig winkt ab: kein großer Ausfall für das Hotel.

»Hatte Herr Brünner denn bestimmte Wünsche, die bei Ihnen vermerkt sind?«

Langsam schüttelt Ludwig den Kopf. »Es war das Gegenteil eines Wunsches. Herr Brünner war einer der ganz wenigen Gäste, die keines unserer Detoxprogramme in Anspruch nehmen wollten.«

Emmenegger sucht krampfhaft nach einem Weg, um Brünners Frauengeschichten zur Sprache zu bringen. »Hat sich Herr Brünner auffallend oft mit weiblichen Gästen unterhalten?«

Auf Herrn Ludwigs Stirn erscheint eine steile Falte. »Worauf wollen Sie hinaus?«

»Ich versuche, mir ein allgemeines Bild von dem Toten zu machen. Sie haben ihn ja selbst als Gentleman alter Schule beschrieben«, beschwichtigt Emmenegger. Eva wäre stolz auf seine diplomatischen Fähigkeiten.

Der Empfangschef scheint ein wenig besänftigt. »Natürlich kam er viel mit Damen in Kontakt. Das liegt in der Natur der Sache, wenn jemand so gut getanzt hat wie Herr Brünner. Meines Wissens hat er bei keinem Tanztee gefehlt. Ich habe außerdem bemerkt, dass er sich für einen Tanzkurs angemeldet hat. Die Tanzschule, mit der wir zusammenarbeiten, liegt direkt hinter dem Hotel, in einer kleinen Villa. Erkundigen Sie sich doch bei Frau Glück, der Inhaberin, mit besten Grüßen von mir.«

Emmenegger hat ungefähr genauso viel Lust auf einen Besuch in dieser Tanzschule wie auf eine Wurzelbehandlung.

»Danke für den Tipp, das werde ich tun. Haben Sie in den

letzten Tagen vor seinem Tod eine Veränderung bei Herrn Brünner bemerkt?«

»Wenn es eine Veränderung gab, dann zum Positiven. Herr Brünner wirkte geradezu glücklich.« Ein paar dunkle Haare fallen Ludwig in die Stirn, und sorgfältig streicht er sie zurück. »Am Morgen seines Todes hat er eine Bemerkung gemacht, ich weiß allerdings nicht, ob sie von Bedeutung ist.«

Emmenegger zückt seinen Notizblock.

»Sinngemäß sagte er, ihm sei etwas sehr Gutes widerfahren und dass er nicht gedacht habe, dass es noch einmal in seinem Leben dazu kommen würde.«

Die fünfzigtausend Euro? Brünners Worte klingen zu euphorisch für Geld. Andererseits: Mit so viel Geld in der Tasche neu anfangen zu können, ist schon ein Grund für gute Laune.

»Ich habe ihm einfach nur gratuliert, ohne mich zu erkundigen.« In Ludwigs Stimme klingt Bedauern mit. »Jetzt wünschte ich natürlich, ich hätte nachgefragt, worum es ging. Aber das ist in unserer Branche tabu. Empfangschefs sind wie Beichtväter. Wir hören zu, aber wir fragen nie.«

* * *

Das Telefon auf seinem Schreibtisch klingelt.

»Ja, ich verstehe. Natürlich. Wir sind sowieso fertig.« Herr Ludwig legt auf.

»Wann wir fertig sind, bestimme ich, Herr Ludwig.«

Eine leichte Röte überzieht das Gesicht des anderen. »Ich bitte um Verzeihung.«

»Sie denken an die Personal- und Gästeliste?«

»Natürlich.« Ludwig neigt den Kopf. »Frau Marthaler sucht Sie, Ispettore.«

Emmenegger runzelt die Stirn. »Meine Kollegin? Die sollte doch im Büro bleiben.«

»Entschuldigen Sie, ich habe mich unklar ausgedrückt. Nicht Eva Marthaler möchte Sie sprechen. Sondern ihre Mutter.«

Nenn mich Marianne

Schlosshotel Principe, Tee-Salon

Marianne Marthaler sieht wie immer aus, als käme sie geradewegs von einem Empfang im Buckingham-Palast. Hellgraues Schneiderkostüm, gleichfarbige Pumps, Perlohrringe, champagnerfarbene Seidenbluse mit kleinem Kragen, der gut zu ihren herzförmigen Gesichtszügen passt.

Als sie aufsteht, um ihn zu begrüßen, verrutscht ihr Lächeln ein wenig, und sie betastet ihre Frisur, bei der kein Härchen aus der Reihe tanzt.

Verdattert steht Emmenegger im Tee-Salon des Principe und kommt sich vor wie ein schäbiges, unförmiges Möbelstück, das auf die Entrümpelung wartet.

Bisher hat er mit Evas Mutter höchstens ein paar Sätze gewechselt. Das große Wort führt stets Evas Vater, Hans Marthaler.

Was will die Frau bloß von ihm?

Emmenegger hört Gemurmel und das leise Klappern von Tassen. Zeitungsseiten rascheln. Ludwig hat sich diskret zurückgezogen.

»Guten Tag, Herr Emmenegger.« Marianne Marthaler muss zu ihm hochschauen, sie reicht ihm nur bis zur Brust. Ein Windstoß könnte die Frau umblasen. Als sie ihm die Hand gibt, wagt er kaum, sie zu ergreifen. Sie hat die Hände eines Weihnachtsengels. Ihre Finger mit den hellrosa lackierten Nägeln sind wie aus Wachs.

»Es tut mir leid, dass ich Sie derart überfalle«, sagt sie zögernd. »Schon seit Tagen überlege ich hin und her, wie – Und ins Kommissariat wollte ich nicht, wegen – Ich war mit einer Freundin in der Stadt und hab Sie hier reingehen sehen ...« Sie ringt ihre Hände. »Vielleicht möchten Sie ...«

Ein Kellner eilt herbei. Er macht einen Bückling vor Marianne. Emmenegger schenkt er ein breites Grinsen. »Grüß Gott, Ispettore!«

Der Kellner Janosch ist ein alter Bekannter. »Janosch, was machen Sie denn hier? Ich dachte, Sie bedienen im Stadttheater?«

»Hab einen Tapetenwechsel gebraucht.« Janosch verzieht das Gesicht. »Man hat mir gesagt, ich soll mich um Sie beide kümmern, auch wenn Sie keine Hotelgäste sind. Einen Tee für die Dame?«

Marianne Marthaler nickt.

»Hier im Haus gibt es überhaupt keine alkoholischen Getränke«, wispert Janosch in einem Ton, als melde er ein Schwerverbrechen. »Die entgiften hier. Vielleicht gut für den Körper, aber schlecht fürs Gemüt. Sehr, sehr schlecht. Soll ich Ihnen eins dieser Biere ohne Umdrehungen bringen, Ispettore?«

»Diese Brühe trink ich nicht, Janosch. Schlecht fürs Gemüt.«

»Das ist ein spezielles Alkoholfreies. Das wird Ihnen munden, glauben Sie mir.« Er zwinkert, und weg ist er.

***

Die Getränke kommen sofort. Das Bier ist frisch gezapft, das Glas eiskalt, perfekte Blume.

Emmenegger genehmigt sich einen großen Schluck.

Von wegen alkoholfrei. Das ist ein Forster-Bier, wie es leibt und lebt. Janosch, du alter Schelm.

Marianne Marthaler nippt an ihrem Tee.

»Herr Emmenegger, ich wollte mit Ihnen über Eva sprechen.« Ach wirklich, da wäre er ja nie draufgekommen.

Ihr Gesicht ist ernst, fast feierlich, wie vor einer großen Verkündigung. Emmenegger schwant Böses. Vielleicht hat bei Marthalers der Familienrat getagt. Und sie wurde vorgeschickt, um ihm beizubringen, dass er in der Familie nicht willkommen ist.

»Ich weiß nicht, wie ich es sagen soll.« Da. Er hat recht gehabt. »Bitte nenn mich Marianne.«

»Wie – wie bitte?«

Sie wird rot, dann wieder blass. »Ich glaube, dass du meine Tochter glücklich machst. Und deshalb möchte ich euch helfen.«

»Das ist – äh …«

Sie verschränkt ihre Finger ineinander. »Ich glaube, ich kenne deinen Vornamen gar nicht.«

Schließlich findet Emmenegger seine Sprache wieder. »Der ist peinlich, und deshalb kennt den so gut wie keiner.« Er räuspert sich. »Amadeus heiß ich. Meine Eltern sind in jedes klassische Konzert gerannt. Als ich unterwegs war, hatten sie gerade ihre Mozart-Phase.«

»Amadeus Emmenegger. Der Name hat einen guten Klang.«

Er weiß nicht, was er erwartet hat, aber bestimmt nicht das. Ihre Augen lachen über sein dummes Gesicht, und dann grinst auch Emmenegger.

»Eva ist unsere einzige Tochter«, sagt Marianne nach kurzem Schweigen. »Ihre ältere Schwester ist vor ein paar Jahren verunglückt, aber das weißt du ja bereits. Eva ist die Einzige, die unseren Betrieb übernehmen könnte.«

Sie nippt an ihrem Tee. »Statt in Hans' Fußstapfen zu treten, geht seine Tochter zur Polizei. Seine letzte Hoffnung war ein Schwiegersohn aus der Branche. Das Problem mit der Nachfolge wäre gelöst. Und jetzt kommst du.«

»Und was soll ich deiner Meinung nach machen? Auf Trauben umschulen?« Der Familie Marthaler gehören ausgedehnte Weingärten und eine Kellerei.

Marianne lächelt. »Ich möchte nur, dass du Hans verstehst. Er spielt den Harten, aber inwendig lebt er in ständiger Angst. Euer Beruf ist gefährlich.«

»Soll ich Eva dazu bringen, dass sie ihren Job an den Nagel hängt? Bist du deswegen hier?«, fährt Emmenegger auf. »Das könnt ihr euch abschminken.«

»Nicht gleich aufregen. Hans weiß gar nicht, dass ich hier bin.« Sie legt ihm die Hand auf den Arm.

»Ich pass schon auf sie auf«, sagt Emmenegger nach einer Weile.

»Mein Mann kommt aus sehr reichem Haus. Seine Familie besitzt Weinberge im ganzen Vinschgau, die von Generation zu Generation weitervererbt werden«, sagt Marianne schließlich. »Mein Vater hat auf dem Bau gearbeitet, und als er einen Unfall hatte und starb, ist meine Mutter putzen gegangen, um mich großzuziehen.«

Emmenegger starrt sie an. Marianne Marthaler verströmt diese besondere Eleganz, die von innen kommt und die man nicht lernen kann.

»Gell, da schaust?« Marianne zwinkert ihm zu. Wieder blitzt etwas Spitzbübisches in ihren Augen auf, das nicht zu ihrem sonstigen Auftreten passt.

»Wir haben uns auf einem Faschingsfest seiner Eltern kennengelernt, auf dem ich gekellnert hab. Im Funkenmariechen-Kostüm, kannst du dir das vorstellen?«

Nein, kann er nicht.

Marianne kichert hinter vorgehaltener Hand. »Grad mal achtzehn war ich damals. Anfangs wollte ich nichts mit Hansi zu schaffen haben, wegen seiner hochnäsigen Familie und so, aber er hat nicht lockergelassen, bis ich ihm meinen Namen verraten hab.« Sie beißt sich auf die Lippen. »Es tut mir leid, wenn ich dich langweile.«

»Tust du nicht.« Und das meint Emmenegger ehrlich.

»Als seine Eltern gemerkt haben, dass es uns ernst ist, brach natürlich ein Sturm der Entrüstung los. Aber Hans hat sich nicht einschüchtern lassen und zu mir gehalten. Am Ende haben sie nachgegeben. 1988 haben wir geheiratet.«

Emmenegger hat eine Ahnung, worauf sie hinauswill. »Also war es ein bisschen so wie jetzt bei uns.«

Sie nickt. »Wie es damals mit ihm und mir zugegangen ist, hat Hans ganz vergessen. Wenn ich ihn daran erinnere, behauptet er, das sei was ganz anderes gewesen. Wir hätten viel mehr gemeinsam gehabt als ihr zwei.« Sie verdreht die Augen. »Wir hatten nichts gemeinsam, außer dass wir nicht die Hände voneinander lassen konnten. Und sieh uns an – heute sind wir immer noch verheiratet.« Unwillkürlich dreht sie an ihrem Ehering, dann schaut sie zu ihm hoch. »Hans glaubt, dass du Eva auf Dauer unglücklich machst, Amadeus. Ihr Glück ist ihm wichtiger als alle Weinberge zusammen. Seiner Meinung nach passt sie sich an dich an, weil sie Angst hat, du würdest sie sonst nicht lieben. Er befürchtet, dass sie Dinge aufgibt, die ihr Freude machen, weil du sie ablehnst. Und dass sie wegen dir bei der Polizei bleibt, obwohl sie sich gern anders entwickeln möchte.«

Jedes Wort ist ein Stich in Emmeneggers Herz.

✳✳✳

Marianne holt tief Atem. »Hans sagt außerdem, dass du zu alt bist, um dich zu ändern.«

Emmenegger hat gewusst, dass der Altersunterschied auf den Tisch kommen würde. Ihm fallen tausend Worte zu seiner Verteidigung ein, aber ein Kloß steckt in seinem Hals.

»Da ist zum Beispiel die Sache mit dem Tanzen. Eva tanzt für ihr Leben gern.«

»Ich weiß«, bringt Emmenegger heraus. Alles, was er in der Vergangenheit über das Tanzen gesagt hat, waren dumme, abfällige Bemerkungen.

»Das hat sie von mir geerbt«, sagt Marianne stolz. »Damals, in meiner Jugend, hab ich im Meraner Tanzsportverband getanzt. Allerdings war ich nie allererste Liga. Und jetzt darf ich noch organisieren und für den Verband Geld besorgen«, lacht sie. »Hans hat wegen mir mit dem Tanzen angefangen, obwohl er zwei linke Füße hat.« Dann wird sie ernst. »Vielleicht kannst du dich ja dazu überwinden, mit Eva auf unserem Frühlingsfest zu tanzen. Wenn ich so drüber nachdenke: Je schlechter du tanzt, desto besser.« Sie grinst. »Ein Mann muss für eine Frau über seinen Schatten springen können, das sagt Hans immer. Wenn du ihm zeigst, dass du das kannst …«

Sie meint es gut, aber diese verquere Diplomatie geht ihm gegen den Strich.

Seine Miene spricht wohl Bände. Das Schweigen zieht sich in die Länge.

Verzweifelt sucht Emmenegger nach irgendwas Unverfänglichem. »Das Opfer in unserem neuesten Mordfall hat auch gern getanzt.«

»Wirklich?« Höfliches Interesse. Marianne schaut auf die Uhr.

»Ja, der Mann war Stammgast im Principe. Deshalb bin ich ja hier im Hotel. Ulrich Brünner, so hieß er.« Schluss mit der Faselei und hier raus. »Tja, dann – ich muss dann wieder …«

Marianne Marthaler ist schneeweiß im Gesicht. Ihre Hände zittern. »Ulrich Brünner. Kann ich – Hast du vielleicht ein Foto dabei?«

Emmenegger ist perplex. »Ja, schon.«

Sie starrt ihn mit großen Augen an. Emmenegger zieht sein Tablet hervor und ruft die Mord-Akte auf. Da ist auch das Passfoto eingescannt. Er dürfte ihr das eigentlich nicht zeigen, aber er tut es trotzdem.

Jetzt sind ihre Wangen wächsern. Das Gesicht eines Weihnachtsengels, der nicht mehr an Weihnachten glaubt.

»Ich kenne diesen Mann«, sagt Marianne Marthaler.

Herr Ludwig muss passen

Im Kommissariat
Etwa zur gleichen Zeit

Eva gähnt. Diese Nacht war an Schlaf nicht zu denken gewesen. Sie hat jeden Muskel in ihrem Körper gespürt. Und ihr Fußgelenk tat weh, sobald sie sich bewegte.

Außerdem: Mit Emmi in einem eins zwanzig breiten Bett, das ist total romantisch, aber alles andere als bequem ...

Und dann dieser Telefondienst. Der nervt kolossal, vor allem, wenn nichts dabei herauskommt. Die beiden Familien, die beim Unterweger mit Kreditkarte bezahlt haben, waren ausschließlich mit ihrem jeweiligen Nachwuchs beschäftigt. Pflichtschuldig hat Eva das Foto von Brünner in die Runde geschickt, aber keiner von diesen Leuten kann sich erinnern, den Mann gesehen zu haben.

Eva betastet gerade ihren schmerzenden Fuß, da pingt ihr Computer.

Sehr verehrte Frau Marthaler,

anbei finden Sie die gewünschte Aufstellung unseres Personals. Leider muss ich bei der Gästeliste passen. Wir mussten unsere Gäste über Ihren Wunsch natürlich informieren. Daraufhin gab es eine Reihe von Beschwerden beim Hoteleigentümer, der – wie Sie vielleicht wissen – über erheblichen Einfluss verfügt. Ich bedaure unendlich, aber Sie werden, fürchte ich, die Liste nicht bekommen. In dieser Angelegenheit sind mir die Hände gebunden.

Mit herzlichen Grüßen aus dem Schlosshotel Principe
Herr Ludwig

Vor lauter Frustration will Eva aufspringen, fällt aber mit einem Schmerzensschrei wieder zurück auf den Stuhl.

Wie sollen sie ohne die Liste der Gäste weiterkommen?

Sie wählt Emmeneggers Nummer. Mailbox. Eva flucht. Es kann doch nicht so schwer sein, das Handy regelmäßig aufzuladen, oder?

Kurz entschlossen schluckt sie zwei Schmerztabletten und ruft ein Taxi.

***

Vor dem Schlosshotel Principe. Etwas später.

Eva hat gerade den Fahrer bezahlt, da sieht sie ihre Mutter, die durch das schmiedeeiserne Tor des Principe auf die Straße tritt. Aus einem Impuls heraus verschwindet Eva hinter einen Baum.

Was macht Mami im Schloss?

Marianne Marthalers Augen sind gerötet. Durch ihr Make-up zieht sich eine Tränenspur.

Da sieht Eva, wie ihre Mutter etwas zu einem Raucher sagt, der sich neben dem Eingang die Beine vertritt.

Der Mann zieht eine Zigarette aus seiner Packung und gibt ihrer Mutter Feuer.

Eva traut ihren Augen nicht. Sie hat immer geglaubt, Mami wäre Nichtraucherin seit Anbeginn der Zeit.

Aber Mami raucht. Sie weint. Ihr Make-up ist zerstört. Diese Dinge passieren einfach nicht. Marianne Marthalers oberste Gebote sind Selbstkontrolle und Fassung bewahren.

Schließlich wendet sich ihre Mutter Richtung Cavourstraße. Während Eva noch unschlüssig ist, was sie tun soll, kommt Emmenegger aus dem Hotel.

Das kann kein Zufall sein.

Eva tritt auf ihn zu. »Was geht hier vor? Was hast du mit meiner Mutter angestellt?«

Emmenegger zuckt zusammen. Das schlechte Gewissen steht ihm ins Gesicht geschrieben.

»Eva! Was machst du denn hier? Wäre es nicht besser, du würdest deinen Fuß schonen?«

Typisch Mann: Kritische Fragen mit Gegenfragen parieren.

»Da drüben ist ein Café. Da gehen wir zwei jetzt rein und reden.« Sie zerrt Emmenegger über die Straße. »Wie kommst du dazu, hinter meinem Rücken mit meiner Mutter zu sprechen?«

Emmenegger streckt den Kopf in die Küche. »Wir hätten gern was bestellt, wenn's der Gartenbetrieb zulässt.«

»Lass das doch jetzt!«

Seufzend setzt sich Emmenegger hin. »Deine Mutter wollte mit mir reden. Ich hatte keine Ahnung davon, bis sie vorhin aufgetaucht ist. Ehrlich.«

»Und über was genau habt ihr gesprochen?«

»Sie hatte ein paar Ratschläge auf Lager, um deinen Vater milde zu stimmen. Und sie hat mir das Du angeboten.«

»Du hast sie missverstanden.«

»Sie hat gesagt: ›Ich heiße Marianne.‹ Was soll das deiner Meinung nach sonst bedeuten?«

Eva schüttelt den Kopf. »Langsam begreife ich gar nichts mehr. Warum hat sie geweint, als sie rauskam?«

Emmenegger schnäuzt sich umständlich. Er faltet das Taschentuch, bis nur noch ein kleines Viereck übrig ist. Verstaut es sorgfältig in der Hosentasche.

»Ich höre.«

»Ich weiß nicht, ob ich es dir erzählen darf. Es ist – vertraulich.«

»Wie bitte? Es geht um meine Mutter!«

»Eben deshalb.«

Eva springt auf. »Ich habe ein Recht, das zu erfahren!«

Emmenegger beißt sich auf die Lippe.

Jetzt reicht es.

»Eva, hör zu.«

»Lass mich!«

»Eva, Süße. Ich bin in einer ganz dummen Situation. Ich weiß nicht, was ich machen soll.«

»Ach so? Bist du jetzt der neue beste Freund meiner Mutter? Ist sie jetzt auf einmal wichtiger?«

»Geh zu deiner Mutter. Sprich mit ihr.«

»Da kannst du Gift drauf nehmen!«

Sie reißt sich los und rennt los.

Bloß raus hier.

***

Meran, Winkelweg.

Ihr erster richtiger Streit.

Emmenegger tröstet sich damit, dass es ja irgendwann mal dazu kommen musste. Aber es fühlt sich mies an. So, als hinge ein Bleigewicht an seinem Herzen.

Eine WhatsApp poppt auf. Arnold Kohlgruber schreibt: »Ruf mich mal an.«

Das heißt im Klartext: Der Bericht der Spurensicherung ist fertig. Die wichtigsten Ergebnisse kommen vorab per Telefon. Aber Kohlgruber ruft in letzter Zeit nicht mehr an. Ein Mann mit seinem Genius und seiner Bedeutung lässt sich anrufen.

Momentan hat Emmenegger weder Zeit noch Lust auf Spielchen. Er schreibt zurück: »Wenn was anliegt, ruf selber an. Oder lass es bleiben.«

Eine Minute später läutet das Telefon. Igor ist am Apparat, Kohlgrubers rechte Hand. »Ich soll dir vom Chef was ausrichten«, sagt er.

»Aha.«

Igors Stimme klingt betont ernst.

»Der Chef bittet sich ein – Äh, was soll ich ihm noch mal sagen?«

Gemurmel. Dann schreit Kohlgruber in den Hörer: »Erstens bitte ich mir ein Mindestmaß an Höflichkeit aus!«

Emmenegger verdreht die Augen. »Jetzt bleib mal auf dem Teppich, Kohlgruber.«

»Zweitens: Die Fingerabdrücke auf dem Geld dauern. Wir können nicht hexen! Und drittens: Ich hab von Anfang

an recht gehabt! Ganz klarer Fall von Suizid.« Kohlgrubers
Stimme trieft vor Selbstzufriedenheit. »Im Glas Wein von dem
Toten waren vierzig Milliliter Gilurtymal.«

»Sagt mir nichts.«

»Das ist ein Medikament gegen Herzrhythmusstörungen.
Hochgefährlich, es muss genau dosiert und sehr langsam eingenommen werden«, doziert Kohlgruber. »Andernfalls kriegst
du Kammerflimmern. Schon die Dosis in dem Weinrest war
absolut tödlich. Es dürfte ziemlich schnell gegangen sein.
Herzstillstand – aus die Maus.«

»Und warum soll es jetzt Selbstmord gewesen sein?«

Kohlgrubers Seufzer hängt in der Mitte durch, so wie sein
Geduldsfaden.

»Ich hab dir doch schon beim Unterweger gesagt, wie
schlecht dieser Mensch ausgesehen hat. Bestimmt war er
schwer herzkrank. In dem Fall ist dieses Gilurtymal eine erst-
klassige Wahl, um den Abgang zu machen. Ziemlich schmerz-
los und so praktisch, wenn man es eh bei der Hand hat.«

»Hast du ihn vielleicht obduziert?«

»Mit dir ist heut nicht zu reden«, klagt Kohlgruber. »Außerdem hab ich läuten hören, dass der Mann pleite war. Ein Beweis
mehr, dass ich recht hab.«

»Es ist jedes Mal das Gleiche mit dir, Kohlgruber. Du
schnappst ein paar Fetzen auf und bastelst dir eine Theorie
zusammen. Ich war heute Morgen bei der Obduktion. Der
Mann war nicht herzkrank, und es war kein Selbstmord.«

Schnauben. Grußlos legt Kohlgruber den Hörer auf.

Der tanzende Steuerberater

Meran, Schafferstraße in Obermais

Unschlüssig steht Emmenegger am Eingang des kleinen Maiser Parks gegenüber dem Schlosshotel. Es drängt ihn, sich mit Eva zu versöhnen, aber die steckt vermutlich bei ihrer Mutter. Ältere Semester im Anzug oder kleinen Schwarzen strömen in die Schafferstraße, die vom Winkelweg abzweigt. Dort muss sich diese Tanzschule befinden, von der Ludwig gesprochen hat. Emmenegger setzt sich in Bewegung. Seine Laune ist sowieso im Keller. Es kann nicht schlimmer werden.

Im Vergleich mit dem Schlosshotel Principe nimmt sich die kleine Villa aus wie das Pförtnerhaus eines fürstlichen Herrensitzes.

Als Emmenegger eintritt, ist er von Damen in den Sechzigern und Siebzigern umzingelt, die aufgeregt miteinander schnattern. Ihre Begleiter stehen steif herum und sehen weniger enthusiastisch aus. Emmenegger spürt eine starke innere Verbundenheit mit diesen vom Schicksal gebeutelten Geschlechtsgenossen.

In der Tür zum Tanzsaal steht eine schlanke, schwarzhaarige Frau Ende vierzig mit scharfen Gesichtszügen und einer Haut, um die sie viele Dreißigjährige beneiden würden. »Herzlich willkommen! Ich bin Isolde Glück, Inhaberin der Tanzschule und Ihre künftige Tanzlehrerin.« Ihr Lächeln reicht nicht ganz bis zu den Augen. »Hereinspaziert! Auch der Herr dort in der Mitte – aber was machen Sie denn für ein Gesicht? Sie sehen aus, als ginge es Ihnen ans Leder. Seien Sie unbesorgt, hier wird niemand verletzt!«

»Wer's glaubt«, murmelt Emmenegger. Er will sich gerade als Polizist zu erkennen geben, da sprudelt etwas anderes aus ihm heraus. »Ich möchte mich – äh, für einen Tanzkurs anmelden. Emmenegger heiß ich. Ähm – Alois Emmenegger. Aber wenn der Kurs schon voll –«

»Aber keineswegs! Sie haben Glück, einen Platz habe ich noch.«

»Ähm, also – prima«, stammelt Emmenegger.

»Schön! Sie können gleich heute Abend anfangen, wenn Sie möchten, Herr Emmenegger. Es ist keine Dame frei, aber das macht nichts. Ich übernehme Sie persönlich.«

»Ähm – oje – heute lieber noch nicht.« Emmenegger sucht verzweifelt nach einer Ausrede. »Zuerst das Geschäftliche regeln – und so. Schon aus Berufsgründen – Sie versteh'n?«

»Na, Sie sind ja ein ganz Korrekter. Das sind mir die Liebsten.« Schelmisch zwinkert sie ihm zu. »Ein Steuerberater, hab ich recht?«

»Äh, ja. Steuerberater. Guter Blick.«

»In meinem Beruf bekommt man ein Auge für Menschen«, trällert sie. »Dann bringen Sie den ausgefüllten Anmeldebogen morgen zur ersten Stunde mit. Und natürlich die Kursgebühr. Fünfhundertfünfzig Euro, bitte in bar.«

Emmeneggers Augen sind kugelrund. »So viel kostet ein Tanzkurs?«

»Es handelt sich um einen Kompaktkurs, speziell abgestimmt auf die Bedürfnisse von – nun, Senioren. Tja«, sie mustert ihn, »Sie sind ein wenig jung für einen Seniorenkurs, aber das schadet ja nicht. Jeden Abend anderthalb Stunden, eine Woche lang. Danach haben Sie die wichtigsten Tänze drauf, sowohl Standard als auch Latein. Da sind fünfhundertfünfzig Euro sicher nicht zu viel. Sie können es sich ja in Ruhe durch den Kopf gehen lassen.«

***

Emmenegger starrt ihr hinterher. Er hat gehofft, den Kurs mit einem weiblichen Wesen mit zwei linken Beinen zu machen, damit die seinen nicht so auffallen. Stattdessen hat er die Lehrerin an der Backe.

Auf einmal fängt die Musik an. »Rote Lippen soll man küssen ...« Echt jetzt? Zugegeben, Black Sabbath und Metallica eignen sich nicht so gut als Tanzmusik. Aber was zu viel ist, ist zu viel.

Emmenegger zerrt an dem Formular, um es in kleine Fetzen zu zerreißen. Er wird mit Eva zusammen einen Tanzkurs machen. Oder noch besser: Sie kann es ihm beibringen. Das hat den Vorteil, dass er fünfhundertfünfzig Euro sparen kann.

Aber dann hört er Hans Marthalers Stimme: »Du bist zu alt, um dich zu ändern, mein Junge.«

Und er denkt an das Strahlen auf Evas Gesicht, wenn ihr aufgeht, dass er heimlich tanzen gelernt hat. Dann wird er sie auf die Tanzfläche führen, ihre schmale Taille umfassen ...

Das wird jetzt durchgezogen. Andere Männer haben es auch überlebt.

Sünden der Vergangenheit

Kommissariat am Kornplatz
Zwei Stunden später

Den Kopf voller Watte, der verletzte Fuß pocht, die verheulten Augen brennen. So sitzt Eva im Bereitschaftsraum des Kommissariats, das Gesicht in die Hände gestützt. Die Tränen sind versiegt, stattdessen rumort die Wut in ihrem Bauch. Auf Emmenegger. Auf den toten Brünner, diesen Betrüger. Und vor allem auf ihre Mutter.

Marianne Marthaler war dabei gewesen, eine Kristallvase mit Trockenblumen zu dekorieren. Ein kurzer Blick streifte Eva. »Wie nett, dich zu sehen, Kind. Ich habe gehört, was dir passiert ist. Du Arme.« Ihre Mutter war noch blasser als sonst, und ihre Hände zitterten ein wenig.

»Ich will sofort wissen, was du Emmi erzählt hast.«

Marianne Marthaler lächelte. »Also hat er es dir nicht anvertraut? Wie nobel von ihm.«

»Leg endlich die verdammten Blumen weg!«, schrie Eva.

»Kein Grund, ausfallend zu werden«, sagte ihre Mutter ruhig.

»Wo ist eigentlich Paps?«

»Dein Vater ist ins Schlosshotel gezogen.«

»Was? Wie – ja, warum denn?«

»Dein Vater macht eine Detox-Kur. Er muss dringend entgiften, hat er gesagt. Von mir.«

»Ich verstehe kein Wort.«

»Ich hatte vor zwanzig Jahren eine Liebesnacht mit einem anderen Mann«, sagte ihre Mutter in sachlichem Ton. »Darf ich dir einen Tee anbieten?«

***

»Ich glaube dir nicht«, brachte Eva schließlich heraus. Ihre Eltern gingen nach fünfunddreißig Jahren immer noch händchenhaltend durch die Stadt. So peinlich ihr diese elterliche Verliebtheit gewesen war, so war es doch beruhigend, dass zwischen ihren Eltern alles zum Besten stand, während in ihrem Bekanntenkreis eine Ehe nach der anderen in die Brüche ging.

Das sollte alles Lug und Trug gewesen sein?

Eva hätte ihre Mutter am liebsten geschüttelt. Aber es blieb ihr nichts übrig, als zu warten, bis Marianne Marthaler ihre umständliche Teezeremonie beendet und den Rock über den Knien glatt gestrichen hatte.

»Jetzt schau nicht so, Kind. Es war ein einmaliger Ausrutscher, aber natürlich ist dein Vater am Boden zerstört. Ich habe es ihm heute gesagt.«

»Wie konntest du so etwas tun?« Eva war außer sich vor Wut und Verzweiflung. Nie würde es ihr im Traum einfallen, Emmi zu betrügen. Eher würde sie sterben, als ihm ein Leid zuzufügen. Und ihre Mutter, die …

»Urteile nicht so hart, Kind. Du denkst jetzt wahrscheinlich, dir könnte so etwas nicht passieren. Aber da täuschst du dich.«

»Hör auf damit! Diese Rechtfertigungsversuche kannst du dir sparen!«

Ihre Mutter seufzte. »Ich habe mir diese Nacht nie verziehen. Aber was geschehen ist, ist geschehen. Es tut mir schrecklich leid, dass du und dein Vater jetzt darunter leiden müsst.«

»Wer war der Mann?«

Ihre Mutter schwieg eine ganze Weile. Dann hob sie den Kopf. In einem gelassenen Ton, als ginge es um Spenden für irgendeine gemeinnützige Sache, sagte sie: »Es handelt sich um Ulrich Brünner.«

***

Eva konnte es nicht fassen. Mami – ein One-Night-Stand – ausgerechnet mit ihrem Mordopfer. Das durfte doch nicht wahr sein!

Ihr Blick flog über die italienischen Ledermöbel, das Tischchen aus Rosenholz, das Teeservice aus chinesischem Porzellan. Nutzloser Tand, unter der Oberfläche billig, fadenscheinig.

»Ich will alles wissen! Erzähl es mir. Jetzt!«

Ihre Mutter schwieg einen Moment. »Es fing mit dem Tanzen an. Der Tanzsport war mein Ein und Alles, so wie bei dir die Kriminalistik. Du warst damals ein junges Mädchen und hattest andere Dinge im Kopf. Aber vielleicht erinnerst du dich daran.«

Eva zuckte die Achseln. Was sollte das jetzt?

»Ich war nicht erste Liga, noch nicht. Aber ich hatte schon ein paar Wettbewerbe gewonnen und war ehrgeizig. Zu ehrgeizig, leider.«

»Na und?«

»Zwölf Jahre nach deiner Geburt wurde ich wieder schwanger. Dein Vater war überglücklich. Trotzdem trainierte ich wie besessen. Mit dem Ergebnis, dass ich eine Fehlgeburt erlitt.«

»Das habe ich nicht gewusst«, sagte Eva heiser.

»Das ist nichts, was man einem jungen Mädchen erzählt. Dein Vater und ich wollten dich nicht verletzen«, sagte Marianne leise. »Es stand damals sowieso nicht gut um uns. Hans gab mir die Schuld an der Fehlgeburt. Und er hatte recht.«

Das Schweigen zog sich in die Länge.

Dann: »Danach habe ich mit dem Turniertanz aufgehört. Ich wollte meine Ehe retten. Es waren schwierige Jahre, Kind. Wir hätten uns beinahe getrennt. Aber dein Vater hat mich nie aufgegeben. Er war es, der mich nach einigen Jahren ermutigt hat, einen neuen Anlauf zu wagen. Das ist überhaupt das Schlimmste …« Ihre Stimme versickerte.

»Ach so, ist jetzt Paps an allem schuld? Willst du das damit sagen?«, schrie Eva wutentbrannt.

»Ich bitte dich, mich einfach anzuhören. Ist dir das möglich?«

Schweigen.

Marianne Marthaler schenkte sich Tee nach. Ihre Hand schwankte leicht. »Der Tag, an dem es passierte, sollte eigentlich der Tag meines Comebacks werden. Der Verbandsvorstand wollte an diesem Abend entscheiden, ob sie mich wieder aufstellen«, sagte sie. »Mein damaliger Partner stand nicht mehr zur Verfügung. Schließlich war ich vier Jahre weg gewesen. Sie spannten mich mit jemandem zusammen, den ich nicht kannte. Dieser Mann war Ulrich Brünner.«

Eva starrte ihre Mutter mit offenem Mund an. »Ulrich Brünner war Tänzer?«

Marianne Marthaler nickte. »Aber im Unterschied zu mir wollte er seinen Lebensunterhalt damit verdienen. Er war Profitänzer bei einem Musical in Deutschland gewesen, doch dann hatte er einen schweren Unfall und konnte jahrelang nicht arbeiten. Um wieder Engagements zu bekommen, brauchte er eine Legitimation, dass er wieder topfit und immer noch so gut wie früher war. Der Plan hätte funktionieren können. Die Landesmeisterschaften standen vor der Tür. Aber leider …« Ihre Mutter schob den Tee zur Seite. »Ich merkte sofort, dass wir nicht harmonierten. Ulrich und ich verstanden einander nicht intuitiv, und das ist beim Tanzen der entscheidende Punkt.«

»Hinterher im Bett scheint es mit dem Verstehen ja besser geklappt zu haben.«

»Das war unter deinem Niveau«, gab ihre Mutter ruhig zurück.

Eva biss die Zähne zusammen. »Tut mir leid, Mami.«

»Es kamen viele Dinge zusammen. Ich hatte zu lange ausgesetzt. Meine Muskeln waren steif, mein Körper war nicht mehr so biegsam wie früher. Ich hatte zwar ein bisschen Gymnastik gemacht, um mich vorzubereiten. Aber wie sich zeigte, war das viel zu wenig. Der Verband wollte niemanden abstellen, um mich zu trainieren. Dort war man wegen meines plötzlichen Ausstiegs immer noch verärgert.«

»Ein bisschen Steifheit kriegt man mit Übung doch geregelt.« Eva war plötzlich sauer auf die Vereinsbonzen und ihre Voreingenommenheit.

»Nett von dir.« Ihre Mutter lächelte. »Die Katastrophe

ereignete sich beim zweiten Durchgang. Wir sind gestürzt, ausgerechnet beim Quickstep, meinem Lieblingstanz. Danach war alles aus.«

»Gestürzt? Du? Wieso das denn?«

»Ich stolperte über mein Kleid und riss Ulrich mit zu Boden.« Ihre Mutter faltete die Hände. »Einige von den Zuschauern lachten. Das war das Schlimmste. Statt uns in die Landesmeisterschaften zu tanzen, waren wir die komische Nummer des Abends.«

Sie probierte zu lächeln, aber es wirkte gezwungen, auch wenn sie es tapfer versuchte.

Den Rest konnte sich Eva denken. »Und hinterher seid ihr in eine Bar und habt euch sinnlos betrunken.«

Aber ihre Mutter schüttelte den Kopf. »Wir waren in keiner Bar. Alkohol war überhaupt nicht im Spiel. Ulrich wohnte bei einem Freund in Meran, der oft spätabends noch arbeitete. Wir sind in die Wohnung gegangen und haben miteinander geschlafen.«

»War das deine Art der Wiedergutmachung, nachdem du das Vortanzen versaut hattest?« Die Worte waren spitz wie Stacheldraht, aber Eva konnte einfach nicht anders.

»Du bist gemein«, sagte ihr Mutter leise. »Und Ulrich war nicht wütend auf mich. An diesem Abend hatten wir beide unseren Rhythmus nicht gefunden, und das wusste er. Kind, wir haben uns einfach getröstet. Ulrichs Profikarriere war unwiderruflich zu Ende, und auch bei mir gab es keinen Weg mehr zurück in den Tanzsport, der mich früher so glücklich gemacht hatte. Mit deinem Vater war es zu der Zeit ein wenig – Ich habe mich in dieser Nacht wieder begehrenswert gefühlt.«

Eva hätte sich am liebsten die Ohren zugehalten. »Der Mann war doch viel jünger als du! Wie konntest du das nur tun?«

»Der Altersunterschied wird oft überschätzt, das weißt du ja selbst«, sagte ihre Mutter mit feiner Ironie in der Stimme. »Am nächsten Morgen war es nicht mehr zu ändern. Ich habe lange mit mir gerungen, ob ich es deinem Vater sagen soll, aber ich konnte nicht riskieren, dass er mich verlässt. Du warst ein Teenager und machtest eine schwierige Zeit durch. Du brauchtest beide Eltern.«

Marianne Marthaler stand auf und schüttete den Rest von ihrem Tee in die Spüle. »Mit der Zeit verblassen die Schuldgefühle, und man denkt nicht mehr so oft daran. So war es auch in diesem Fall. Bis ich Ulrich dann vor ein paar Tagen an der Passer wiedergesehen habe.«

»Du hast – was?«

Mord bei Marthalers

Kommissariat am Kornplatz

Eva stiert vor sich hin. Ihre Mutter – ihre Familie – ist in den Mordfall verwickelt. Und zwischen ihr und Emmi ist dicke Luft. Niemand da, der sie trösten kann.

Sie greift zum Telefon. Mit Paps sprechen. Dringend.

Nach dem Gespräch ist Eva keinen Deut ruhiger – im Gegenteil. Hans Marthaler hat festgestellt, dass seine Frau eine Menge Geld von ihrem Konto abgehoben hat. Siebenundzwanzigtausend Euro.

Ihr Vater ist wutentbrannt, verletzt, das Leben in Scherben. Er vermutet, dass das viele Geld irgendwas mit dem toten Brünner zu tun hat, und Eva muss ihm recht geben. Es ist zwar nur gut die Hälfte der Fünfzigtausend aus Brünners Hotelzimmer, aber …

Die Tür fliegt auf, und Emmenegger steht im Raum. Er sieht furchtbar aus. Seine Wangen sind hohl, die Augen blutunterlaufen. »Eva, ich weiß nicht, wie ich es dir schonend beibringen soll. Vor einer Viertelstunde ist deine Mutter bei den Carabinieri aufgetaucht und hat den Mord an Ulrich Brünner gestanden.«

***

»Wo ist meine Mutter? Sitzt sie in einer Zelle?« Mit wildem Blick rennt Eva im Bereitschaftsraum auf und ab. »Ihr dürft sie nicht einsperren! Das überlebt sie nicht!«

Ihre roten Locken stehen nach allen Seiten ab. Sie sieht aus wie die Kriegsgöttin Pallas Athene, bloß ohne Helm und Schwert.

»Eva, so beruhig dich doch.«

»Unmöglich!«

»Ich glaube nicht, dass deine Mutter wen umgebracht hat. Und jetzt erzähl mir ganz genau, was sie dir über ihr Wiedersehen mit Brünner gesagt hat.«

✳✳✳

Ulrich Brünner hatte in der Bar Puccini an der Passer gesessen, als Marianne vorbeigekommen war. »Auf einmal stand ich ihm gegenüber. Ich habe einen Kaffee mit ihm getrunken, und wir unterhielten uns.«

»Wann war das?«

Ihre Mutter fuhr sich übers Kinn.

»Ich weiß nicht mehr genau. Am Nachmittag. Vorgestern, glaube ich.«

Um Himmels willen. Vorgestern war Brünners Todestag.

»Hat er dich um Geld gebeten?«

»Wie bitte? Nein, natürlich nicht. Er wohnte im Principe. Offenbar ging es ihm finanziell sehr gut. Wir haben gar nicht über Geld gesprochen.«

»Das wundert mich«, sagte Eva ätzend. »Der Mann war ein Heiratsschwindler.«

»Unsinn«, sagte ihre Mutter.

»Mama! Der Mann hat Frauen Liebe vorgetäuscht und sie um ihr Geld gebracht!«

Marianne Marthaler schüttelte den Kopf. »Das hätte er nie getan. Ulrich war offen und ehrlich.«

»Und das weißt du – woher? Von einem One-Night-Stand vor zwanzig Jahren?«

»Nenn es nicht so. Das klingt schmutzig.« Die Stimme ihrer Mutter zitterte, wie immer, wenn sie wütend war.

Das war es auch, wollte Eva sagen, aber sie schluckte die Worte hinunter.

»Ich kenne – kannte – ihn. Wir haben uns ja auch unterhalten, in dieser Nacht.«

Der Satz klang nicht nach Reden, sondern nach etwas anderem. Ekelhaft. Eva nahm sich zusammen.

»Du bist vermutlich einer der letzten Menschen, die Ulrich Brünner lebend gesehen haben, Mami.«

»Das ist ein schrecklicher Gedanke«, sagte Marianne Marthaler leise.

»Worüber habt ihr gesprochen?«

»Ulrich war gerade in Meran, um jemanden zu besuchen. Aber er wirkte nicht glücklich, sondern bedrückt. Traurig.« Ihre Mutter wischte ein paar Tränen aus den Augen. »Ich habe von dir erzählt. Wie stolz Hans und ich auf unsere Tochter sind.«

»Ach, Mami.«

»Zum Abschied sagte Ulrich noch: ›Ich habe gestern einem geliebten Menschen sehr wehtun müssen. Ich hoffe von Herzen, dass dir das erspart bleibt, Marianne.‹«

»Das war alles?«

»Ich glaube schon. Ich habe mich verabschiedet, weil ich noch einen Termin hatte, und bin – Oh Gott. Oh Gott. Du musst jetzt gehen, Kind. Sofort.«

***

Im Kommissariat herrscht einen Moment lang Stille.

»Deine Mutter hat dich rausgeworfen?«

Eva nickt. »Vorher war sie die Ruhe selbst, und plötzlich wie ausgewechselt. Aber sie wollte mir partout nicht sagen, was sie so aufregt.«

»Wir brauchen jetzt erst mal einen starken Kaffee.«

Auf dem Rückweg vom Café Tiefenbrunn läutet Emmeneggers Telefon. Carabiniere Pitti von der Station Meran-Mitte. Der Mann, der Marianne Marthalers Geständnis aufgenommen hat.

»Ich schicke dir das Vernehmungsprotokoll gleich rüber, Kollege. Ich glaube, mit dem Geständnis stimmt was nicht. Wenn man jemanden vergiftet, weiß man in der Regel, womit. Aber Frau Marthaler spricht immer nur von Gift im Allgemeinen. Sie kann es nicht präzisieren.«

»Vielleicht ist ihr der Name von dem Zeug entfallen. Dieses Gilu-Dingsda ist ja nicht grad ein Zungenschmeichler.«

»Wohl kaum«, kommt Pittis Replik trocken aus dem Hörer. »Aber sie müsste zumindest wissen, dass es sich um ein Herzmedikament handelt.«

»Was gibt sie als Motiv für den Mord an?«

»Darüber schweigt sich die Dame aus. Sie sagt, das sei allein ihre Angelegenheit.«

»Soso. Wo ist sie jetzt?«

»Patrici und Conelli wollten sie in eine Zelle stecken, aber das hab ich verhindert. Frau Marthaler sitzt im Vernehmungsraum und feilt sich die Fingernägel.«

»Machst du Witze?«

»Nichts läge mir ferner. Sie hat gesagt, ihre Termine bei der Maniküre würden jetzt wohl für eine Weile ausfallen. Humor hat die Dame ja.«

»Echt jetzt? Du hast einer Mordverdächtigen eine Feile in die Hand gedrückt?« Trotz der ernsten Lage muss Emmenegger grinsen. »Du hast vielleicht Nerven.«

Pitti kichert. »Ich hatte gehofft, sie nutzt die Gelegenheit und sticht Conelli, der sie ihr bringen musste, in den Finger. Leider Fehlanzeige.«

»Ich hab gar nicht gewusst, dass ihr in der Petrarcastraße so gut mit Kosmetikartikeln ausgestattet seid.«

»Ich hab sie in einer Zelle gefunden. Das Teil war schon etwas angerostet, aber Frau Marthaler hat gesagt, besser als nix.«

* * *

Zurück im Bereitschaftsraum, drückt Emmenegger Eva einen Becher mit dem dampfenden Kaffee in die Hand.

»Das Geständnis deiner Mutter hat Löcher wie ein Schweizer Käse.«

»Wirklich?«

»Hast du nicht gesagt, dass sie nach dem Treffen mit Brünner einen Termin hatte? Wir müssen rauskriegen, worum es sich dabei dreht.«

»Ich kann auf ihren Terminkalender zugreifen. Ich kenne ihr Passwort. Mein Geburtstag.« Und schon hat sich Eva ihr Handy geschnappt. Als sie aufschaut, sind ihre Augen groß. »Da steht: ›Landesbäuerinnen-Tag, 17 Uhr, Forsterbräu‹.«

»Schau an. Deine Mutter bekleidet doch eine offizielle Funktion bei den Landfrauen, oder?«

Eva nickt. »Ja, klar. Sie ist Zweite Schriftführerin.«

***

Es dauert endlos, bis beim Forsterbräu jemand abnimmt. Geschirrgeklapper, Geschrei im Hintergrund und eine männliche Stimme, die Emmenegger bestens vertraut ist. »Hier ist der Erwin Rudolf, Forsterbräu Meran. Ruhe, Kruzif... Wer ist denn dran? Geht's um eine Reservierung? Wir sind voll.«

»Ich bin's«, sagt Emmenegger und stellt das Handy auf Mithören. »Mannomann, ganz schön was los bei dir, Dude.«

Als sie den Namen hört, lächelt Eva, das erste Mal heute.

Erwin Rudolf – so reden den Pächter vom Forsterbräu in der Freiheitsstraße bloß die Gäste an. Für seine Freunde, für Eva und die Jungs von seinem Motorradclub, ist er schlicht und einfach der Dude.

»Ich tät vier Händ brauchn und doppelt so viel Personal. Also, was liegt an, Emmi? Wieder mal Ärger mit der Polizei?« Der Dude kichert. Der Motorradclub der Flying Taifl hat oft genug ausgeholfen, wenn Emmenegger den offiziellen Weg ein bisschen abkürzen wollte.

»Seh ich das richtig, dass ihr vorgestern eine Veranstaltung hattet? Landfrauen oder so was in der Art?«

Gequältes Stöhnen aus dem Hörer. »Landesbäuerinnen-Tag. Erinner mich bloß nicht daran, Emmi. Hundert Hühner auf einem Haufen und so gut wie kein Umsatz. Apfelsaft, Wasser und höchstens amol a Weinschorle. Wofür hom mer eigentlich inser guats Bier?«

Emmenegger macht mitfühlende Geräusche. »Du kannst dich doch an die Mutter von der Eva erinnern, oder?«

»Klar kenn ich die. Die Marianne war vorgestern auch dabei. Sie hat oben auf dem Podium gesessen.«

Emmenegger holt tief Atem. »Von wann bis wann hat denn dieses glorreiche Treffen stattgefunden?«

»Das ging um fünf los. So kurz nach sieben waren die Hennen dann endlich fertig. Wieso willst das wissen?«

»Am gleichen Nachmittag hat's einen Mord gegeben. Die Marianne Marthaler behauptet, dass sie's gewesen ist.«

Stille. Dann: »Du verscheißerst mich, oder?«

»Is schon so.«

»Des gibt's doch nit. Des kann nit stimmen. Ich bin aus dem Sixtus-Saal rein und raus, da wo die Veranstaltung war. Ich hab die Marianne die ganze Zeit im Blick gehabt, wie sie da auf dem Podium saß. Die ist nirgendwohin und hat eure Leich abgemurkst.«

»Bist du sicher?«

»Ich schwör's dir, mit der Hand aufm Totenkopf.«

Der Schwur der Flying Taifl.

»Ich dank dir.« Emmenegger hebt den Daumen in Evas Richtung. »Demnächst komm ich mal in eurem neuen Clubhaus vorbei.«

»Des wär a pfundige Soch«, sagt der Dude.

»Bei mir daheim ist es ein bissel eng zurzeit. Hättet ihr eventuell für den Paul einen Platz, für ein paar Tage?«

»Frag nit so dumm. Scheißt der Bär in den Wald?«

»Gott sei Dank«, flüstert Eva hinterher.

Aber zum Aufatmen besteht leider kein Anlass. Emmenegger weiß nicht, wie er es sagen soll.

Eva begreift fast genauso schnell, was das falsche Geständnis ihrer Mutter bedeutet. »Sie will die Schuld auf sich nehmen, weil sie glaubt, mein Vater hat Brünner getötet«, sagt sie mit bleicher Miene.

»Das heißt nicht, dass sie recht hat.«

»Vielleicht ist Paps hinter ihr Techtelmechtel von damals gekommen. Und vorgestern hat er sie wieder mit einem anderen gesehen – Und das Konto, das sie geplündert hat ...«

»Eva. Hör auf.«

»Aber wenn meine Mutter doch –«

»Ich rede mit deinem Vater. Gleich morgen früh.«

»Und wenn – und wenn – Du magst ihn sowieso nicht – und jetzt ...«

»Hast du kein Vertrauen zu mir? Er ist und bleibt dein Vater.«

»Danke.« Sie putzt sich die Nase.

»Bestimmt hat deine Mutter nicht gründlich nachgedacht. Es war eine Kurzschlussreaktion, wetten? Sie liebt deinen Vater eben und will ihn beschützen, so wie ich dich beschützen würde.«

»Auch wenn ich was Schlimmes getan hätte?«, fragt sie zaghaft.

»Vor allem dann.«

»Ich verspreche dir, dass ich versuchen will, keinen umzubringen. Auch wenn es vielleicht in der Familie liegt.«

»Da bin ich ja beruhigt«, sagt Emmenegger zärtlich.

Ein perfektes Männeressen

Emmeneggers Wohnung
Abends

Was für ein Tag.
Emmenegger will nur noch eins – sich langmachen.
Doch als er die Treppen zu seiner Wohnung hochsteigt,
riecht er Rauch.
Er stürmt nach oben. Durch die Türritzen seiner Wohnung
quillt beißender Qualm. Um Gottes willen. Hat der Junge am
Ende wieder ...?
Mit fliegenden Fingern schließt Emmenegger die Tür auf –
und muss husten. Rauchschwaden ziehen durch den Flur.
Er kämpft sich bis zur Küche vor. Die Fenster stehen weit
offen. Eine zusammengesunkene Gestalt kauert auf dem Boden.
Das Häufchen Elend ist allerdings nicht Paul. Es ist der
Polizeichef, der verzweifelt zu ihm hochstarrt.
»Chef! Was ist denn hier los?« Emmeneggers Blick fällt
auf die offene Ofenklappe, aus der noch ein paar Schwaden
aufsteigen. »Wollten Sie etwa ...?«
Bitteres Lachen. »Keine Sorge. Sogar ich weiß, dass das nur
mit einem Gasofen funktioniert. Ich wollte bloß etwas für Sie
kochen, zum Dank, dass Sie mich aufgenommen haben. Tja,
das ist das Ergebnis.« Branga seufzt und rappelt sich auf. »Ich
dachte, ein paar Putenschlegel kriege sogar ich hin. Bisschen
mit Öl einpinseln, Gewürze drauf, rein in die Röhre. Aber als
die Dinger im Ofen waren, hat mich meine Frau angerufen.
Danach brauchte ich dringend frische Luft – und bin für ein
paar Minuten raus auf die Straße. Als ich zurückkam – Es tut
mir wirklich leid, Ispettore.«
Emmenegger inspiziert den Ofen. »Halb so schlimm.«
Was da klebt, ist rußiges Fett, das kriegt man wieder ab.

Seine feuerfeste Form, noch aus den Altbeständen seiner Ehe mit Martha, hat allerdings das Zeitliche gesegnet. Zuerst sein Küchentisch, den Hilde auf dem Gewissen hat – und jetzt das. Branga ist ein Bild des Jammers, und Emmenegger vergisst den Bräter auf der Stelle.»Ich hab eine Idee, Chef. Wir zaubern uns was anderes. Spinatknödel sind simpel und gehen schnell. Klassisches Männeressen.«

»So was können Sie?« Brangas Miene ist voller Bewunderung.»Dafür muss man einen Teig fabrizieren. Dass Sie sich da rantrauen …«

»Ah geh, Schnickschnack. Nix Teig. A bissel Milch, ein paar Semmeln. Spinatknödel sind das Einzige, was ich kann, außer Fertigpizza in den Ofen schieben«, grinst Emmenegger.»Auf geht's. Ich schneid schon mal die Semmeln klein und hack die Zwiebel. Derweil bringen Sie die Reste von dem armen Vogel nach unten, sonst zieht der Gestank nie aus der Wohnung raus.«

**

Hinterher stehen die beiden einträchtig nebeneinander am Herd.

Der Polizeichef kocht den Spinat. Soll heißen, er sieht zu, wie er vor sich hin köchelt, und redet sich einiges von der Seele. Über seinen Schwiegervater, den gemeinen Hund. Über seine Frau, die eiskalt und berechnend ist und jetzt die Scheidung eingereicht hat. Ausziehen will sie ihn, bis auf die Unterhosen, obwohl sie viel mehr Geld hat als er.

Emmenegger unterbricht ihn sanft.»Und jetzt Wasser ausdrücken und alles klein hacken, Chef.«

Doch als er sieht, wie der Chef das kleine Hackmesser hält (so ähnlich wie Paul den Pinsel): »Äh, Chef, lassen Sie mich da mal ran. Für Sie wären da noch die Zwiebeln und der Knoblauch zum Anschwitzen.«

Am Ende, als auch das Mehl und die Eier in der Schüssel sind, darf Branga alles verkneten und kleine Knödel formen, eine Aufgabe, der er sich mit Andacht widmet.

»Ich wusste nicht, dass sich so was so gut anfühlt«, sagt er und will gar nicht mehr aufhören, seine Hände in den Teig zu tauchen.

Die Knödel des Polizeichefs sehen ein bisschen aus wie Kuhfladen, aber auf die Form kommt es nicht an. Der Inhalt zählt.

Als die Knödel im Salzwasser sieden, sitzen die beiden am gedeckten Küchentisch. Der Rauch hat sich verzogen. Es herrscht das zufriedene Schweigen zweier Menschen, die miteinander etwas zuwege gebracht haben.

Emmenegger merkt wieder mal, dass er den Mann gut leiden kann. Dass sie grundverschieden sind, ändert daran gar nichts.

»Wegen mir hätte Frau Marthaler übrigens nicht ausziehen müssen«, sagt Branga plötzlich.

Emmenegger steigt die Röte ins Gesicht. »Sie wissen von – uns? Ich hab gedacht, dass keiner ...«

»Die meisten haben halt keine Augen im Kopf«, lächelt der andere.

»Und – jetzt ...?«

Branga zuckt die Schultern. »Nichts ›und‹. Sie beide sind ein erstklassiges Ermittlerteam. Sie sind ein Chaot, Emmenegger, und wie Sie Ihre Fälle lösen, ist gelinde gesagt unkonventionell. Aber Sie verfügen über ein intuitives Gespür, das den meisten Menschen abgeht. Und die organisierte Frau Marthaler sorgt für einen halbwegs geordneten Ablauf. Weiter so.«

»Danke, Chef.«

»Und machen Sie endlich diese Prüfung, verdammt noch mal, damit ich Sie befördern kann.«

»Ja, Chef. Ich kümmere mich drum.« Und das meint Emmenegger ernst.

**

Dann stehen die dampfenden Spinatknödel auf dem Tisch. Emmenegger hat in seinem Kühlschrank Parmesan aufgetrieben, dessen Verfallsdatum erst vor einem Monat abgelaufen ist. Er streut ihn über die Knödel und übergießt das Ganze mit zerlassener Butter.

Die Knödel zergehen auf der Zunge.

»Wunderbar.« Als Branga den fünften Knödel vernichtet hat, lehnt er sich zurück.

»Ich glaube nicht, dass ich noch einmal heirate, Ispettore. Mein Vertrauen in das weibliche Geschlecht ist in seinen Grundfesten erschüttert.«

»Ah geh, Chef. Sie sind noch so jung. Da gibt's bestimmt noch ein paar Damen, bei denen sich's lohnt, schwach zu werden.«

»Frauen sind kompliziert, finden Sie nicht auch? Ohne ist das Leben einfacher.«

Emmenegger verteilt die Reste einer Flasche Apfelschorle, die der Kühlschrank noch hergab, auf zwei Gläser und prostet Branga zu. »Is schon so. Aber ohne Frauen wär das Leben doch furchtbar langweilig.«

»Ich werde den Eindruck nicht los, dass Sie von Frauen mehr verstehen als ich, Ispettore.« Branga lacht. »Wenn ich wieder schwach werden sollte, führe ich Ihnen die Dame vor, damit Sie ihr auf den Zahn fühlen.«

»Chef, also, ich weiß wirklich nicht …«

»Wir machen Spinatknödel zu viert. Denn werden wir ja sehen.«

Handschlag. Und Wort drauf.

Tag 4 – Fingerzeig nach Hollywood

Meran, Tappeinerweg
Sonntag, 26. März, 8 Uhr morgens

An diesem frühen Morgen hat Emmenegger den Tappeinerweg für sich allein.

Der Blick ins Tal ist verhangen. Dunst hüllt die Berge ein. Oben auf der Mutspitze und der benachbarten Rötelspitze hat es in der Nacht noch einmal nachgeschneit.

Der feuchte Sand knirscht unter Emmeneggers Schuhen. Der Duft der Eukalyptusbäume parfümiert die Luft. Auf den fleischigen Blättern der Sukkulenten am Wegesrand glänzen Wassertropfen.

Unversehens taucht der Glockenturm der Nikolauskirche aus den tief hängenden Wolken auf. Es ist die Stelle am Tappeinerweg, wo man die Hand ausstrecken und nach ihm greifen möchte.

Aber Emmenegger ist zu sehr in Gedanken, um den Ausblick zu genießen.

Man kann fast ganz bis zum Unterweger mit dem Auto fahren, von der anderen Seite, von Gratsch kommend. Das geht viel schneller als zu Fuß über den Tappeinerweg.

Um siebzehn Uhr hatte Mariannes Veranstaltung angefangen. Brünner wurde um halb sechs tot aufgefunden. Um Brünner zu töten und rechtzeitig im Forsterbräu zu erscheinen, war die Zeit vermutlich zu knapp. Aber eine zusätzliche Bestätigung kann nicht schaden.

Ein Profitänzer als Mordopfer, da schau her.

Emmenegger hat keine Ahnung, was ein Quickstep ist, und er will es auch nicht wissen. So wie das Wort klingt, muss man sich furchtbar schnell bewegen, schneller, als der Kopf hinterherkommt. Garantiert gibt es auch Drehungen. Dass man dabei stolpert und hinfällt, ist kein Wunder. Das Gegenteil wär eins.

Und heute Abend fängt sein Tanzkurs an.

***

Die Herz-Rosie steht schon vor den beiden überlebensgroßen Holzfiguren am Eingang vom Unterweger.

Sie hat heute eigentlich ihren freien Tag, hat sich aber trotzdem breitschlagen lassen, eine Stunde zu opfern. Aber Beeilung, bittschön, die Tochter kommt aus Brixen und will bekocht sein.

Ein Schlüsselbund klimpert in Rosies Hand. Das Café hat um die Zeit noch zu.

»Da sind S' ja endlich!«

»Liab von Ihnen, dass Sie kemmen sind«, schnauft Emmenegger, dabei ist er nicht im Geringsten aus der Puste. »Ich bin nimmer so schnell wie früher. Den ganzen Tag nix als Lauferei. Sie wissen ja, wie's ist, wenn man viel auf den Beinen is. Unsereins muss zusammenhalten.«

Die Herz-Rosie strahlt, ihre Grübchen vertiefen sich. »Mei, da ham Sie recht. Kommen S' rein. Die Kasse is zwar noch zu, aber einen Kaffee für den Inspektor kann die Kollegin nachher auch noch bonieren.«

Während die Frau zum Tresen eilt, zieht Emmenegger einen Aktendeckel mit Fotos aus seinem Rucksack hervor.

Die Bildergalerie besteht aus einem Zeitungsfoto von Marianne Marthaler auf irgendeiner Gala. Daneben ein ebenfalls großformatiges Foto von Sara Landers von einem Gerichtsmediziner-Kongress. Aufnahmen von ein paar Schauspielerinnen mittleren Alters, von denen Emmenegger hofft, dass die Herz-Rosie sie nicht kennt.

Eva hätte eine persönliche Gegenüberstellung vorgeschlagen, unter Zeugen, wie es den Vorschriften entspricht. Aber so was frisst viel Zeit.

Ein Cappuccino erscheint in seinem Gesichtsfeld.

»Danke, Frau Herzinger, das tut einem armen Fußsoldaten gut.«

Während er sich die Sahne vom Mund wischt, schielt Rosie neugierig zu den Fotos hin, die er auf dem Tisch ausgebreitet hat.

»Es geht drum, ob Sie die Frau wiedererkennen, die bei Herrn Brünner am Tisch saß und weggegangen ist, bevor er gestorben ist.«

Die Herz-Rosie nickt. »Aber ich hab Ihnen ja schon beim letzten Mal gesagt, dass ich nicht viel von der Frau gesehen hab. Wegen dem Hut und der Sonnenbrille.«

»Richtig. Aber wir von der Polizei erleben immer wieder, dass Fotos den Zeugen auf die Sprünge helfen. Wie oft sich die Leute plötzlich an Sachen erinnern, das glauben Sie nit.«

»Wirklich?« Die Herz-Rosie beugt sich über den Tisch. »Das sind aber alles vornehme Damen. Und so hübsch. Mei, die waren alle bei uns oben? Und Sie wollen jetzt wissen, welche ich mit dem Herrn Brünner gesehen hab?«

Emmenegger schließt kurz die Augen. Sinnlos, der Rosie Herzinger zu erklären, wie eine Identifizierung funktioniert.

»Schauen Sie sich einfach die Fotos an, ob Sie wen wiedererkennen. Lassen Sie sich Zeit.«

＊＊＊

Das Foto von Marianne Marthaler legt die Rosie als Allererstes beiseite. »Die Frau war's net.«

Emmenegger fällt ein Stein vom Herzen. »Und wieso nicht?«

»Die Begleitung von dem Herrn Brünner, na ja«, Rosie guckt ein bisschen verschämt, »hatte ziemlich viel Holz vor der Hüttn, wenn Sie wissen, was ich mein. Viel mehr als die Blonde da.«

Am Ende identifiziert Rosie die amerikanische Hollywood-Schauspielerin Catherine Zeta-Jones als die unbekannte Frau auf der Unterweger-Terrasse. Auf dem Foto trägt Zeta-Jones ein Kleid mit großem Ausschnitt, ein Wagenrad von einem Hut und eine dunkle Sonnenbrille.

Zu Rosies Ehrenrettung sei allerdings gesagt, dass sie sich nicht zu hundert Prozent sicher ist. Aber zu fünfundneunzig Prozent schon.

»Vielen Dank für Ihre Hilfe. Sie waren – äh, großartig, Frau Herzinger.« Emmenegger packt die Fotos zusammen. »Wir werden der Sache nachgehen. Dann will ich Sie jetzt nicht länger aufhalten. Noch mal – äh, danke.«

»Kriege ich eine Belohnung, wenn Sie die Frau am Schlafittchen haben?«, will die Herz-Rosie wissen. »Wegen meinem – entscheidenden – Hinweis – auf die – Ergreifung der Täterin.« Jedes Wort wird einzeln betont, dabei wackelt sie mit dem Zeigefinger.

Da schau her. Die Rosie schaut Polizeiserien.

»Na ja, unsere Oberen sind bei so was ziemlich geizig. Leider. Aber ich tät Ihnen schon einen Apfelstrudel mit Sahne ausgeben, wenn's so weit ist.« Emmenegger zwinkert, und die Rosie wirft ihm einen schmelzenden Blick zu.

Draußen muss sich Emmenegger erst einmal mit einem Schweißtuch über die Stirn wischen. Eine halbe Stunde Schöntun, und er schwitzt mehr als nach einer Tour auf den Lodner.

***

Emmeneggers Handy klingelt. Eva.

»Was macht dein Fuß, Süße?«

»Seit heute Morgen so gut wie neu. Ich spür kaum noch was. Hast du schon mit Paps gesprochen?«

Um neun Uhr in der Früh?

»Das mach ich als Nächstes, keine Sorge. Ich musste vorher noch was anderes klären. Wie geht es deiner Mutter?«

»Sie fuhrwerkt hektisch herum. Erst hat sie das Haus dekoriert. Überall stehen Vasen mit Gestecken.« Eva niest. »Hinterher ist sie in die Küche und hat gebacken.«

Das Ergebnis des Backmarathons im Hause Marthaler sind

eine Kompanie Heidelbeer-Muffins, ein Hefezopf, ein Käse-kuchen, zwei Aprikosen-Quark-Torten und zwei Bleche mit Kirsch-Streuselkuchen.

»Sie hat drauf bestanden, mir das Backen beizubringen.« Eva stöhnt. »Sonst könnte ich dich nicht halten.«

»Eva, Liebes.« Emmenegger weiß nicht, ob er lachen oder weinen soll. »Da musst du dir keine Sorgen machen.«

»Am Schluss kamen Weihnachtsplätzchen dran, im März!«, jammert sie. »Gott sei Dank sind die nicht mehr fertig gewor-den, weil meine Mutter beim Ausstechen eingeschlafen ist. Um vier bin ich ins Bett gekrochen.« Eva muss wieder niesen. »Hör zu, ich hab gerade eine Anfrage an die Meraner Apotheken rausgeschickt, ob sie in letzter Zeit dieses Herzmedikament Gilurtymal verkauft haben. Ein Schuss ins Blaue, mal sehen. Außerdem haben die Frankfurter Kollegen Kontaktdaten von Brünners Geliebten geschickt. Ich hänge mich ans Telefon, sobald ich halbwegs wach bin.«

Einen Moment herrscht Stille. Dann sagt Emmenegger: »Reg dich bitte jetzt nicht auf, Eva. Du bist wegen Befangen-heit raus aus dem Fall. Der Chef hat mir eine Mail geschickt. Beurlaubung bis auf Weiteres.«

Eva knirscht mit den Zähnen. »Mist, auch das noch.«

»Du musst Branga verstehen. Deine Eltern sind in den Fall verstrickt.«

»Bitte lass mich die Frauen noch übernehmen!«, bettelt Eva. »Du kannst ja behaupten, du hättest mich nicht erreicht.«

»Also gut. Aber mach's kurz und lass dich nicht erwischen!«

Sammeleingabe nach oben

Aufstieg zum Schloss Tirol
Vormittags

Das Unangenehme wird nicht weniger unangenehm, wenn man es hinausschiebt. Aber es gibt Momente, da ist der innere Schweinehund stärker.

Emmenegger braucht an das bevorstehende Gespräch mit Evas Vater bloß zu denken, schon fühlt er sich beklommen und schwach in den Beinen.

Gegen zittrige Knie hilft nur eins: Steigen.

Der Kreuzweg hoch zum Schloss Tirol ist steil, die Treppenstufen sind uneben und rutschig, vor allem nach dem Regen der letzten Tage.

Aber immerhin führt der Pfad durch den Wald und ist erfrischend schattig.

Emmenegger hat den Kreuzweg während Marthas Krankheit oft begangen. Damals hat er an jeder Station innegehalten und mit zerrissenem Herzen um ein Wunder gebetet.

Seit Marthas Tod vor neun Jahren hat er sich nie mehr hier rauf verirrt.

Doch gestern, als Eva dasaß wie das Leiden Christi, hat er beschlossen, wieder einmal mit dem Herrgott Kontakt aufzunehmen.

»Mach, dass Evas Eltern wieder zusammenfinden«, flüstert er dem Mann mit dem Kreuz auf den Schultern zu. »Bittschön, lass es wen anders gewesen sein. Wenn das irgendwie geht.« Und dann, er ist mittlerweile fast ganz oben und der Mann am Kreuz ist tot: »Und wenn die Eva und ich heiraten könnten, das wär echt der Wahnsinn.«

Hoffentlich sind das nicht zu viele Fürbitten auf einmal. Andererseits – vielleicht ist es sogar besser, eine Sammeleingabe nach oben zu schicken. Wetten, dass der Himmel sauber durchstrukturiert ist? Da herrscht kein Schlendrian wie in Rom.

✳✳✳

Das letzte Stück hinüber zum majestätischen Schloss Tirol ist flach, ein Kinderspiel. Als Belohnung winkt die Terrasse der Schlossgaststätte. Doch diesmal steht Emmenegger der Sinn nicht nach einem Boxenstopp. Er wendet sich bergabwärts, Richtung Dorf Tirol.

Rechter Hand taucht, auf einem Felssporn thronend, die verwunschene Brunnenburg auf, einst Wohnsitz eines berühmten Poeten.

Auch Ulrich Brünner hat gewusst, wie man sich Frauen gegenüber ausdrückt. Seine Briefe haben etwas in Emmenegger angerührt. In ihnen steckt Empfindsamkeit. Vielleicht hat Brünner die Frauen nicht geliebt. Aber einmal in seinem Leben muss er tief empfunden haben. Wenn man über Liebe schreibt, dann so.

Emmenegger überlegt einen Moment, ob er Eva vielleicht auch – Nein. Dafür hat er nicht das Zeug.

Stattdessen verspricht Emmenegger ihr – und dem Mann in den Wolken –, künftig nicht so ein sturer Dickschädel zu sein.

Und den Stier bei den Hörnern zu packen.

Elf Uhr. Beste Besuchszeit im Schloss.

Entgiftungskur auf Marthaler-Art

Schlosshotel Principe
11 Uhr

Evas Vater hat eine Suite im Haupthaus bezogen, mit Blick auf die Hotelgärten. Doch wegen der schönen Aussicht hat Emmenegger seinen Schwiegervater in spe nicht auf den Balkon verfrachtet.

Marthalers Hände zittern, die Augen sind verquollen, das Gesicht ist puterrot, auf der Stirn glänzen Schweißtropfen. Vorsichtig nippt er an einem Glas Mineralwasser. Ein Speichelfaden rinnt aus seinem Mundwinkel.

Emmenegger schaut sich um. Auf dem eleganten Chippendale-Schreibtisch thront eine leere Flasche Grand Marnier Cuvée. Der büffellederne Papierkorb quillt über mit zusammengedrückten Bierdosen. Neben dem satinbezogenen Bett steht ein Dutzend leerer Bierflaschen, eine Kompanie Soldaten auf dem Rückweg einer verlorenen Schlacht. Auf dem blauen Seidenteppich prangt ein klebriger brauner Fleck. In der Suite riecht es durchdringend nach Alkohol.

»Sauber. Ich hätt nicht gedacht, dass die Entgiftungskuren hier so ausschauen«, merkt Emmenegger an.

»Die Ärzte können mich – mal kreuzweise«, sagt Marthaler, immer noch ein bisschen undeutlich. »Schlammbäder den ganzen Tag. Fangopackungen. Scheiß-Vitamindiät. Miniportionen, davon kriegt man erst recht Hunger. Ich wieg hundertzehn Kilo, ich brauch was zu essen! Und zu trinken gibt's auch nichts Vernünftiges.«

»Dann frag ich mich, wie Sie an das Bier und den Schnaps kommen.«

Marthaler schielt böse zu ihm herüber. »Bin ich Ihnen neuerdings Rechenschaft schuldig, was ich trink?«

Er ist ein kleiner, stämmiger Mann, nicht viel größer als

seine Frau. Von jenem Hans Marthaler, nach dessen Pfeife eine Menge Leute tanzt, ist heute nichts zu spüren. Gerade sieht er aus wie Rumpelstilzchen, dem jemand eine Ohrfeige verpasst hat. Emmenegger kann nicht begreifen, wieso er sich jemals von diesem Mann hat einschüchtern lassen.

»Was Sie trinken, ist mir wurscht«, gibt er forsch zurück. »Aber wo Sie waren, als es Ulrich Brünner erwischt hat, das geht mich schon was an.«

Marthaler kneift die Lippen zusammen, als er den Namen hört. Er steht auf. Emmenegger hört, wie ein Kühlschrank geöffnet und wieder geschlossen wird. Marthaler stellt zwei eiskalte Flaschen auf den Tisch, von denen das Kondenswasser abperlt.

»Danke«, winkt Emmenegger ab. »Ein bissel zu früh für mich.«

Marthaler zuckt die Schultern und setzt die Flasche an die Lippen. »Ahh, das tut gut. Was Besseres gegen Kater gibt's net.«

Dann stiert er Richtung Rennplatz, das Bier wie ein Baby in seinem Schoß.

»Beim Unterweger oben war ich an dem Nachmittag, kurz bevor der Bursch, der windige, den Löffel abgegeben hat.«

Emmenegger beugt sich vor. »Da schau her. Geht's a bissel genauer?«

»Ich hab ihm gesagt, er soll meine Frau in Ruhe lassen. Das war alles. Ich hab ihm nichts getan. Aber dass er tot ist, bedaure ich net.«

Emmenegger holt sein Handy heraus und aktiviert die Sprachaufnahme. »So, und jetzt alles noch mal zum Mitschreiben. Und zwar von Anfang an.«

***

Wie sich herausstellt, hat Hans Marthaler zufällig gesehen, wie seine Frau mit einem Fremden am Passerufer entlangspaziert ist. »So ein geschniegelter Laggl war das. Die Köpfe haben die zwei zusammengesteckt. Das hat mir gar net gefallen.«

Als Marianne den Mann zum Abschied auch noch umarmte, beschloss Hans, der Sache auf den Grund zu gehen.

Ulrich Brünner spazierte gemächlichen Schrittes über den Tappeinerweg hinauf zum Unterweger – und Hans Marthaler schlich hinter ihm her.

»Was hatten Sie eigentlich im Sinn?«

»Keine Ahnung. Ich weiß net so recht – Ich wollt einfach …«

Oben sah Marthaler, wie der Mann eine Frau begrüßte. Wieder eine Umarmung. Küsschen. Die beiden verschwanden im Lokal.

»Ich weiß net, was mich mehr gefuchst hat: des Bussi von meiner Marianne oder dass er direkt danach mit einem anderen Weibsbild poussiert hat.«

Hans Marthaler bezog Posten an einen Tisch direkt am Eingang. Zu spät merkte er, dass in der entscheidenden Blickachse ein Zitronenbäumchen stand. Während er noch versuchte, durch die Zweige zu spähen, passierten zwei Dinge unmittelbar hintereinander: Brünners weibliche Begleitung rauschte an ihm vorbei. Und Brünner strebte Richtung Toilette.

Emmenegger beugt sich vor. »Können Sie die Frau beschreiben?«

Marthaler schüttelt den Kopf. Statt ihr lange hinterherzuschauen, war er Brünner auf die Herrentoilette gefolgt. Es kam zu einem kurzen Intermezzo.

»Er stand am Urinal und hat gepinkelt. Man hat ja Anstand im Leib, und deshalb hab ich gewartet, bis er seinen Pullermann verstaut hat. Dann hab ich ihm gezeigt, wo der Bartel den Most holt.«

Marthaler packte Brünner und presste ihn gegen die Mauer.

»Er ist weiß im Gesicht worden und hat die Augen gerollt wie ein Gaul im Gewitter. Dann ist er damit rausgerückt, dass er meine Frau von einem verunglückten Vortanzen vor zwanzig Jahren kennt. Und dass sie sich jetzt zufällig über den Weg gelaufen wären. Zwischen ihnen wär nichts, und ich bräucht nicht eifersüchtig werden.«

Marthalers Augen irren in der Suite hin und her. »Von dem Vortanzen damals hab ich nichts gewusst. Anscheinend hab ich von vielen Sachen keine Ahnung gehabt.«

Evas Vater macht den Eindruck eines Menschen, dessen heile Welt in tausend Scherben zerbrochen ist.

»Ich hab gleich geahnt, dass der Kerl mich angelogen hat. Und ich hab recht behalten.«

∗∗∗

An jenem Abend war Marianne Marthaler spät heimgekommen.

»Mit ihr war nicht zu reden. Sie hat einen sitzen gehabt. Können Sie sich das vorstellen?«, sagt Marthaler.

Emmenegger kann. Mittlerweile.

»Am nächsten Tag, im Geschäft, hab ich mal einen Blick auf ihr Konto geworfen.«

Marianne Marthaler hat ein Privatkonto, auf das ihr Mann monatlich Geld überweist. Davon bezahlt sie Restaurantbesuche, Kleidung, Schmuck. Was man als Frau halt so braucht.

»Vor ein paar Tagen hat sie siebenundzwanzigtausend Euro abgehoben. In bar! Da war für mich die Sache klar. Als ich mittags zum Essen heim bin, hab ich ihr auf den Kopf zugesagt, dass sie was mit einem andern hat. Und dass dieser Gimpl Geld von ihr kriegt. Mein sauer verdientes Geld!«

Marthaler wischt sich den Mund ab. Er arbeitet mittlerweile erfolgreich am dritten Bier.

»Die Marianne hat es sofort zugegeben. Aber es wär schon ganz lang her und aus und vorbei. Und das Geld wär für was ganz anderes gewesen. Pffft – wer's glaubt!«

Hans Marthaler vergräbt sein Gesicht in den Händen.

»Da denkst du, alles paletti, freust dich auf den Ruhestand mit deiner Frau, willst alt werden mit ihr, und dann das.«

Zwischen seinen Fingern dringt dumpfes Schluchzen hervor.

»Ihre Frau hat Sie an dem Tag an der Passer bemerkt, stimmt's?«

Marthaler schaut hoch. »Die Marianne hat in meine Richtung geguckt, nach dem Busserl, als die zwei sich verabschiedet haben. Ich hab mich geduckt, aber vielleicht war ich nicht fix genug.«

»Ihre Frau denkt offensichtlich, dass Sie es waren, der Brünner umgebracht hat. Sie hat sich selbst beschuldigt, um Sie zu schützen.«

»Das wird ja immer depperter! Wieso macht die so was? Ich war's doch net!« Seine Lippen zittern. »Und was ist jetzt? Ist die Marianne ...« Er stockt.

»Ihre Frau ist zu Hause. Ihre Tochter ist bei ihr«, antwortet Emmenegger. »Wollen Sie nicht auch wieder heim? So allein im Hotel, das ist doch nix.«

Marthaler schüttelt den Kopf wie ein störrischer alter Maulesel. »I gea nia nimmer hoam. Aus isch. Ich lass mich scheiden.«

»Wenn du das tätst, wärst a schöner Depp«, sagt Emmenegger.

Marthaler kriegt einen roten Hals. »Wen ich duz, entscheid immer noch ich. Wenn überhaupt, müsst ich das Du anbieten. Ich bin der Ältere, gell!«

»Du bist a Mordverdächtiger. Und ich, ich bin die Staatsmacht. Da läuft das mit dem Duzen andersrum«, kontert Emmenegger.

»Janosch, wir brauchen mehr Bier!«, brüllt Marthaler ins Telefon.

»Schrei noch lauter, damit's der Hoteldirektor auch hört«, brummt Emmenegger.

∗∗∗

Ein paar Augenblicke später klopft es dreimal. Der Kellner Janosch schiebt einen Servierwagen herein. Unter der silbernen Speiseglocke befinden sich zwei eiskalte Bierflaschen.

»Bloß zwei Flaschen? Ham wir vielleicht Rationierung? Ist der Bier-Notstand ausbrochen?«, tobt Marthaler.

»Ich konnte leider nicht mehr organisieren auf die Schnelle«, entschuldigt sich Janosch zwischen zwei bodentiefen Bücklingen. Die leeren Flaschen verschwinden unter einem Damasttuch.

»Janosch, wir hätten außerdem gern einen starken Kaffee.« Janosch nickt und tritt den Rückzug an.

»Also, das mit dem Scheiden, das überlegst dir noch mal«, sagt Emmenegger. »Wegen so einer alten Sach. Die ist doch längst verjährt.«

Als Antwort bläst Marthaler verächtlich die Backen auf.

»Und was ist dann mit der Eva? Willst ein Scheidungskind aus ihr machen?«

»Die Eva braucht uns nimmer. Die hat ja eh wen anderen.« Marthaler schielt zu Emmenegger hinüber. Das Du kommt ihm noch nicht über die Lippen.

Auf dem Flur sind Stimmen zu hören. Nervös reckt Marthaler den Hals. »Hoffentlich merkt der Direktor nix. Bei Alkohol ist das Principe strenger als jedes Weiberleit.«

»Der Herr Niederhofer wird wohl kaum mit dem Nudelholz hinter der Tür lauern«, grinst Emmenegger.

»Des net grod. Aber er würd mich anschauen wie ein waidwundes Reh. Vielleicht würde er mir sogar Hausverbot erteilen.«

»Dann schläfst halt anderswo.«

»Wo denn?«

»Gerüchteweise gibt's in Meran noch andere Hotels.«

»Ich soll in eine fremde Unterkunft?« Ungläubig starrt ihn Marthaler an. »Da kennt mich doch niemand.«

»Wenn man sich volllaufen lässt wie du, ist das vielleicht gar nicht so schlecht.«

»Aber da ist niemand, der weiß, was ich brauch. Da wär ich ganz allein!«

Marthaler schluchzt und will gar nicht mehr damit aufhören.

Zuerst die Untreue seiner Marianne und dann auch noch die drohende Vertreibung aus dem Paradies: Das heulende Elend hat Marthaler gepackt.

Da klopft es. Einmal.

»Geh du aufmachen«, flüstert Marthaler. »I trau mi net.« Er flüchtet ins Schlafzimmer.

***

Emmenegger schaut sich prüfend um. Er verschiebt den Schreibtischstuhl ein wenig, sodass der Fleck auf dem Teppich nicht zu sehen ist.

Draußen steht der Hoteldirektor Niederhofer höchstpersönlich, neben ihm Janosch mit Kaffee. »Guten Tag, Ispettore.« Und zum Kellner: »Danke, Janosch. Ich nehme Ihnen das Tablett ab. Sie können gehen.«

Emmenegger bleibt nichts übrig, als die Türöffnung freizugeben.

»Ich habe gehört, dass Sie demnächst zur Familie gehören.« Die Worte klingen nicht bloß nach den Marthalers. »Herzliche Gratulation, das ist ja wunderbar. Ich kann deshalb davon ausgehen, dass der Besuch privater Natur ist?«

»Äh, ja«, bringt Emmenegger heraus – und hofft, dass die Stoßlüftung in der Suite ausgereicht hat. »Ich war zufällig noch im Hause und wollte einmal nach dem lieben Hans sehen.«

»Genau das war auch meine Absicht!« Niederhofer strahlt. »Ich sehe schon, wir verstehen uns. Herr Marthaler war heute nicht beim Frühstück. Und gestern Nachmittag war er etwas – unwirsch zum Personal in unserem Gesundheitszentrum. Er hat eine Behandlung vorzeitig abgebrochen. Auf eine – höchst ungewöhnliche Weise.«

»Von Behandlungen hat er gar nichts erwähnt«, sagt Emmenegger scheinheilig.

»Wirklich?« Niederhofer lächelt ein wenig säuerlich. »Nun, das wundert mich nicht.« Er zögert. »Eigentlich sollte ich das

Vorkommnis vertraulich behandeln, aber da Sie ja sozusagen Familienmitglied sind …«

Niederhofer beugt sich vor. »Es war während seiner Fango-Therapie. Herr Marthaler ist einfach aufgestanden und hat den Therapieraum – äh, verlassen. Er war – nun – unbekleidet, außer mit mineralischen Substanzen natürlich, und …«

»Er ist von der Liege gehopst und als grünes Männchen auf den Flur hinausspaziert?« Emmenegger beißt sich auf die Lippen, um nicht laut loszulachen.

Unglücklich nickt Niederhofer. »Gottlob hat ihn eine Mitarbeiterin gesehen. Sie war in der Lage, ihm ein Handtuch umzulegen, bevor er splitterfasernackt den Hoteltrakt erreichen konnte. Allerdings war der weiße Teppich im Flur des Revital-Bereichs hinterher in einem – äh, beklagenswerten Zustand.«

»Grüne Fußabdrücke?«

Niederhofer nickt schwer. »Als wäre ein Sumpfmonster durchs Hotel marschiert. Glücklicherweise kann unser Reinigungspersonal Wunder vollbringen.«

Niederhofers funkelnde Augen passen nicht zu seiner besorgten Miene.

Da gibt es tatsächlich einmal einen Direktor eines Luxushotels, der Humor hat.

»Könnte ich kurz mit Ihrem künftigen Schwiegervater sprechen? Ich würde gern herausfinden, was wir tun können, damit er sich bei unseren Behandlungen wohler fühlt. Ohne seine Mitwirkung können wir nichts für ihn tun. Die Detox-Kur wäre sehr wichtig für ihn.«

»Verschieben Sie's auf später«, entgegnet Emmenegger. »Er hat sich hingelegt. Ich wollte gerade gehen.«

»So?« Niederhofers Blick streift die weit offenen Fenster, die zerdrückten Kissen und den Stuhl, der nicht auf seinem Platz steht. »Ich hoffe, er hat keine Schlaftabletten eingenommen. Und auch keinen …«

»Alkohol? Er? Um Gottes willen, nein«, sagt Emmenegger. »Ich hatte vorhin ein Bierchen.«

Niederhofer nickt. »Dann will ich ihn nicht weiter stören. Und die Sache bleibt unter uns?«

Emmenegger nickt würdevoll.

**

Als Niederhofer weg ist, wummert Emmenegger an die Schlafzimmertür. Dreimal. Die Tür öffnet sich einen Spaltbreit. Marthaler streckt seinen Kopf heraus. »Ist er weg?« Und als Emmenegger nickt: »Ich rufe Janosch an, er soll –«

»Nichts da. Du gehst jetzt ins Bett und schläfst deinen Rausch aus. Und morgen kommst du aufs Kommissariat, damit wir deine Aussage protokollieren können. Bier ist gestrichen. Und die Pinselei im Vitalbereich, die machst schön brav mit.«

»Einen Teufel werd ich tun!«

»Wär's dir lieber, wenn ich dem Direktor reinen Wein einschenk?«

»Das kannst net machen!«

»Das Leben ist hart, und die Welt ist schlecht.«

Ententanz statt Wiener Walzer

Tanzschule Glück
Später Nachmittag

»Eins – zwei, drei – eins – zwei, drei …«, skandiert Emmenegger.

Isolde Glück runzelt die Stirn. »Bitte nicht so laut, Sie bringen Ihre Mittänzer aus dem Takt!«

»Wenn ich leise zähl, hört mich mein Fuß nicht«, beschwert sich der Gescholtene.

Die Eins vom Dreivierteltakt ist ungemein wichtig, die gibt den Rhythmus vor. Wenn der erste Schritt sitzt, dann ist alles Weitere ein Kinderspiel. Behauptet jedenfalls Isolde Glück, die auf dem Boden kauert und zu Demonstrationszwecken an Emmeneggers Fuß zerrt.

Aber dieser Fuß bewegt sich keinen Millimeter, weil Emmenegger dagegenhält. Er fürchtet, sonst das Gleichgewicht zu verlieren.

Isolde Glück kennt ihre Pappenheimer. Sie langt nach oben. Ein leichter Schlag gegen die Kniescheibe, und Emmeneggers Knie schlottern wie die vom Marionetten-Kasperle, wenn das Krokodil erscheint.

Er starrt auf seinen rechten Fuß, der auf einmal viel weiter rechts steht. Diese Isolde Glück hat eine ungute Ähnlichkeit mit seiner Sportlehrerin in der Grundschule.

»Meine Herren, Konzentration bitte. Während Sie diesen ersten Schritt seitlich nach vorne machen, verlagern Sie Ihr Gewicht auf den rechten Fuß. Ich mache es Ihnen bei meinem – äh, Tanzpartner vor. Sehen Sie – so.«

Die Frau zerrt schon wieder an seinem Fuß. Gleich kippt er um.

»Oooh – nein – Frau Glück – aufhören! Jetzt hab ich gar kein Gewicht mehr, auf gar keinem Fuß. Ich glaub, ich muss mich hinsetzen. Mein Rücken, wissen Sie, eine alte Verletzung vom Militär ...«

»Sie bleiben, wo Sie sind«, befiehlt Isolde Glück. »Beugen Sie sich eine Winzigkeit nach vorn, dann verlagern Sie automatisch – Halt, doch nicht so viel!« Inzwischen hängt Emmenegger in der Mitte durch wie eine ausrangierte Gardinenstange.

»Jetzt den linken Fuß nachziehen, meine Herren!« Isolde Glück hebt den Finger. »Achten Sie darauf: Dieser Schritt ist nur ein Pendelschritt!«

Was soll das nun wieder sein?

»Wieso wackeln Sie mit Ihren Knien?«, will Isolde Glück von Emmenegger wissen. »Das ist ein Wiener Walzer, kein Ententanz!«

»Pendeln und Wackeln, das ist das Gleiche«, verteidigt sich der.

»Sehen Sie – so!«

»Verflixte Haarspalterei!«, brummt Emmenegger und linst nach unten, wo seine Beine ein Eigenleben führen.

»Sie sollen nicht nach unten sehen!«

»Woher soll ich denn sonst wissen, was meine Füße grad machen?«

»Wenn Sie mit den Schritten so schnell wären wie mit den Ausreden, dann wären Sie hier der Beste.« Isolde Glück verdreht die Augen. »Meine Herren: Jetzt mit dem linken Fuß seitlich nach links schwingen und aufsetzen! Gewicht vom rechten auf den linken Fuß verlagern!«

Emmenegger guckt wieder nach unten. »Seitlich nach links? Aber da – ist mein Fuß doch schon.«

»Da wäre er nicht, wenn Sie ordnungsgemäß gependelt hätten! Dann wäre Ihr linker Fuß jetzt vorn, beim rechten.«

In Emmeneggers Hirn herrscht völlige Dunkelheit. Kurzschluss wegen zu starker Belastung.

***

Einige von den Kursteilnehmern flüstern miteinander. Ein untersetzter Mann drängt sich nach vorn und zeigt mit dem Finger auf Emmenegger. »Mit dem da wird das nichts, der stiehlt uns bloß die Zeit. So kommen wir nie dazu, alles durchzunehmen, was auf dem Stundenplan steht!«

Offenbar ein pensionierter Lehrer.

»Alle Standardtänze, so stand es im Flyer!«, nölt der Dicke. »Dafür haben wir bezahlt!«

»Jetzt hören Sie aber auf.« Eine Frau ist nach vorn getreten. Sie hat dunkle Haare und ist genauso schlank wie Isolde Glück. Doch ihr Gesicht ist weicher, die Augen ein wenig traurig. Sie wirft der Tanzlehrerin einen ironischen Blick zu. »Frau Glück, Sie sollten vielleicht auch einen Kurs machen. Im Erklären.«

Bevor er sich wehren kann, nimmt die Fremde Emmenegger bei der Hand. »Diesen Pendelschritt beim Walzer kann ich. Ich führe Sie. Und schauen Sie ruhig nach unten. Für einen Anfänger ist das total in Ordnung.« Sie lächelt ihn aufmunternd an. »Sie werden sehen, es ist gar nicht so schwer.«

Und wie sich herausstellt, hat sie recht.

Liebesbrief eines Toten

Auf dem Postweg von Meran nach Mailand

Liebes Fünkchen,

hoffentlich darf ich Dich noch so nennen.
Ich kann Dich sehen, wie Du deine Wohnungstür auf-
sperrst, die Post der letzten drei Wochen unter den Arm
geklemmt. Bitte lies diesen Brief, statt ihn zu zerreißen.
Unser Abschied war schmerzvoll und so voller Zorn. Es
liegt mir sehr am Herzen, Dir in Ruhe zu erklären, wie
alles kam.

Ich hab schon als Junge gern vor Publikum getanzt. Das
erste Mal bin ich hier in Meran aufgetreten, im zarten
Alter von dreizehn Jahren.
Meine Eltern reisten damals jeden Sommer für zwei oder
drei Wochen in eine Pension auf dem Hafling, und ich
musste mit – widerstrebend, denn im Vergleich zu Frank-
furt erschien mir Südtirol provinziell und langweilig.
Eines Abends gab ich in einem Hotel in der Nachbar-
schaft eine Tanz- und Gesangsnummer à la Michael Jack-
son zum Besten, mit Moonwalk und allen Schikanen,
während meine Mutter vor Stolz fast platzte und mein
alter Herr mit finsterer Miene danebensaß.
Da war ein anderer Junge in meinem Alter, der zwischen
der Theke und den Tischen hin und her flitzte und alle
mit Getränken versorgte.
Hinterher half ich ihm aufräumen, was er wohl nicht
erwartet hatte. Schnell schlossen wir Freundschaft, auch
wenn wir nicht unterschiedlicher hätten sein können. Er
war schüchtern und linkisch und ich ein wenig großspu-
rig, mir meines Lebens in der Großstadt allzu bewusst.

Wie soll ich Dir diese eigenartige Freundschaft beschreiben? Ich glaube, uns verband vor allem, dass sich keiner von uns im Geringsten für Videospiele interessierte, die das beherrschende Gesprächsthema in meiner Schulklasse waren. Nintendo und Atari waren mir egal, ich wollte tanzen wie Fred Astaire oder Rudolf Nurejew. Und er suchte – ja, was eigentlich? Ich glaube, er brauchte einfach einen Freund.

Jeden Morgen wartete er vor unserer Pension, bis ich zu Ende gefrühstückt hatte, und dann zogen wir los, um das Dorf zu erkunden, und machten die umliegenden Bauernhöfe und Viehställe unsicher.

Unsere Freundschaft war von Anfang an einseitig, das sehe ich jetzt. Ich genoss seine Bewunderung wegen meiner Tanzkünste und dass er mir folgte wie ein Hündchen. Du musst verstehen, ich war damals in Frankfurt selbst nicht überreich mit Freunden gesegnet. Dreizehnjährige Jungs, die nicht Fußball spielten, sondern tanzen und singen wollten, galten bei uns in der Klasse als ziemlich schräge Vögel.

Im Laufe der Zeit entwickelte er diese verrückte Idee, wir wären Blutsbrüder und dafür bestimmt, immer zusammenzubleiben.

Ich dachte mir meinen Teil und sagte nichts. Aber das ist ein stilles Einverständnis, nicht wahr?

Tag 5 – Amor aus zweiter Hand

Algund, Elternhaus von Eva
Montag, 27. März, vormittags

»Niedlich schaust du aus.«

Eva sitzt in einem alten Häschen-Hausanzug in ihrem Kinderzimmer auf dem Bett. Sie telefoniert per WhatsApp-Videoanruf mit Emmenegger.

»Total übernächtigt, so sehe ich aus. Guck dir mal diese Augenringe an.«

»Ich sehe bloß wunderschöne blaue Augen.«

»Ich wollte, dieser Alptraum wäre vorbei. Emmi, du fehlst mir so.«

»Dann komm heim. Unser Chef ist letzte Nacht nicht aufgekreuzt. Vielleicht ist der schon wieder ausgezogen.«

»Ich würd ja gern. Aber Mami braucht mich. Ihre Freundinnen haben außer gut gemeinten Kalendersprüchen nicht viel auf Lager.«

Nach einer kurzen Stille sagt Emmenegger: »Ich war bei deinem Vater, gestern.«

Nach der Wiedergabe des Gesprächs in groben Zügen – ohne die feuchtfröhlichen Begleitumstände – fasst Emmenegger zusammen, was ihm während der Nacht durch den Kopf gegangen ist: »Dein Vater hat ein blitzsauberes Motiv. Aber die Reihenfolge haut nicht hin. Als Ulrich Brünner umgebracht wurde, hat dein Vater noch gar nichts von dem Fehltritt gewusst. Außerdem ist er der falsche Typ fürs Vergiften.«

Eva atmet auf. »Wann kommt er wieder nach Hause?«

»Er schmollt noch ein bisserl. Sein Stolz ist halt verletzt. Ganz schlimme Sache für uns Mannsbilder.«

»Pfttt!« Und dann: »Ich hab auch Neuigkeiten. Eine schlechte und eine gute.«

»Fang mit der schlechten an.«

»Wir kriegen die Gästelisten vom Schlosshotel nicht.«
Emmenegger flucht. »Vielleicht kann der Chef da was machen.«

»Das glaub ich kaum«, sagt Eva unglücklich. »Da sind Höhergestellte als er im Spiel.«

»Abwarten. Und was ist die gute Nachricht?«

»Ich bin hinter das Rätsel mit den Liebesbriefen gekommen. Wir haben das Ganze völlig falsch eingeschätzt. Ulrich Brünner war kein Heiratsschwindler.«

»Eva, jetzt hör aber auf! Die Geldeingänge auf seinem Konto. Die vielen Frauen …«

»Erinnerst du dich daran, dass kein einziger Liebesbrief einer Frau an Brünner aufgetaucht ist? Es war immer umgekehrt.«

»Na und?«

»Brünners poetische, so sorgfältig mit der Hand geschriebene Briefe waren nicht für die Frauen bestimmt.«

»Ja, Jesses, für wen denn dann?«

»Für ihre Ehemänner.«

**

Ulrich Brünner hat mit dem Verfassen von Liebesbriefen seinen Lebensunterhalt bestritten.

Es ist Eva gelungen, zwei der Frauen telefonisch zu erreichen. Die »Brischitt« aus Brünners Brief entpuppte sich als die achtundvierzigjährige Brigitte Pierré aus Brüssel. Hinter Brünners »Butzenbaby« steckt die sechsundfünfzigjährige Henna Butzmann, wohnhaft in Hannover.

Wie alle Frauen von Ulrich Brünners Briefen sind auch Brigitte Pierré und Henna Butzmann in mittleren Jahren. Alle hatten dasselbe Problem: Sie wurden von ihren Ehemännern nicht mehr wahrgenommen, außer als teuer gekleidete Haushaltshilfe oder Köchin.

Manchmal hatten sich die Männer jüngere Geliebte zugelegt. Die Ehefrauen fühlten sich ausgelaugt, gedemütigt, zur Seite geschoben.

An diesem Punkt kamen Brünners Briefe ins Spiel. Sie wurden an geeigneter Stelle platziert, oft zusammen mit der Rechnung einer Hotelübernachtung im Baur au Lac, Carlton oder Vier Jahreszeiten.

Geschickt flocht Brünner Dinge ein, die Erinnerungen hervorriefen. An romantische Erlebnisse und glückliche Momente. Vergessen und verschüttet, aber nicht für immer verloren.

Den Ehemännern wurde plötzlich klar, dass ihre Frauen noch nicht zum alten Eisen gehörten. Sie waren noch immer begehrenswert – und sie wurden begehrt. Hin und wieder geschah ein kleines Wunder: Mit der Eifersucht wuchs bei den Männern der Wunsch, die eigene Frau zurückzugewinnen.

***

Zuerst findet Emmenegger keine Worte.

»Und das hat funktioniert?«

»Manchmal schon. Die Brischitt führt wieder eine glückliche Ehe. Beim Butzenbaby war nichts mehr zu retten. Sie ist mittlerweile geschieden. Aber auch sie lässt auf Brünner nichts kommen. Henna Butzmann sagt, dass sie sich durch Brünners Brief das erste Mal seit vielen Jahren wieder als Frau gefühlt hat. Auch wenn er eine Fälschung war.«

»Wahnsinn.«

»Jetzt wissen wir, warum es keine Anzeige gegen den Mann gegeben hat. Und warum die Geldeingänge auf seinem Konto nie über ein paar tausend Euro hinausgingen«, sagt Eva. »Ulrich Brünner hat das Geld nicht ergaunert, er wurde für seine Dienste bezahlt. Ein Teil der Beträge war sowieso die Rückerstattung der teuren Hotelrechnungen.«

Brigitte Pierré ist Brünners erste Kundin gewesen. Er hatte sie in einer Bar in Frankfurt kennengelernt, wo er kellnerte.

Die Frau schüttete ihm ihr Herz aus. Für sie schrieb er seinen ersten Liebesbrief. Darin erwähnte er eine geplante

Reise in die Bretagne. Dort war Brigitte Pierré schon einmal gewesen – mit ihrem Mann auf Hochzeitsreise.

Brünners Brief erwies sich als rettender Funken für ihre Ehe.

»Er hat sich als Amor aus zweiter Hand bezeichnet«, sagt Eva.

»Ein bisschen melodramatisch, oder?«

»Ach, ich weiß nicht. Ich finde, es klingt eher bescheiden.«

»Deshalb kam Brünner also immer wieder ins Schlosshotel.«

Eva schüttelt den Kopf. »Brigitte Pierré sagt nein. Brünner und sie sind in Kontakt geblieben. Beim Aufenthalt im Principe ging es um etwas anderes. Brünner hat ein großes Geheimnis draus gemacht. Aber das kriege ich schon raus, Emmi. Ich muss sowieso zu Herrn Ludwig, um die Personalliste mit ihm durchzusehen.«

»Das lässt du schön bleiben, Eva!«

Aber die Verbindung ist schon unterbrochen.

Emmenegger starrt auf sein Handy. Jesses, diese Frau ist schwerer zu hüten als ein Sack Flöhe.

Da klingelt es erneut. »Eva, mir ist es bitterernst!«, schreit er.

Kurze Stille am anderen Ende der Leitung. Dann: »Ja, mir auch. Hier spricht das Tappeiner-Krankenhaus.«

Emmenegger weiß nicht, wie ihm geschieht. »Wie – Was?«, stammelt er.

»Ein Mann, der seit gestern Nacht auf unserer Unfallstation liegt, hat mich gebeten, Sie anzurufen. Sein Name ist Claudio Branga.«

Die Hölle ausräuchern

Straße durchs Passeiertal
Später Vormittag

Emmenegger beugt sich über den Lenker seiner Maschine.
Er legt sich in die Kurve, reizt den Schwerpunkt aus bis zum
Letzten.

Etwas hat ihn im Griff. Die Wut auf sich selbst.

Er hätte die Bedrohung für Polizeichef Branga von Anfang
an viel ernster nehmen sollen. Wie konnte er glauben, Pauls
komische Nummer auf dem Kornplatz würde ausreichen, um
Zeit zu schinden?

Die Sorte Gegner, um die es hier geht, hat keinen Humor.

Branga etwas anzuhängen, damit er sein Amt verliert, reicht
Raffzahn und seinen Spießgesellen offenbar nicht mehr. Jetzt
wollen sie ihn beseitigen. Und gestern Nacht war es fast so
weit.

Emmenegger schaltet durch die Gänge. Was er tut, geschieht
automatisch. Er kennt jede Kurve. Das Kaleidoskop der Bilder
ist ein Film, den er schon hundertmal gesehen hat. Die Straße
durchs Passeiertal ist eine Motorradstrecke wie aus dem Bilderbuch.

Sonnenstrahlen kitzeln seine Stirn. Der Fahrtwind fängt
sich im Halsausschnitt seiner Lederkluft. Längst hat sich sein
Körper dem Rhythmus der Maschine angepasst.

Für eine kurze Zeit löscht das Dröhnen des Motors Emmeneggers Sorgen aus. In solchen Momenten fühlt er sich schwerelos. Der Alltag wird immer kleiner. Er ist schneller als die Zeit.

Dörfer fliegen vorüber. Der Zwiebelturm der Pfarrkirche von
Riffian winkt mit Erinnerungen an die Hochzeit mit Martha
vor vielen Jahren. Doch heute hat Emmenegger keine Muße

für Trauer, und die Bilder von damals verschwimmen im Dunst des Asphalts.

Fort, vorbei.

Weiter vorn erwartet ihn Sankt Martin im Passeier. Überall schimmern grüne Hänge, darauf kleine Würfel in Weiß und Braun: Bauernhöfe, die in der Ferne aussehen wie Spielzeughäuser auf grünem Samt. Darüber thront die majestätische Matatzspitze mit ihrer Krone aus Schnee und Eis.

Emmenegger sind ihre Schrunden und Abbrüche so vertraut wie die Falten im Sattel seiner BMW. Doch heute ist einer der seltenen Tage, wo er nicht dort oben sein möchte. Heute möchte er die Hölle ausräuchern.

Alles, was er sieht, ist Brangas zerschundenes Gesicht auf den weißen Laken.

***

Als Emmenegger ins Krankenzimmer stürzte, befand sich gerade ein Arzt bei ihm, doch der Chef winkte ihn zu sich.

»Wie Sie sehen: Unkraut vergeht nicht, Ispettore.« Branga brachte ein schiefes Grinsen zustande.

Der Arzt heftete seinen Blick auf den Neuankömmling. »Ich höre, Sie sind ein enger Mitarbeiter unseres renitenten Patienten.« Der Stimme nach derselbe Mann, der ihn vorhin angerufen hatte. »Vielleicht sind Sie imstande, ihn zur Vernunft zu bringen. Er soll noch ein paar Tage bei uns bleiben, bis wir sicher sind, dass alles in Ordnung ist.«

»Unnötig«, krächzte Branga. »Ich habe eine Gehirnerschütterung, das ist alles.«

»Das wissen wir nicht«, mahnte der Arzt. »In Ihrem Gehirn kann sich eine Schwellung gebildet haben. Noch haben wir nicht alle Ergebnisse vorliegen. Warten Sie wenigstens bis morgen.«

»Glauben Sie, ich liege hier hilflos im Bett und lasse mich umbringen? Die werden es garantiert wieder versuchen!«

Alarmiert schaute der Arzt von einem zu anderen. »Ich dachte, Sie hatten einen Unfall?«

»Es wird sich alles aufklären. Ich werde mich darum kümmern«, beruhigte ihn Emmenegger. »Bitte lassen Sie uns kurz allein.«

Rettung in letzter Sekunde

Stuls im Passeiertal
In der Nacht zuvor

Wie sich herausstellt, hatte Claudio Branga am Vorabend Emmeneggers Wohnung verlassen, um einen kleinen Ausflug zu unternehmen.

Seine fehlgeschlagene Ehe und was nun werden sollte, spukte ihm im Kopf herum. Es war höchste Zeit, auf andere Gedanken zu kommen.

Branga beschloss, nach Stuls, einer kleinen Gemeinde hoch oben im Passeiertal, zu fahren und in der ihm bestens bekannten Bar Flora ein Abendessen zu sich zu nehmen.

Es war kurz vor neun, als er sich von der Chefin der Flora verabschiedete, um nach Meran zurückzukehren.

»Ich war höchstens zwei Minuten unterwegs, da sah ich Scheinwerfer im Rückspiegel. Normalerweise ist da oben um die Zeit kein Verkehr mehr. Zuerst hab ich mir nichts dabei gedacht.«

Die Scheinwerfer näherten sich schnell. Der andere Wagen fuhr immer mehr auf. Plötzlich krachte es. Brangas Kopf schleuderte vorwärts und knallte mit Wucht gegen das Lenkrad.

»Das Blut lief mir in die Augen, aber gottlob wurde ich nicht bewusstlos. Mir war klar, was hier gerade passierte. Der Kerl hinter mir wollte mich von der Straße drängen.«

Immer wieder stieß der andere gegen den Porsche Cayenne. Brangas Wagen wurde in die Leitplanke gedrückt.

»Es knirschte fürchterlich. Ich hing mit den Vorderrädern über dem Abgrund. Es war nur eine Frage der Zeit, bis der Stahl nachgeben würde.«

In seiner Not griff Branga nach seinem Handy. Er kletterte auf den Rücksitz. »Ich hab den Blitz aktiviert. Immer wieder.

Das grelle Licht muss den Kerl einen Moment lang aus dem Konzept gebracht haben.« Seiner Geistesgegenwart verdankt Branga sein Leben.

Da hörte er ein lautes Röhren. Gegen den violetten Nachthimmel erhob sich ein Umriss wie der eines urzeitlichen Tiers. Ein gigantischer Rumpf. Weiß glühende Augen.

Die Augen entpuppten sich als Scheinwerfer. Das Brummen war das von tausend Pferdestärken. Gewaltige Reifen, die alles zermalmen würden, was sich ihnen in den Weg stellte. Ein Kühlergrill, gegen den sich der Porsche winzig ausmachte.

»Ich hab gedacht, jetzt schlägt mein letztes Stündlein. Wer in diesem Riesending saß, würde mich von der Straße schieben und es nicht mal merken.«

Doch der Gigant kam zum Stehen. Eine Tür öffnete sich. Jemand rannte auf ihn zu.

Er hörte noch, wie sein Angreifer mit quietschenden Reifen wendete – und wegfuhr.

Eine Taschenlampe geisterte über Branga hinweg.

»Rühren Sie sich nicht! Ich sichere Sie!«

Es knirschte schauerlich.

Branga fühlte, wie sich der Wagen nach links neigte. Wie die Schwerkraft siegte. Gleich …

Da hörte er ein schabendes Geräusch.

»Hab Sie!«, schrie der andere. Im selben Moment gab die Leitplanke nach. Branga schrie, aber der Wagen stürzte nicht in den Abgrund.

»Sind Sie verletzt?« Ein Mann öffnete die Beifahrertür. »Können Sie rauskriechen?«

»Glaub schon.«

»Machen Sie schnell. Ich weiß nicht, wie lang die Kette durchhält.«

Die Höllenmaschine stellte sich als ein John Deere heraus, ein drei Meter breites Gespann mit Zwillingsrädern und mächtigem Grubber. Der Großbauer war mit seiner überbreiten Landmaschine in Richtung Stuls unterwegs, weil er um diese Zeit nicht mehr mit Verkehr rechnete.

Glücklicherweise hatte der Mann eine leistungsstarke Abschleppkette und Karabiner im Traktor. Die Sicherung hielt – jedenfalls so lange, bis die Carabinieri kamen und den Wagen bargen.

***

»Leck mich am Arsch!« Emmenegger ist einen kurzen Moment lang fassungslos. Doch dann übernimmt der Polizist in ihm.

»Als Sie nach Stuls zum Essen gefahren sind, haben Sie da einen Wagen bemerkt, der Ihnen gefolgt ist?«

»Nein.« Branga betastet das Pflaster auf seiner Stirn.

»Und als Sie nach dem Abendessen zu Ihrem Auto gegangen sind?«

»Auch nicht. Der kleine Parkplatz hinter der Flora war bis auf meinen Porsche leer. Auf der Straße befand sich kein Mensch.«

»Können Sie den Wagen beschreiben? Typ? Farbe?«

Branga zuckt die Achseln. »Schwarz, dunkelblau oder dunkelgrau. Es war ein großer SUV wie meiner, mit starkem Motor. Sonst hätte er es nicht geschafft, mich abzudrängen.«

Brangas schwarzer Porsche – oder was davon übrig ist – steht derzeit in einer umgebauten Garage im Meraner Stadtteil Steinach. Dort unterhält die Kriminaltechnik eine Außenstelle für Fahrzeuguntersuchungen.

Emmenegger hat ihn sich gemeinsam mit Kohlgruber angesehen, bevor er sich auf seine Maschine gesetzt hat. Der Wagen ist nur noch ein Haufen Schrott.

Laut Kohlgruber konnten seine Leute eine ganze Menge Abrieb sicherstellen: schwarz wie Brangas Cayenne. Der fremde Lack wird gerade untersucht. Vielleicht lässt sich der Wagentyp dadurch eingrenzen.

Die kleine Gemeinde Moos ist erreicht. Hier ist das Passeiertal zu Ende.

Vor dem Café Hochwilde legt Emmenegger einen kurzen Stopp ein. Er setzt den Helm ab und atmet ein paarmal tief durch. Seine Wangen sind eiskalt.

Sein Handy brummt. Eine WhatsApp von Branga. »Ich bleibe bis morgen früh im Krankenhaus. Morgen nehme ich mir ein Zimmer im Schlosshotel Principe. Dann sind Sie mich los.«

Das Principe ist keine schlechte Wahl. Der Empfangschef wird dafür sorgen, dass Brangas häusliche Situation nicht nach draußen dringt. Niemand außer den Hausgästen geht im Hotel ein und aus.

Aber reicht das?

Das Hotel ist durch ein schmiedeeisernes Tor gesichert. Um hineinzukommen, muss man klingeln. Das genügt, um schaulustige Urlauber vom Gelände fernzuhalten. Aber nicht, wenn jemand es darauf anlegt. Derjenige braucht nur hinterherzuschlüpfen, wenn ein Wagen durchs Tor fährt. Sicher, es gibt überall Kameras. Aber die muss jemand im Auge behalten. Was dieser junge Nachtportier, der nur Augen für sein Handy hat, garantiert nicht macht.

Und es gibt einen weiteren Schwachpunkt: das Türchen an der Schmalseite des Landhauses. Neulich hat es offen gestanden, um Lieferanten einzulassen.

Bestimmt hat auch das Haupthaus einen Hintereingang für Lieferanten und Personal.

Ein Schloss allein reicht nicht, um den Chef zu beschützen.

***

Emmenegger fährt jetzt langsamer. Hinter dem Café zweigt eine kleine Straße ab.

Die Strecke wird immer kurvenreicher, je weiter er sich mit seiner Maschine nach oben schraubt.

Gleich muss die Stelle kommen.

Noch ein, zwei Kurven.

Da vorn.

Emmenegger bremst ab und bockt seine Maschine auf. Die Carabinieri haben an der kaputten Leitplanke eine Absperrung errichtet.

Er steigt über die Flatterbänder. Der Stützpfeiler steht schief, halb ragt er aus seiner Betonverankerung. Die Leitplanke ist geborsten. Die beiden Enden schwingen über dem Abgrund.

Emmenegger linst über die Kante. Zwanzig Meter geht es hier steil nach unten. Keine Chance, dass Branga den Sturz überlebt hätte.

Auf dem Asphalt sind eine Menge Bremsspuren zu sehen. Eine klebrige Ölspur zieht sich quer über den linken Fahrstreifen.

Kohlgruber und seine Techniker waren bereits hier und haben Glas- und Metallsplitter eingetütet.

Diesmal geht es um den Polizeichef höchstpersönlich. Kohlgrubers Mätzchen fallen aus, auch die übliche Verzögerungstaktik. Die Fotos vom Tatort liegen bereits in Emmeneggers E-Mail-Konto. Die Analyse der Funde läuft auf Hochtouren.

Trotzdem macht er eigene Fotos. Man kann nie wissen.

Ein paar Wagen fahren vorbei. Die Straße ist wieder freigegeben, es ist die einzige nach Stuls hinauf.

Die Leute in den Autos starren herüber. Vermutlich glauben sie, dass ein Motorradfahrer hier verunglückt ist. Und ihn halten sie für einen Motorradkumpel, der an der Unglücksstelle die letzte Wache hält.

Er weiß genau, was sie denken. »Selber schuld, wieder mal gerast.« Als die Idioten endlich weitergefahren sind, überquert Emmenegger die Straße. Er kneift die Augen zusammen und schaut nach oben, Richtung Stuls, schätzt die Entfernung ab.

Der Angriff erwischte Branga ungefähr einen Kilometer nach Ortsausgang. Der Kerl musste unmittelbar hinter ihm losgefahren sein. Trotzdem hatte der Chef niemanden bemerkt, als er auf dem Weg zu seinem Wagen war.

Es sieht so aus, als wäre jemand über Brangas Aktivitäten bestens im Bilde gewesen. Dieser Jemand fuhr in aller Ruhe nach Stuls hoch und legte sich auf die Lauer, während der Polizeichef nichts ahnend in der Bar Flora saß.

Emmenegger wählt Kohlgrubers Nummer. »Seids mit dem Porsche schon durch?«

Grummeln am anderen Ende der Leitung. »Jetzt aber. Wir können auch net hexn.«

»Schauts amol nach, ob ihr irgendwo am Wagen eine Wanz findet.«

Nachdem Emmenegger das Gespräch beendet hat, wird ihm noch etwas klar.

Als der Bauer mit seinem John Deere von unten angefahren kam und die Straße versperrte, machte der Angreifer kehrt.

Er fuhr dorthin zurück, woher er gekommen war: nach Stuls. Doch aus dem Ort führt kein Weg heraus. Dort ist die Straße zu Ende.

Der Angreifer kannte sich aus. Er könnte aus Stuls stammen. Oder er hat Freunde dort. Vielleicht steht da oben in irgendeinem Versteck ein schwarzer SUV mit verbeulter Motorhaube.

Dieser Überfall gestern Nacht trägt nicht die Handschrift eines Profis von außerhalb. Der hätte sich von Brangas Blitzlichtgewitter nicht einschüchtern lassen, sondern die Sache zu Ende gebracht.

Das war ein Amateur. Jemand von hier.

Emmenegger lässt den Motor an. Unten warten ein paar Freunde, ein paar Halbe und ein bisschen Hilfe.

Ein Clubhaus der Extraklasse

Schlehdorfweg. Unterhalb des Tappeinerwegs
Gegen 17 Uhr

Auf dem Schlehdorfweg, der von der Verdistraße zum Tappeinerweg hinaufführt, gibt es ein paar recht nette Häuser. Aber nein, es muss unbedingt dieser riesige gelbe Kasten sein. Eine schwere Maschine steht vor dem Eingangsportal. Aus einem geöffneten Fenster dringen Stimmen und das Klackern von Billardkugeln. Paul und Hellboy.

Kopfschüttelnd betrachtet Emmenegger das Haus. Die Farbe blättert von den Wänden. Der Vorplatz ist unkrautüberwuchert. Die Fenster sind blind. Verfall lugt aus jeder Ritze.

Was hat sich Hellboy alias Hellmut Landauer, mittlerweile kommissarischer Chef der Flying Taifl, dabei gedacht, ausgerechnet dieses Groschengrab als neues Clubhaus zu kaufen?

Früher, in den Siebzigern, war das Tappeiner eines der besten Hotels in Meran. Doch im Laufe der Zeit ging es mit ihm bergab. Trends wurden verpasst, Renovierungen auf die lange Bank geschoben. Irgendwann blieben die Gäste aus. Um die Jahrtausendwende wurde das Hotel in ein Seniorenheim umgewandelt.

Vor ein paar Jahren war das Tappeiner kurzzeitig aus seinem Dornröschenschlaf aufgewacht, als Schauplatz eines Mordes. Emmenegger denkt ungern an den Fall zurück, der sich zu einer düsteren und beklemmenden Geschichte entwickelte.

***

Das Brummen eines starken Motors nähert sich. Langsam kommt ein Bike die schmale, gewundene Straße heraufgefahren.

Gemächlich bremst die Harley vor Emmenegger, und der Fahrer steigt ab. Er ist stämmig und ein wenig kurzbeinig, und als er den Helm abnimmt, kommt seine Halbglatze zum Vorschein: Erwin Rudolf, der Pächter vom Forsterbräu, für seine Freunde einfach nur »der Dude«.

»Emmi, was geht? Alles paletti?«

»Bisschen – unübersichtlich zurzeit. Wird schon.«

Der Dude nickt bloß. Genau das schätzt Emmenegger an ihm: Der Mann redet dann, wenn es etwas zu sagen gibt.

Aus dem Motorradkoffer kommt eine prall gefüllte Einkaufstüte zum Vorschein: Cola Zero, mit Limonengeschmack.

»Der Junge würde keinen bleibenden Schaden nehmen, wenn er ausnahmsweise mal was anderes trinkt als Cola«, tadelt Emmenegger. »Euer Verwöhnprogramm torpediert meine Erziehungsmaßnahmen.«

»Für dein Erziehungs-Dingsbums ist er zu alt. Sei froh, dass er kein Bier will«, kontert der Dude. »Willst du rausfinden, auf welche Ideen er kommt, wenn er was getrunken hat? Der Junge braucht jeden Funken klaren Verstand, der in ihm steckt.«

Das war eine lange Rede, und es ist viel Wahres daran.

Die Tür fliegt auf, und eine Katze schießt fauchend ins Freie, hinterdrein springt Hilde im Katzentöter-Modus: Der Schwanz zuckt, die Zunge streift fast den Boden. Die wilde Jagd verschwindet durch die Büsche. Es staubt, Äste knacken, Laub rieselt durch die Luft.

»Hallo, Bruder. Na, was sagst zu unserer neuen Bleibe?« Hellboy ist in der offenen Tür erschienen, hinter ihm linst Paul ins Freie.

»Ich sag lieber gar nix.«

»Ich find's traumhaft hier«, kräht Paul. »So viel Platz – und der Garten ist eine Wucht, stimmt's, Landi?« Das ist seit Neuestem Pauls Spitzname für Hellboy. Landi klingt wie Waldi und ist so unpassend, dass es schon wieder gut ist.

Emmenegger wirft dem »Garten« einen schrägen Blick zu. Überall wachsen Brennnesseln. Das Unkraut steht zwei Meter hoch.

»Habt ihr wenigstens eine Zapfanlage?«

»Was glaubst du wohl? Darum hab ich mich als Allererstes gekümmert«, sagt Hellboy mit einer von Stolz geschwellten Brust, die auch im Normalzustand anderthalbmal so breit ist wie die Emmeneggers. Wo Hellboy alias Hellmut Landauer hinhaut, da wächst kein Gras mehr. Mittlerweile ist der Mann zwar altersmilde geworden. Aber wenn's gegen die Bösen geht, ist er immer noch Feuer und Flamme.

»Was habt ihr euch dabei gedacht, diesen Kasten zu kaufen? Mensch, Hellboy, ihr habt doch jetzt die Kohle, um euch was Anständiges leisten zu können.«

Das frühere Clubhaus der Flying Taifl in Marling stand auf einem baustrategisch wichtigen Grundstück und sollte einer Straßenbaumaßnahme weichen. Die Gemeinde war gezwungen, eine hohe Entschädigung zu zahlen. Seitdem ist der Club vermögend.

Hellboys rotes Gesicht hat noch eine Spur mehr Farbe bekommen. »Komm erst mal rein, bevor du alles niedermachst.«

**

Drinnen haben erste Handwerksarbeiten stattgefunden. Wenn man das so bezeichnen will. Jemand hat die Wand zwischen der Bar und dem Frühstücksraum mit einem Vorschlaghammer herausgebrochen. Der Hammer liegt noch am Boden, daneben ein paar Mauerreste, es riecht durchdringend nach Kalk und Gips.

»Den Durchbruch haben wir gestern gemacht, die Jungs und ich.« Hellboy steigt über eine scharfe Mauerkante, die aus dem Boden ragt. »Muss bloß noch einen Bohrhammer organisieren, dann machen wir weiter. Schaut doch schon ganz gut aus, oder?«

»Wirklich herzallerliebst.«

Jemand hat den riesigen Clubtisch mit dem eingekerbten Totenschädel ans Terrassenfenster gerückt, nebst der abgewetzten rosa Couchgarnitur aus Samt. Wenn Emmenegger gefragt worden wäre, hätte die Garnitur den Umzug nicht überlebt. Ihn hat aber keiner gefragt, und da ist sie.

Am anderen Ende des Raums hat der alte Billardtisch der Flying Taifl seinen Platz gefunden.

»Willst bloß rummeckern, oder trinkst auch was?«

»Wie blöd kann man fragen?«

Emmenegger nimmt einen ordentlichen Schluck von der Halben, die ihm Hellboy in die Hand drückt. Sie sind beste Freunde, geraten aber schon mal aneinander. Hellboy ist eben ein Hitzkopf und Emmenegger kein Diplomat.

Es kommt vor, dass sein Freund sich ein bissel verrennt, und dann muss Emmenegger ihm die Meinung geigen. Könnte sein, dass es heut mal wieder staubt.

Hellboy lässt sich auf das Sofa fallen und fährt sich durchs stoppelkurze Haar. »Ich hab mittlerweile einen ganz guten Draht zur Cassa Popolare.« Die Volksbank von Meran.

»Was, du?«

Hellboy, der Chef der Flying Taifl, schmust mit dem Establishment.

»Na ja. Wie das halt so geht.« Hellboy guckt ein bisschen verlegen. »Ich mach hin und wieder eine Kleinigkeit für die Bank.«

»Ich hör wohl nicht recht!«

»Jetzt schau nicht so blümerant. Manchmal überprüf ich ein paar Jungs, die für die Cassa Popolare die Geldtransporte machen. Hin und wieder bin ich selber bei einem großen dabei.«

Emmenegger starrt Hellboy an. Wortlos schüttelt er den Kopf.

»Die Bank hat mir das Tappeiner-Haus angeboten. Es stammt aus einer Konkursmasse. Es gab noch einen anderen Interessenten, der das Haus abreißen und ein paar ekelhafte Beton- und Glaswürfel bauen wollte. Aber die Stadt hat sich quergestellt, und wir haben den Zuschlag gekriegt.«

»Aha. Was hat die Bank dir dafür abgeknöpft?«

»Achthunderttausend. Allein das Grundstück ist viel mehr wert.« Angesichts seiner Lage und der Größe ein Spottpreis, da hat Hellboy recht.

***

Im hinteren Teil des Gartens ruft Paul irgendwas. Wasser rauscht. Entrüstetes Knurren, das in Klagelaute übergeht. Offenbar wird da gerade eine dreckverkrustete Hilde mit dem Schlauch abgespritzt.

»Es war nicht nur für den Club«, sagt Hellboy schließlich. »Paul braucht ein neues Zuhause.«

»So ein Schmarrn!«

Richtig ist allerdings, dass sich Pauls Situation in letzter Zeit grundlegend geändert hat. Längere Zeit hat der Junge in der Schauspielakademie gewohnt. Aber die Zimmer auf dem Schulgelände sind für Stipendiaten reserviert. Nach dem Ende seiner Ausbildung musste Paul das Zimmer räumen. Das Theater ist seine Heimat, aber für ihn hat es jetzt nachts geschlossen.

Seither hängt Paul in der Luft, wohnsitzmäßig und auch sonst ein wenig. Meistens übernachtet er bei Emmenegger.

»Der Junge hat ein Zuhause! Und zwar bei mir!«

Wütend stürzt Emmenegger den Rest seines Bieres hinunter.

»Wir wissen alle, dass du dein Bestes gibst.« Der Dude ist hereingekommen. »Aber du hast nun mal keinen Bürojob und nicht die Zeit, dich um Paul zu kümmern, wenn er mal wieder eine seiner Phasen hat. Bei uns dagegen ist fast immer jemand im Haus.«

Emmenegger stiert vor sich hin. Paul ist ein erwachsener Mann. Aber eine gefestigte, ausgeglichene Persönlichkeit ist er nicht.

»Außerdem«, setzt Hellboy noch einen drauf, »der Junge muss auch mal was anderes machen als Theaterspielen. Irgendwas – Normales. Körperliche Arbeit wär nicht schlecht.

Wie zum Beispiel Renovieren, Heimwerkern. In diesem Haus gibt's eine Menge zu tun. Löcher zugipsen, malern, tapezieren, Böden abschleifen. Und so weiter.«

Emmenegger lacht aus vollem Hals. »Seid ihr noch zu retten? Paul weiß nicht mal, wie rum man einen Pinsel hält. Der hat noch nie in seinem Leben einen Nagel in die Wand geschlagen. Wenn ihr ihm irgendwas Spitzes in die Hand gebt, müsst ihr sofort die Ambulanz bestellen. Aber was mache ich mir Sorgen? Wenn's ums Anpacken geht, ist er sowieso unauffindbar.«

»Lüge!«

Triumphierend steht Paul da, einen Pinsel in der Hand. »Da!« Ja, er hält den Pinsel am Stiel, aber der ist zwischen Daumen und Mittelfinger eingeklemmt, und der kleine Finger ist abgespreizt.

»Das wird schon noch.« Hellboy.

»Ich will unbedingt beim Umbau mitmachen. Bitte lass mich, alter Mann!« Paul in der Rolle eines Halbwüchsigen, der mit den anderen auf Klassenfahrt will.

»Ist wenigstens ein Mediziner unter den neuen Brüdern, die ihr angeworben habt?«

»Na ja, einer von den Neuen ist Physiotherapeut.«

»Der wird ja hoffentlich wissen, wie man einen Arm abbindet.«

»Jaaa!« Paul reckt den Arm nach oben. Plötzlich lächelt er. »Landi, komm mit. Wir inspizieren mal die oberen Stockwerke und schauen, wo ich hier am besten wohnen kann.«

Brav dackelt Hellboy hinter ihm her.

Der König auf der Suche nach standesgemäßen Räumlichkeiten.

Emmenegger zum Dude, nach einer Weile: »Bruder, ich bräucht wieder mal eure Hilfe.«

Als er erklärt hat, worum es geht, schüttelt der Dude den Kopf. »Herrgott noch mal, Emmi. Dafür bin ich zu alt.«

»Wahrscheinlich passiert gar nix. Außerdem bist nicht alt.«

»Hol dir ein paar schneidige Carabinieri.«

»Die Sach ist politisch. Wir wissen nicht, wer mit drinsteckt. Sag halt Ja.«

»Naa.«

Emmenegger spielt seinen letzten Trumpf aus. »Also gut, dann frag ich Hellboy.«

Hellboy kommt herein. »Worum geht's?«

»Ich brauch euch zwei als Bodyguards.«

Hellboy reibt sich die Hände. Aber das Strahlen auf seinem Gesicht verblasst, als er hört, wen sie beschützen sollen und vor allem, wo.

»Ich soll in einen Nobelschuppen und auf diesen gelackten Gimpl aufpassen? Bist du damisch?«

»Ich bitt euch, tut mir den Gefallen, Leute. Ohne euch wird's echt schwer. Branga hat mir geholfen. Und jetzt ist er's, der Hilfe braucht.«

Schweigen.

»Und wie stellst dir das vor? Ich find doch so kurzfristig keinen, der mich abends im Bräu vertritt.« Der Dude.

»Hellboy und ich machen die Nachtwach, und du löst uns am Morgen ab.«

»Und wann schlaf i?«

»Wenn alles vorbei is. Die ham einen extrem guten Kaffee im Principe.«

Eine halbe Stunde später macht sich Emmenegger leise davon. Hellboy und der Dude haben sich auf ihre Luftmatratzen hingehauen. Paul hat Kopfhörer auf und hört Musik auf Spotify. Er ist in seiner eigenen Welt.

Emmenegger schaut noch einmal zurück zum Haus.

Das Tappeiner ragt groß und schwarz hinter ihm auf.

Weiter oben brennen Laternen am Rand des Tappeinerwegs. Vom Etschtal herauf funkeln Tausende von Lichtern.

Jetzt muss er zwei Fälle gleichzeitig lösen – ohne Eva. Hoffentlich ist dieser Spuk bald zu Ende.

Tag 6 – Über den Sinn des Lebens

Schlosshotel Principe
Dienstag, 28. März, am Vormittag

Der Fall Brünner hat hier im Schloss begonnen. Es kann nicht anders sein. Und deswegen sitzt Eva mit dem Empfangschef Ludwig, der in einer halben Stunde seinen Dienst an der Rezeption antritt, auf der Parkterrasse. Schließlich kann ihr niemand verwehren, mit einem Freund der Familie einen Kaffee zu trinken.

Im Park ist es still. Nur die Vögel zwitschern.

Unter den alten Korkeichen, Ölbäumen und Himalaya-Zedern sind Sitzgruppen verteilt. Baldachine stehen bereit, aber kein Mensch ist da, um sich in ihrem Schatten niederzulassen.

»Die Therapiesitzungen haben angefangen«, beantwortet Ludwig Evas unausgesprochene Frage.

»Eigentlich traurig«, sagt Eva.

»Was meinen Sie?«

»Dass in diesem Haus keine externen Veranstaltungen mehr stattfinden. Ich habe so viele schöne Erinnerungen aus meiner Jugend, zum Beispiel an meine Maturafeier hier im Hotel. Die würde es heutzutage nicht mehr geben.«

»Ich verstehe, was Sie meinen«, sagt Herr Ludwig. »Es stimmt, früher war im Haus mehr Leben. Da gab es unser neues Konzept noch nicht. Heute sind wir nur für unsere Hausgäste da. Sehen Sie«, er beugt sich vor, »wir müssen uns gegen Hotels unserer Klasse auf der ganzen Welt behaupten. Unsere Konkurrenz ist international. Deswegen haben wir uns entschlossen, etwas zu bieten, was die anderen nicht haben.«

»Was kann das sein?« Eva schaut ihn fragend an.

»Wie soll ich das am besten erklären?« Ludwig überlegt einen Moment. »Viele unserer Gäste wurden mit einem goldenen Löffel im Mund geboren. Diese Menschen haben ihr

Leben lang keinen Tag gearbeitet. Sie mussten um nichts kämpfen, ja sie könnten es wahrscheinlich nicht einmal. Sie kennen doch die Stelle in der Bibel, in der von dem gelobten Land die Rede ist, wo Milch und Honig fließen?«

Eva zuckt die Schultern. »Sicher.«

»Mein Eindruck nach vielen Jahren in diesem Hotel ist, dass in diesem Land gähnende Langeweile herrscht. Wer die dritte Luxusyacht und das vierte Privatflugzeug sein Eigen nennt, wird irgendwann mit der Frage nach dem Sinn des Lebens konfrontiert.«

Eva starrt ihn ungläubig an. »Und diesen Sinn will das Principe vermitteln? Ist das nicht ein wenig übertrieben? Herr Ludwig, ich liebe dieses Haus auch, aber es ist und bleibt doch – ein Hotel.«

Ludwig schmunzelt. »Verzeihen Sie die Frage, Frau Marthaler: Kennen Sie solche Menschen, von denen ich spreche?«

Eva denkt an die Freunde ihrer Eltern. Viele Wein- und Obstbauern. Einige Hoteliers. Ein paar Bauunternehmer. Der eine oder andere hat ein Vermögen geerbt, so wie ihr Vater. Doch keiner von ihnen lebt in den Tag hinein. Die meisten arbeiten sogar am Sonntag.

»Wahrscheinlich nicht«, antwortet sie.

»Da haben Sie es. Ihre Eltern sind zwar vermögend, aber keine Superreichen.« Ludwig zeigt mit dem Daumen nach hinten, Richtung Meran. »Die Welt da draußen kommt diesen Leuten fremd vor.« Er schenkt ihr Tee nach. »Hier bei uns finden sie Geborgenheit. Das Gefühl, dass hier Menschen sind, denen sie vertrauen können und die sich um sie kümmern. Und wir helfen ihnen, gesünder zu leben. Für unsere sehr reichen Gäste ist der Aufenthalt im Schlosshotel Principe von großem immateriellem Wert. Es sind die wenigen Wochen im Jahr, in denen sie etwas Sinnvolles zu tun haben.«

Die Erläuterung klingt sachlich, aber Eva glaubt, leisen Sarkasmus herauszuhören.

»Würden Sie lieber woanders arbeiten?«, fragt sie spontan.

»Jetzt nicht mehr. Es ist zu spät.« Herr Ludwig lächelt,

trotz der bitteren Worte. »Ich wollte immer ein eigenes Haus führen. Aber dazu ist es nie gekommen.«

»Und warum nicht?«

»Ich hatte nicht das Geld – jedenfalls habe ich mir das eingeredet. In Wahrheit konnte ich mich nicht überwinden, etwas zu wagen. Ich hatte Angst, mich durchboxen zu müssen.« Plötzlich steht Schmerz in seinen Augen, und Eva bereut ihre Frage.

»Einmal hätte ich es schaffen können«, sagt Ludwig nach einer Weile. »Aber das Leben hat mir einen Strich durch die Rechnung gemacht. Wie das so ist: Es kam etwas dazwischen, und dann war es zu spät.«

Evas schlechtes Gewissen meldet sich. Sie kannte Ludwig nur als das Faktotum des Hotels. Als jemanden, der für andere da ist. Aber er ist ein Mensch mit eigenen Gefühlen. Sie schämt sich wegen ihrer Vermessenheit, jemanden so reduziert auf eine Funktion zu sehen.

Unwillkürlich streckt sie die Hand aus, um ihn am Arm zu berühren, aber die Geste scheint ihm ein wenig unangenehm zu sein. Solche Vertraulichkeiten ist er wohl nicht gewohnt.

»Das muss ein großer Verlust für Sie gewesen sein. Es tut mir so leid.«

»Das muss es nicht, meine Liebe. Mich um andere zu kümmern, hat mir darüber hinweggeholfen. Ich weiß nicht, was ohne das Schlosshotel Principe aus mir geworden wäre.«

Ludwig zieht ein Taschentuch aus der Hosentasche und schnäuzt sich ausgiebig. »Liebe Frau Marthaler, bitte entschuldigen Sie meine Sentimentalität. Ich wollte Sie nicht behelligen.«

»Das haben Sie nicht. Ihr Ohr ist immer für andere offen, es ist nur recht und billig, dass es einmal andersherum ist.«

»Wie lieb von Ihnen. Wissen Sie, im Grunde bin ich sowieso hier im Schlosshotel am besten aufgehoben. In einer Hinsicht bin ich wie unsere Gäste: Etwas zu ändern, fällt mir unendlich schwer. Das Schwierigste ist, das Leben mit beiden Händen zu ergreifen, finden Sie nicht?«

Die Schlüssel-Frage

Im Garten des Schlosshotels

Ein dicker Mann im Bademantel hat die Terrasse betreten. Er wischt sich übers Gesicht, sieht zu ihnen herüber.

»Kommen Sie, Frau Marthaler.« Herr Ludwig erhebt sich und nickt freundlich zu dem Gast hinüber. »Gehen wir in den Garten.«

Sie setzen sich unter einen der Baldachine. Mit leisem Rascheln schließt sich der Vorhang.

»Wie war das eigentlich bei Herrn Brünner?«, wechselt Eva das Thema. »Wenn er keines Ihrer gesundheitlichen Programme absolviert hat, warum kam er dann jedes Jahr hierher ins Principe? Sie haben sich bestimmt auch darüber gewundert.«

Ludwig lächelt fein. »Liebe Frau Marthaler, mein Beruf hat mir das Wundern vor vielen Jahren abgewöhnt. Vielleicht wollte Herr Brünner einmal im Jahr zu den reichen Leuten gehören. Sie wissen schon: Wenn ich einmal reich wär …«

Hm, denkt Eva. Alle, die Ulrich Brünner kannten, beschreiben ihn als bescheidenen Mann. Allerdings sind da die fünfzigtausend Euro. Brünner hat das Geld nicht von einer Frau ergaunert. Aber woher kam es dann?

Und da ist noch eine offene Frage.

»Brünners Handy war nicht internettauglich. Wir fanden weder Laptop noch Tablet, nicht an der Leiche und auch nicht auf seinem Zimmer«, erklärt Eva. »Aber da war ein Ladekabel, das nicht zu seinem Handy passt. Es sieht also ganz so aus, dass sich jemand Zutritt zu seiner Suite verschafft und seinen Computer gestohlen hat.«

Sie zieht den Ausdruck der Personalliste hervor. »Da drauf stehen ungefähr sechzig Personen. Direktion und Verwaltung, medizinisches Personal, Köche und Küchenhilfen, Kellner,

Putzfrauen. Können Sie mir sagen, wer von diesen Leuten über einen Generalschlüssel verfügt?«

Ludwig ist blass geworden. Der Diebstahl eines Computers scheint ihn mehr mitzunehmen als ein Mord.

»Ich verbürge mich für jeden von ihnen. Es gab keinen einzigen derartigen Vorfall seit langer Zeit.«

»Es tut mir leid, Herr Ludwig. Ich fürchte, ich kann Ihnen die Antwort nicht ersparen.«

Der Empfangschef seufzt. »Da wären der Hoteldirektor und ich. Jeder von uns hat einen eigenen Generalschlüssel. Einen weiteren halten wir im Empfangsbereich des Gesundheitszentrums vor, falls ein Gast Hilfe braucht. Und dann sind da natürlich unsere acht Reinigungskräfte. Die Frauen arbeiten in Zweierteams mit jeweils einem Schlüssel. Nach Schichtende werden die Schlüssel bei mir abgegeben.«

»Das sind dann also insgesamt sieben Generalschlüssel, wenn ich mich nicht irre.«

Ludwig neigt den Kopf.

»Würden Sie freundlicherweise nachprüfen, ob alle an ihrem Platz sind?«

»Frau Marthaler, ist das nicht ein wenig – übertrieben?«

Ludwig hat sich wieder gefasst. »Vielleicht hat Herr Brünner überhaupt keinen Laptop mitgeführt. Ich habe ihn nie mit einem derartigen Gerät gesehen. Vielleicht hat er unsere Internetecke neben dem Tee-Salon benutzt.«

Ob sich Ulrich Brünner über den Hotel-Server ins Internet eingeloggt hat, lässt sich allerdings nicht klären. Das Schlosshotel löscht die Daten jede Nacht – aus Diskretionsgründen.

Der ganze Fall besteht aus Mutmaßungen, Möglichkeiten.

»Herr Ludwig, seien Sie doch so gut und prüfen Sie den Verbleib der Generalschlüssel.«

Seufzend greift der Angesprochene nach dem Haustelefon. Fünf Minuten später ist klar: Alle Schlüssel sind da, wo sie hingehören.

Ein Polizeichef checkt ein

Schlosshotel Principe, Eingangshalle

Nachdem sich Ludwig zum Dienst verabschiedet hat, schlendert Eva nachdenklich zurück in die Hotelhalle.

Sie lässt sich in einen der ausladenden Sessel in der Nähe der Rezeption sinken.

Ein Zwangsurlaub ist kein Urlaub. Eva fühlt sich unruhig und nutzlos. Zurück zu ihrer Mutter? Sie könnte nach ihrer eigenen Wohnung sehen, ein heißes Bad nehmen. Oder zu Emmi.

Hoffnungsvoll checkt sie ihr Handy. Keine Nachricht von ihm.

Da wird die Eingangstür aufgestoßen. Einer der Neuankömmlinge ist der Polizeichef höchstpersönlich, und er hat Hellboy und den Dude im Schlepptau.

Schleunigst verschwindet Eva hinter einer Säule.

Auf Brangas Stirn prangt ein Pflaster. Die Haare kleben am Kopf. Im Hosenbein klafft ein Riss. Das hellgraue Jackett ist zerknittert, auf dem rechten Ärmel glänzt ein großer schwarzer Fleck, der wie Schmieröl aussieht.

Der Dude trägt eine blaue Schürze mit der Aufschrift »Forsterbräu«, die über den Bauch spannt.

Hellboy hat sich ein ärmelloses schwarzes T-Shirt mit einem Totenkopf übergeworfen. Er spielt mit seinem Bizeps und wirft böse Blicke in die Runde.

Der junge Mann hinter dem Empfangstresen ist zur Salzsäule erstarrt.

»Äh – meine Herren – Was kann ich ...« Mehr bringt er nicht heraus.

»Ich hätte gern eine Suite. Mit drei Betten. Und können Sie mir frische Kleidung besorgen – am besten gleich mehrere Garnituren?«

»Äh – hrmmm …« Der junge Mann hat keine Ahnung, wie er sich verhalten soll. »Haben Sie eine Reservierung, Herr …?«

»Natürlich nicht! Sind Sie schwerhörig?«

Auf einmal ist Ludwig da. »Das ist eine Freude, Sie bei uns begrüßen zu dürfen! Ich sehe, Sie sind inkognito unterwegs, Direttore. Selbstverständlich haben wir ein Zimmer frei. Ich würde die Suite Eins im Landhaus vorschlagen, mit – äh, Gästebetten und besonders großem Badezimmer. Da sind Sie ungestört. Und die Kleidung – für Sie Größe vierundfünfzig, richtig? Oberrauch Zitt in der Laubengasse ist ein wirklich sehr ordentliches Geschäft. Möchten sich die beiden anderen Herren – äh, ebenfalls ein wenig ausstaffieren? Es könnte möglicherweise etwas angenehmer für alle sein.«

Branga fährt herum und mustert die zwei, als sähe er sie zum ersten Mal. »Also gut, kaufen Sie zwei Hemden. Aber auf keinen Fall bei Oberrauch Zitt!«

»Da fällt mir etwas ein. Wir haben einen Fundus von Kleidung, die unsere Gäste vergessen haben. Wenn ich mich recht erinnere, ist auch einiges für – äh, stattliche Figuren dabei.«

Branga wedelt mit der Hand. »Tun Sie das.«

»Sie könnten ruhig mal was springen lassen«, zischt Hellboy. »Wenn man bedenkt, dass wir für Sie alles haben stehen und liegen lassen.«

»Ich hatte ja keine Ahnung, was für ein viel beschäftigter Mann Sie sind«, spottet Branga. »Außerdem war es nicht meine Idee.«

Ludwig hat sein Telefonat beendet. »Meine Herren, dann darf ich Sie hinüber ins Landhaus begleiten. Bitte hier entlang …«

Als die Luft rein ist, schlüpft Eva in einen der leeren Speisesäle.

Was wird hier eigentlich gespielt?

Bei Emmenegger geht wieder einmal die Mailbox an. Verflixt und zugenäht!

Der geheimnisvolle Fremde

Im Kommissariat am Kornplatz
Mittags

Emmenegger hat recht behalten, aber freuen kann er sich nicht darüber.

Am Benzintank von Brangas Porsche war ein Peilsender befestigt. »Ein Profi-Gerät«, hat Arnold Kohlgruber erklärt. »Einfach in der Handhabung. Wenn einer weiß, wie's geht, ist es in zwei Minuten getan.«

Fingerabdrücke waren nicht drauf. Wäre auch zu schön gewesen.

Die Lackreste des Angreifers sind unspezifisch. Der fragliche schwarze Lack wird von verschiedenen SUV-Herstellern eingesetzt, zum Beispiel für den Ford Mustang, den Lexus RX, Jeep Grand Cherokee und noch ein paar andere Fahrzeuge.

Das Büro fühlt sich trist und verlassen an, ohne Evas Stimme, ohne ihr Lachen. Ihre Finger, die über die Tasten fliegen. Das scharrende Geräusch ihrer Füße auf dem Parkettboden, wenn sie ungeduldig auf einen Anruf oder eine Internetverbindung wartet. Es ist viel zu still heute.

Wo Eva jetzt wohl ist, und was sie macht?

Emmenegger wählt ihre Nummer. Besetzt. Vermutlich telefoniert sie mit ihrer Mutter. Oder schüttet einer Freundin ihr Herz über die Trennung der Eltern aus.

Er spürt einen Stich, weil sie jemand anderen anruft als ihn.

Eine WhatsApp von Hellboy. »Sind eingecheckt. Würde diesem arroganten Oberbullen am liebsten die Fresse polieren. Der Nobelschuppen ist zum Kotzen.«

Eine Sekunde später brummt es schon wieder. Eine WhatsApp vom Dude. »Hellboy is aufm Kriegspfad, weil er sich angeblich in der Dusche nit umdrahen konn. Wann kommst her?«

»Später, zuerst muss i wieder tanzen«, schreibt Emmenegger zurück. Die Antwort des Dude ist ein Emoji: eine Hand, die vors Gesicht geschlagen wird.

***

Es klopft an der Tür. Taifl, hat man denn heut gar keine Ruh? Der Beamte von der Pforte streckt den Kopf herein. »Besuch für Sie, Ispettore.«

Eine Frau und ein Mann stehen in der Tür, beide um die siebzig. »Unsere Wirtsleute haben gesagt, dass wir uns bei Ihnen melden sollen«, beginnt der Mann zögerlich.

Norbert Schmieding, ein pensionierter Dorfpolizist, und seine Frau Erna stammen aus einem Örtchen namens Schmallenberg im Westen Deutschlands. Derzeit logieren sie im Rennerhof in Obermais.

Emmenegger kennt die Hoteliers – nette Leute, immer bereit, der Polizei zu helfen. Wie die meisten Meraner Gastwirte folgen sie dem Polizeichef, der sämtliche Betrugsfälle mit Kreditkarten umgehend ins Netz stellt, auf Instagram.

Es stellt sich heraus, dass Claudio Branga an dem verhängnisvollen Abend oben in Stuls nicht bloß gegessen, sondern seine Instagram-Gefolgschaft um einen Gefallen gebeten hat.

Hotelgäste, die Ulrich Brünner am Nachmittag des Mordtages auf der Terrasse des Unterweger gesehen haben, sollen bitte bei der Meraner Staatspolizei vorstellig werden. Es folgte ein Foto von Ulrich Brünner. Und die Kontaktdaten von Ispettore Emmenegger.

»Wir waren am fraglichen Nachmittag in dem Café«, beginnt Norbert Schmieding. »Und wir haben den Mann auf dem Foto gesehen.«

Seine Frau Erna ergänzt: »Wir sind fast jeden Tag da oben. Die vielen Palmen und Olivenbäume, und wie es da duftet! Ich könnte –«

»Jetzt lass mal gut sein, Erna«, unterbricht ihr Mann, aber die ist in Fahrt.

»Stimmt es wirklich, dass es einen Mord gegeben hat?« Erna macht große Augen. »Gestern Abend an der Bar hat das jemand behauptet. Aber in der Zeitung stand kein einziges Wort! Ich –«

»Erna!«, mahnt ihr Mann. »Wir sollten dem Herrn Inspektor nicht die Zeit stehlen.«

Erna guckt beleidigt.

»Wir saßen am Tisch hinter dem Mann, um den es geht«, fährt Schmieding fort. »Er war nicht allein. Eine Frau war bei ihm.«

»Können Sie sie beschreiben?«

»Leider nicht. Sie saß mit dem Rücken zu uns. Aber unter dem Hut konnte ich dunkle, kurz geschnittene Haare sehen.«

»Ihre Haare waren nicht kurz. Die waren unter dem Hut hochgesteckt«, kontert Erna.

»Unsinn, Erna. Jedenfalls kam die Bedienung, und die beiden bestellten einen Rotwein und einen grünen Tee. Der Mann war sehr gut gekleidet. Er sah aus, als würde es ihm an nichts fehlen.«

»Geld vielleicht nicht«, mischt sich Erna wieder ein. »Ich fand, dass er bedrückt aussah.«

»Was du immer redest. Du tust so, als wärst du bei der Polizei gewesen und nicht ich.«

Erna wirft ihrem Mann einen vielsagenden Blick zu. Zu Emmenegger gewandt: »Die beiden stritten sich. Nicht laut, aber ich hörte, wie die Frau sagte: ›Das kann nicht dein Ernst sein!‹ Er legte die Hand auf ihren Arm, aber die Frau stieß ihn weg. Sie stand auf und lief an uns vorbei Richtung Ausgang.«

Emmenegger ist enttäuscht. Die Aussage bestätigt nur, was sie schon wissen. »Vielen Dank, dass Sie sich die Zeit genommen haben. Dann wünsche ich Ihnen noch einen schönen –«

Doch Erna Schmieding bleibt sitzen. »Das war noch was, Inspektor. Auch wenn mein Mann behauptet –«

»Erna, lass doch. Deine Phantasie geht wieder mit dir durch!«

Aber Erna ist nicht zu bremsen. »Es war so. Kurz nach der Frau ist auch der Mann aufgestanden und Richtung Toilette verschwunden. Die Bedienung kam und hat die leere Teetasse abgeräumt. Dann hat mein Mann mir etwas ins Ohr geflüstert. Wir hatten uns vorher auch ein bisschen gezankt, und manchmal –«

»Erna! Das interessiert den Inspektor doch nicht!« Schmieding ist rot geworden.

»Ist ja gut, Mausezahn.«

Schmieding windet sich und wird noch röter.

Nur zu gern hätte Emmenegger gewusst, was Schmieding zu seiner Frau gesagt hat. Bestimmt sind die beiden seit dreißig oder vierzig Jahren verheiratet. Plötzlich ist er voller Vorfreude auf alles, was vor ihm und Eva liegt. Auf das Gute – und sogar auf das nicht so Gute.

»Jedenfalls, als ich wieder zu dem Tisch hinübersah – der Gutaussehende war immer noch auf der Toilette –, stand da ein anderer Mann.«

Emmenegger beugt sich vor. »Ein Mann? Sind Sie sicher?«

»Ich habe ihn gesehen, so wie ich Sie sehe. Er war klein, nicht viel größer als ich. Schlank. Schwarze, im Nacken kurz geschnittene Haare. Dunkler Anzug.«

»Erna, also wirklich! Da war niemand.«

Schlank. Das klingt nicht nach Evas Vater.

»Wenn ich's dir doch sage, Norbert!« Erna. »Du hast doch ganz woanders hingeschaut, nämlich zu der Bedienung hin, weil du zahlen wolltest!«

»Auf einmal knallte es, als wäre ein Feuerwerkskörper explodiert.« Norbert Schmieding, im verzweifelten Versuch, das Gespräch an sich zu ziehen.

»Ein Feuerwerkskörper, dass ich nicht lache! Das klang wie ein Schuss!«, kontert Erna. »Glasscherben sausten durch die Luft. Leute sprangen auf, es war ein ganz schönes Tohuwabohu. Die Aufregung war aber umsonst. Es war bloß ein Tablett mit Biergläsern, das einer Bedienung umgekippt war.«

Mittlerweile hofft Norbert Schmieding nur noch auf das letzte Wort. »Ich war höchstens eine halbe Minute abgelenkt. An dem Tisch neben uns war niemand.«

»Aber vorher war da ein Mann!«

Die Spur führt nach Hamburg

Meran-Mitte. Eva Marthalers Wohnung

Eva schiebt die Computertastatur zur Seite und streckt den schmerzenden Rücken durch.

Der Abriss von Ulrich Brünners Leben ist, gelinde gesagt, unvollständig.

Alles, was vor 2004 passiert ist – ein blinder Fleck. Sie wissen bloß: Der Mann war Tänzer und in den neunziger Jahren, vor seinem Unfall, bei irgendeinem Musical unter Vertrag. Davon gab es in Deutschland viele.

Seit Stunden sitzt Eva in ihrer kleinen Wohnung und durchstöbert die Internetseiten. »Starlight Express«. »Cats«. »Phantom der Oper«. »Rocky Horror Picture Show«. »Tanz der Vampire«. Nirgendwo taucht der Name Ulrich Brünner auf.

Wenigstens über sein Tun und Lassen in den letzten zwanzig Jahren haben Emmenegger und sie einiges in Erfahrung bringen können.

Nach dem missglückten Comeback 2004 kehrte Brünner nach Frankfurt zurück, zog nach Sachsenhausen und fing an, seine Mutter im Altenheim zu besuchen. Er arbeitete in verschiedenen Hotels und Bars als Kellner. 2010 machte er die Bekanntschaft von Brigitte Pierré und schrieb seinen ersten Liebesbrief.

2017 starb Brünners Mutter. Mit den Briefen verdiente er nicht genug, um die Wohnung in Sachsenhausen und die teure Kleidung zu finanzieren, die er für die Aufenthalte in den Luxushotels brauchte. Infolgedessen geriet er finanziell immer mehr in Bedrängnis. Schließlich sah er sich gezwungen, seine Wohnung in Sachsenhausen aufzugeben und ins Frankfurter Bahnhofsviertel umzuziehen.

So weit, so gut.

Aber warum fuhr Brünner jedes Jahr ins Principe, obwohl dieses Hotel nichts mit seinem Beruf zu tun hatte?

Und dann dieser Versuch eines Comebacks – wieso ausgerechnet in Meran? Der Mann war Deutscher.

Eva greift nach dem Telefon.

»Kind, wann kommst du denn?« Marianne Marthalers Stimme schwankt leicht. »Ich weiß gar nicht, was ich machen soll. Mit den vielen Kuchen und – ach herrje.«

»Mami, ich rufe wegen Ulrich Brünner an.«

»Davon will ich nichts hören. Ich lege jetzt auf.«

»Ich brauch deine Hilfe, Mami. Es ist wirklich wichtig.«

Stille. »Also gut. Dann frag.«

»Hat dir Ulrich Brünner erzählt, warum er ausgerechnet in Meran vortanzen wollte?«

Marianne Marthaler seufzt. »Ich glaube, er hatte hier Freunde. Das hab ich dir doch schon gesagt. Vielleicht hat seine frühere Tanzpartnerin das Vortanzen eingefädelt. Sie stammte ja aus Meran.«

»Was? Das hast du mir nicht gesagt.«

»Dann weißt du es eben jetzt.«

»Wie hieß die Frau?«

»Ich kenne ihren Namen nicht. Ich weiß nichts.«

»Überleg doch mal, Mami«, widerspricht Eva. »Die Frau war Tänzerin, so wie du. Und aus Meran. Ich wette, du kennst sie.«

»Ach, Kind. Bevor ich Ulrich begegnet bin, war ich vier Jahre lang weg vom Fenster. Was in der Zeit im Verband los war, habe ich nicht mitbekommen.«

»Hat Ulrich Brünner dir gegenüber erwähnt, in welchem Musical er getanzt hat?«

»Langsam wird mir klar, warum du eine so gute Polizistin bist. Diese Beharrlichkeit hast du von deinem Vater.« Marianne Marthaler lacht leise, aber es klingt resigniert. »Über die Zeit damals hat Ulrich nur wenig gesprochen. Aber warte mal …« Sie hält inne. »Wir haben uns über Deutschland im

Allgemeinen unterhalten. Er hat von Hamburg geschwärmt. Von den gemütlichen Cafés am Wasser. Er mochte die Elbe mit den vielen Lastkähnen.«

Eva stößt die Luft aus. »Hamburg.«

»Ende der Neunziger, das war in Hamburg die große Zeit vom ›Phantom der Oper‹. Aber auch ›Cats‹ wurde immer noch gespielt«, sagt ihre Mutter langsam. »Vielleicht lassen sich von beiden Produktionen alte Besetzungslisten finden. Aber mach dir nicht zu viele Hoffnungen, Kind. Viele Tänzer treten unter einem Künstlernamen auf.«

✳✳✳

Eva gräbt sich wieder durchs Netz. Es gibt eine Menge über die beiden Musicals. Besprechungen, Rezensionen. Songs berühmter Interpreten, die den Musicals ihren Stempel aufgedrückt haben. Szenenfotos. Bühnenbilder.

Aber keine vollständigen Besetzungslisten, schon gar nicht für 1999 und davor.

Schließlich stößt sie nach einer weiteren Stunde auf eine Todesanzeige vom August 1998, die aus unerfindlichen Gründen den Weg ins Online-Archiv des Hamburger Abendblatts gefunden hat.

»Wir trauern um unseren lieben Kater Arni Kofler. Mit sechsundzwanzig Jahren ist er viel zu früh von uns gegangen. Wir, die Jellicle-Katzen, werden dich vermissen. ›Cats‹ ist nicht mehr das Gleiche ohne dich! Tanz im Himmel weiter, Arni!«

Die Namen unter dem Kondolenztext klingen echt. Mit viel Glück lebt einer von ihnen noch in Hamburg.

Eva klickt sich in die Online-Seiten des Hamburger Telefonbuchs.

Eine Souffleuse erinnert sich

Lisbeth Kringelein, mittlerweile Anfang fünfzig, wohnt immer noch im Hamburger Viertel Winterhude. Aber heute illustriert sie Kinderbücher. Mit dem Tanzen war es für sie kurz nach der Jahrtausendwende vorbei, als ihre Gelenkprobleme immer schlimmer wurden. Doch das Singen ist ihr geblieben. »Ich bin die goldene Stimme im Kirchenchor. Was will man mehr?«, sagt sie lachend.

1998 war kein gutes Jahr für die Jellicle Cats gewesen. »Das mit Arni war tragisch«, erinnert sich Lisbeth Kringelein. Arni Kofler hatte das Ensemble verlassen müssen, weil er immer mehr zunahm. Als sein Traum zerplatzte, beging er Selbstmord.

Und dann sagt Lisbeth etwas, worauf Eva die ganze Zeit gehofft hat.

»Und als wir dachten, es kann nur noch besser werden – da passierte die Sache mit Uli.«

***

Eine Stunde später.

Emmis Warnungen, sich herauszuhalten, summen in Evas Ohr. Statt auf sie zu hören, durchquert sie die Meraner Innenstadt und eilt über die Cavourstraße bis hinauf zum Winkelweg.

Die kleine Villa gegenüber vom Schlosshotel hat eine Weile leer gestanden. Vor einem Jahr zog eine Tanzschule ein.

Die Inhaberin heißt Isolde Glück. Zwei Jahre lang, von 1997 bis 1999, war sie Ulrich Brünners feste Tanzpartnerin im Hamburger »Cats«-Ensemble.

»Ulrich und Isolde waren Mungojerrie und Rumpleteazer«, hatte Lisbeth Kringelein erzählt. »Das ist ein berüchtigtes Katzenpärchen, das nur Unsinn im Kopf hat. Die beiden haben die meisten akrobatischen Tanzeinlagen des Musicals.«

Die Zuschauer hatten das wilde Pärchen gemocht. Ulrich und Isolde waren witzig, und es kam nicht selten vor, dass sie am Ende ihres letzten Auftritts noch einmal durch die Luft wirbelten und ihre Körper ineinander verschränkten. Nach der Zugabe gab es Standing Ovations, immer.

Doch Mungojerrie und Rumpleteazer sind Nebenfiguren. Als Arni Koflers Vertrag nicht verlängert wurde, war Ulrich Brünner für die Rolle des Katers Munkustrap ausersehen, eine der Hauptrollen des Musicals.

»Ulrich Brünner war ein Ausnahmetalent. Die Rolle war ihm auf den Leib geschrieben«, sagte Lisbeth Kringelein. »Munkustrap ist ein mutiger, ernster Charakter, hat aber auch eine eitle Seite. Die Widersprüchlichkeit konnte Uli hervorragend rüberbringen. Er war sowieso jemand, der die Bühne beherrschte. Ich glaube, er wäre der beste Munkustrap aller Zeiten geworden.«

✳✳✳

Es geschah am allerletzten Abend, bevor Ulrich Brünner die neue Rolle übernehmen sollte.

Lisbeth Kringelein war ebenfalls auf der Bühne, aber nicht als Tänzerin. Seit dem Morgen hatte sie starke Schmerzen in den Fußgelenken gehabt. Deshalb wurde sie als Souffleuse eingeteilt.

Als Ulrich Brünner und Isolde Glück zum letzten Mal als Mungojerrie und Rumpleteazer auf die Bühne stürmten, befanden sich Lisbeths Augen auf gleicher Höhe wie die Füße der Tänzer.

Wie immer war in der Bühnenmitte ein Mäuerchen aufgebaut. Tragischerweise bestand es aus echten Ziegeln. Ein Bühnenbild aus Kunststoff hätte den Sprüngen, Saltos und Hebefiguren nicht standgehalten.

Es passierte kurz vor Schluss, bei der schwierigsten Figur

des gesamten Auftritts. Auf einmal wurde Isoldes Körper schlaff. Vergeblich versuchte Brünner, seine Partnerin zu halten. Er verlor das Gleichgewicht und flog mit voller Wucht gegen die Mauer.

»Es dämmerte mir erst, nachdem der erste Schock vorüber war«, sagte Lisbeth Kringelein. »Kurz bevor Isolde ohnmächtig wurde, hatte sie den Kopf nach hinten gedreht. Als wollte sie schauen, wie fest Ulrichs Stand war.«

»Sie glauben, die Frau hat den Unfall inszeniert?«

»Hundertprozentig sicher bin ich mir nicht.«

»Ich verstehe nicht, warum sie das hätte tun sollen.«

»Ulrich und Isolde waren zu der Zeit auch privat ein Paar«, sagte Lisbeth Kringelein. »Aber Ulrich wollte Schluss machen. Isolde war chronisch unzufrieden und eifersüchtig auf seinen Erfolg.«

Die Rolle des Munkustrap hätte für Ulrich Brünner einen großen Schritt in seiner Karriere bedeutet. Er hätte nach London gehen können, um dort zu tanzen. »Ich glaube, Isolde wollte ihm diese Chance vermasseln, damit er bei ihr blieb. Vielleicht hatte sie gar nicht vor, ihn so schwer zu verletzen.«

»Und was passierte nach dem Unfall? Hat den irgendjemand untersucht?«

»Ich hab mich unserem Disponenten anvertraut. Prompt wollte der wissen, ob ich schuld sein will, wenn ein schlechtes Licht auf die Aufführung fällt und ›Cats‹ abgesetzt wird. Mein Stand im Ensemble war wegen meiner ständigen Ausfälle schwierig genug. Da habe ich den Mund gehalten. Kann nicht sagen, dass ich besonders stolz darauf bin.«

»Wissen Sie, was aus Ulrich Brünner wurde?«

»Nein, leider nicht. Bei ›Cats‹ wurde das Thema totgeschwiegen. Schlechtes Karma, Sie verstehen«, sagte Lisbeth entschuldigend. »Ich mochte Uli. Halten Sie mich auf dem Laufenden?«

Nach einem halbherzigen Versprechen legte Eva den Hörer auf.

Übungsparcours für Hilde

Meran-Mitte
Vor Emmeneggers Tanzkurs

Emmenegger spurtet Richtung Maiser Park. Der Countdown zu seiner zweiten Tanzstunde läuft.

Als er gegen vier Uhr nachmittags festgestellt hatte, dass auf dem Revers seines Anzugs ein großer Fettfleck prangte, war es für eine Reinigung viel zu spät. Klamottenkauf – auch das noch.

Emmenegger angelte im Schrank gerade nach seinen Lackschuhen, da steckte Paul seinen Kopf ins Zimmer.

»Wohin des Wegs, alter Mann?«

»Ich geh einen Anzug kaufen.«

»Auweia! Hilde und ich kommen mit!«

Als Modeberater für Beerdigungen ist Paul die Idealbesetzung, denn er liebt Schwarz. Aber für einen Tanzkurs? Nun ja, nach kurzem Überlegen sah Emmenegger da keine großen Unterschiede.

»Wenn's sein muss. Aber Hilde bleibt hier!«

»Alter Mann, sie muss unter die Leute. Wie soll sie sonst Manieren lernen?«

Treuherzig guckte Hilde von einem zum anderen.

Oberrauch Zitt, die beste Adresse für Herrenbekleidung in den Lauben, als Übungsparcours?

Emmenegger konnte sich lebhaft ausmalen, wie Hilde reagieren würde, wenn fremde Männer auf sie zueilten, mit Kleiderbügeln, Gürteln oder Hosen bewaffnet: alles furchtbar gefährliche Sachen, gegen die man sich wehren muss.

Attacke! Und schon hat sich Hilde eine der Hosen geschnappt und galoppiert mit wehenden Ohren durch die Verkaufsräume. Ihr auf den Fersen ein Verkäufer von Oberrauch

Zitt, um das feine Tuch von Ermenegildo Zegna oder Brioni vor dem Untergang zu retten.

✳✳✳

Nichts von alledem geschah. Hoheitsvoll betrat Hilde das Geschäft – eine Diva, die vorhat, den Laden zu kaufen. Sie legte sich neben der Umkleidekabine auf den Boden. Nur ihre Augen bewegten sich.

»Was für ein supi-supi-braver Hund«, sangen die Verkäufer von Oberrauch Zitt im Chor.

Haha, dachte Emmenegger.

Die erste Hose endete knapp oberhalb des Knöchels.

»Das trägt man heute!«

Hochwasserhosen würde Emmenegger nicht mal zu seiner eigenen Beerdigung tragen. Er machte sich eine gedankliche Notiz, sein Testament entsprechend zu ergänzen.

Die zweite Hose war um die Taille zu eng. Beim Tanzen, diesem unnatürlichen Bewegungsablauf, konnte leicht ein Knopf abspringen.

Unwillkürlich zog er den Bauch ein und kam sich vor wie ein alter Knacker, der schlanker und jünger wirken will, aber dadurch noch älter aussieht.

Hilde legte eine Pfote über die Augen und jaulte.

»Die Hilde hat voll recht.« Paul gluckste.

»Ich bin untröstlich«, jammerte der Chefverkäufer. »So ein dummer Zufall! Viele unserer Anzüge sind heute Nachmittag außer Haus, vor allem die Größe vierundfünfzig.«

»Na, so was.« Paul, mit unschuldigem Augenaufschlag. »Aber klar, auch eine Größe vierundfünfzig muss mal frische Luft schnappen.«

»Die Anzüge befinden sich im Schlosshotel Principe. Ein Gast wünschte eine umfassende Anprobe«, sagte der Verkäufer leicht beleidigt. »Der junge Herr trägt Größe achtundvierzig, nicht wahr? In dieser Größe hätten wir –«

»Danke, ich brauche nichts«, sagte Paul mit der Attitüde

eines Gentlemans, der gerade von den Champs-Élysées zurück ist. Gelangweilt ließ er den Blick über die Regale schweifen. »Allerdings mein Vormund schon.«

Vormund? Emmenegger hätte zu gern gewusst, bei welcher Gelegenheit Paul ihm diesen Titel verliehen hat.

Der Verkäufer zog einen Flunsch.

»Vielleicht haben Sie eine – äh, Kombination? So etwas würde sicher auch passen.«

Die Miene des Verkäufers wandelte sich von betrübt zu tieftraurig. »Es tut mir wirklich leid. Aber auch die Kombinationen in Größe vierundfünfzig sind –«

»Im Schlosshotel. Wo denn sonst?«, ergänzte Paul mit dem Lächeln einer Lady Macbeth.

»Da fällt mir etwas ein. Die einzige Möglichkeit in Größe vierundfünfzig …« Der Verkäufer enteilte und kehrte mit zwei weiteren Kleiderbügeln zurück. Mit der dunklen Hose war alles in bester Ordnung. Das Revers des Trachtenjacketts zierten senfgelbe und dunkelrote Applikationen.

»Edler Trachtenanzug in leichter Schurwolle für anspruchsvolle Männer«, säuselte der Mann. »Die dezente Stickerei und das Sakko mit Hirschknöpfen veredeln das Revers geschmackvoll. Dazu der raffiniert-ausgeklügelte Schnitt. Damit sind Sie immer korrekt angezogen.«

»Dezent?« Paul lachte, dass er einen Schluckauf bekam.

In diesem Moment war ein leises Plätschern zu hören.

Ganz vornehme Dame von Welt, war Hilde hinter einen Vorhang geschlüpft und hatte in der Umkleidekabine ihre Notdurft verrichtet.

Das war der Moment, in dem Emmenegger beschloss, auf weitere Anproben zu verzichten.

Mit angeekelter Miene buchte der Verkäufer eintausenddreihundert Euro für den Anzug von Emmeneggers Kreditkarte ab. Nebst hundert Euro Reinigungskosten für den Teppich und den Vorhang.

Der Feind kommt von innen

Vor der Tanzschule Glück, Schafferstraße
Später Nachmittag

Unschlüssig sitzt Eva auf einer Bank im Maiser Park und beobachtet die kleine Villa in der Schafferstraße, in der die Tanzschule untergebracht ist.

Eine Menge Leute stehen vor der Tür. Jetzt öffnet sie sich, und die Versammlung strömt nach drinnen.

Da kommt ein Nachzügler angelaufen. Ein Mann in einem Jackett mit bunten Applikationen auf dem Revers. Er sieht aus wie das Mitglied einer Trachtenkapelle.

Das gibt's doch nicht!

Was macht Emmi hier, in dem Aufzug?

Schlagermusik erklingt: »Du hast mich tausendmal belogen, du hast mich tausendmal verletzt …«

Eva schleicht zu dem offenen Fenster im rückwärtigen Teil der Villa, von wo die Musik kommt.

Ein großer, quadratischer Raum. Parkettboden, auf Hochglanz poliert. Spiegel an den Wänden. Ein Podium an der Schmalseite, darauf ein Tisch mit einer kleinen Musikanlage.

Eva zählt zweiundzwanzig Personen, alles ältere Herrschaften um die siebzig, die sich paarweise aufgestellt haben.

Eine überschlanke Frau mit kurzen schwarzen Haaren geht durch die Reihen. Das muss diese Isolde Glück sein.

Sie korrigiert die Kopfhaltung. Schiebt Arme in die richtige Position.

»Mehr Körperspannung bitte! Und der Herr da drüben: Die rechte Hand liegt bitte knapp unterhalb des Schulterblatts Ihrer Dame und geht nicht in Beckennähe spazieren! Das müssen sich die Herren für später aufheben.«

Vereinzeltes Gelächter.

Emmi tritt von einem Fuß auf den anderen und schlenkert

mit den Armen, als müsste er sich vergewissern, dass noch alles am richtigen Platz ist.

Der arme Kerl macht einen Tanzkurs.

Wahrscheinlich eine Abmachung mit ihrer Mutter. Tanzen als Voraussetzung für eine Aufnahme in die Marthaler-Familie. Ihre Eltern sollen gefälligst vor ihrer eigenen Tür kehren.

Es sieht ganz so aus, als wäre die Glück als Emmis Partnerin vorgesehen. Evas Herz schmilzt vor lauter Mitleid dahin. Als blutiger Anfänger mit der Lehrerin zu tanzen, ist ein schlimmes Schicksal.

Warum hat er denn nichts gesagt? Mit Freuden hätte sie den Tanzkurs mit ihm absolviert.

Gerade hat sich Emmi dieses peinlichen Trachtensakkos entledigt und rollt die Hemdsärmel auf.

Die Hose hat einen hervorragenden Sitz. Eva beschließt, unbedingt ein passendes Sakko aufzutreiben.

Ein paar der Damen verdrehen ihre Hälse.

Eva ist nicht die Einzige, die Emmeneggers knackigem Po Anerkennung zollt.

Seine braun gebrannten, muskulösen Arme sind wie dafür gemacht, eine Frau an sich zu ziehen. Die Hälfte der anwesenden Weiblichkeit stellt sich gerade vor, in ihnen zu versinken.

***

Jemand tippt ihr auf die Schulter.

»Eva, was treibst du denn hier?«

Sie fährt herum. Hinter ihr steht der Dude.

»Ich spioniere meinem Freund hinterher.« Obwohl sie sich ertappt fühlt, muss Eva grinsen.

»Dann weißt du also Bescheid über den Tanzkurs und so.«

»Ich verstehe bloß nicht, warum er damit nicht zu mir gekommen ist.«

Der Dude zögert. »Er will mit dir Wiener Walzer auf der

Frühjahrsparty deiner Eltern tanzen. Es sollte eine Überraschung sein. Tja.«

»Ich werde so tun, als wüsste ich von nichts.«

Der Dude boxt gegen ihren Oberarm. Eva ist eine der wenigen Menschen, bei denen er seine übliche Zurückhaltung aufgibt, und sie nimmt es als Kompliment.

»Hab dich von da drüben gesichtet.« Er zeigt hinüber zum Schlosshotel Principe.

»Was macht ihr denn da?«

»Auf Anordnung von Emmi sollen wir euren Polizeichef vor seinem Schwiegervater beschützen. Der wollte ihn vorgestern Nacht umbringen lassen.«

»Was? Das darf doch nicht wahr sein!«

»Ist schon so. Daraufhin hat sich Branga in diesen Palast geflüchtet, in den keiner ungebeten reinkommt. Mit Hellboy und mir als Bodyguards.«

»Ihr geht also im Principe auf die Matratzen«, sagt Eva kopfschüttelnd.

Der Dude macht eine bekümmerte Miene. »Mir ist gar nicht wohl bei der Sach. Vor allem wegen Hellboy, diesem Elefanten im Porzellanladen.«

»Und ich hab immer gedacht, Paps übertreibt. Er sagt, der Rafizanger geht über Leichen. Und dass er froh ist, dass er ihn nie zu unseren Frühjahrspartys einladen muss, weil der Rafizanger immer um diese Zeit seine Detox-Kur im Schloss …« Eva hört mitten im Satz auf zu reden.

Wortlos starren sie sich an.

»Scheiße«, flüstert der Dude.

Aufs Stichwort geht im zweiten Stock die Balkontür auf, und ein Mann tritt heraus. Es ist der Bademantel-Mann vom Vormittag.

Jetzt trägt er einen dunklen Anzug, und Eva erkennt ihn sofort. Es ist Georg Rafizanger, wie er leibt und lebt.

Party bei Hochgestellten

Im Haus Tappeiner
Abends, gegen 20 Uhr

Bekanntlich kommt ein Team am weitesten, wenn jeder das macht, was er am besten kann.

Diesem bewährten Motto getreu, hat der Dude das Bier besorgt.

Hellboy ist mit einem Kleinlaster bei Ikea vorgefahren, um einen Haufen Klappstühle und ein paar Betten zu kaufen. Gerade dreht er die letzten Schrauben rein.

Paul hat eine Bluetooth-Musikbox gekauft, mit der man ordentlich Rums machen kann.

Die Party kann steigen.

»Rosa Klappstühle? Landauer, bist du noch bei Trost?« Emmenegger kann nicht glauben, was ihm heute alles zugemutet wird.

»Sie waren heruntergesetzt. Fünfzig Prozent Rabatt!«, verteidigt sich Hellboy.

Wenn er nicht gerade in großem Stil in abbruchreife Immobilien investiert, ist Hellboy alias Hellmut Landauer ein Sparbrötchen. Aber Paul drückt er die schwarze Amex-Karte vom Motorradclub in die Hand und lässt ihn damit losziehen, einfach so.

Paul ist gerade dabei, die Box, die aussieht wie eine Handgranate und vermutlich so ähnlich klingt, mit seinem Handy zu koppeln. Hellboy sieht beeindruckt aus. »Mein lieber Scholli, du hast es drauf mit dem modernen Musikzeugs, Junge.«

Der Dude jammert: »Was mach ich jetzt bloß mit unserer schönen Plattensammlung?«

»Die versteigern wir ruckzuck bei eBay.« Eva.

»Paul, dreh die Lautstärke runter«, befiehlt Emmenegger.

»Ihr seid nicht mehr draußen in Marling, sondern mitten in der Stadt, Freunde.«

»Noch nicht mal Familienvater und schon Spießer«, neckt ihn Hellboy.

»Nur kein Neid, Landauer«, grinst Emmenegger. Die Box ist eine Wucht. Die Bässe von »Fade to Black« von Metallica klingen weich, geradezu zärtlich.

Die fünf sitzen im Halbkreis auf der Terrasse und schauen ins Etschtal hinunter, aus dem tausend Lichter heraufblinken. Auf dem Klapptisch stehen Kuchen und Torten.

»Bier und Kuchen, voll eklig.« Paul stopft sich ein Stück Hefezopf in den Mund und spült mit einer Cola nach.

Als der Hefezopf alle ist, springt er auf wie ein Schachtelteufel. »Ich hau mich hin, Leute. Hab morgen Abend einen Ferienjob.«

»Du fährst wieder Taxi?« Emmenegger ist entsetzt. Pauls letztes Abenteuer als Aushilfsfahrer endete in einem heillosen Kuddelmuddel.

»Leute nachts durch die Gegend karren? Um die Zeit schlaf ich.« Paul betupft seinen Mund mit einer rosa Serviette. Alle gucken verständnislos. Paul braucht nie Schlaf. Bis spät in die Nacht hört er Musik, liest und zieht sich Filme rein.

»Also: Was ist das für ein Job?«

»Jetzt mach dir nicht gleich ins Hemd, alter Mann. Der Direx der Schauspielschule hat mir den Gig besorgt. Es geht um so eine – hrrrm – Party bei irgendwelchen Hochgestellten, bei der ich aushelfen soll. Ein bisschen schauspielern, ein bisschen Musik machen.«

»Du willst als Alleinunterhalter auftreten?«

»Na ja, so was Ähnliches.«

Das hochgestellte Publikum behagt Emmenegger überhaupt nicht.

»Was ist das für eine vornehme Party?«

»Eine Party halt. Mit Leuten, die sich amüsieren, tanzen, und so weiter. Ich kann's dir schlecht erklären, du gehst ja nie zu so was.«

Bevor Emmenegger weiter nachfassen kann, ist Paul verschwunden.

**

Insekten summen hin und her. Die Luft ist angenehm mild. Hellboy, dem immer heiß ist, sitzt mit nackten Oberarmen da. Es ist erst Ende März, aber an diesem Abend liegt ein Hauch von Sommer in der Luft.

Deshalb ist es momentan unwichtig, dass die Terrassenplatten praktisch aus Rissen bestehen und dass bei einer der beiden Wandlampen das Licht flackert und immer mal wieder ganz ausgeht.

»Und was hast du heute gemacht?« Emmenegger legt den Arm um Eva.

»Ich?« Sie klimpert mit den Wimpern. »Ich hab mir einen tollen alten Tanzfilm angeguckt. Fred Astaire tanzt mit Ginger Rogers einen Walzer. Ich liebe Wiener Walzer.«

Der Dude kriegt einen Hustenanfall. Emmenegger hat sich am Bier verschluckt.

»Alles in Ordnung mit euch?«, fragt Eva scheinheilig.

»Jaaa. Klar.«

»Und außerdem hab ich rausgefunden, wer die frühere Tanzpartnerin von Ulrich Brünner war. Sie war die ganze Zeit vor unserer Nase. Es ist die Inhaberin der Tanzschule Glück, die neben dem Schlosshotel.«

Emmenegger ist ein wenig blass geworden.

Eva erzählt von ihrem Telefonat mit Lisbeth Kringelein und dass Ulrich Brünners Tanzunfall bei »Cats« in Hamburg vielleicht gar keiner war.

»Du bist beurlaubt, Eva. Du hättest mich mit der Frau reden lassen sollen. So was kann die Ermittlungen kompromittieren.«

Eva ist empört. »Jetzt hör mal, wenn einer den Fall kompromittiert hat, dann –«

»Schluss jetzt, ihr zwei Streithansel.« Der Dude schaltet

sich ein. »Emmi, ich finde, du solltest die Eva wieder mit reinnehmen in den Fall.«

Emmenegger will widersprechen, aber der Dude hält die Hand hoch. »Ich glaub nicht, dass von eurem Chef zurzeit Einwände kommen. Und Evas Eltern sind sowieso raus aus der Mordsach, jedenfalls fast.«

Emmenegger schielt hinüber zu Eva. »Es wär schon bärig, wenn du wieder dabei wärst. Es ist verdammt einsam im Kommissariat ohne dich.«

Evas Augen leuchten. »Abgemacht?«

Emmenegger nickt, ein wenig geistesabwesend, und nagt an seiner Lippe. »Was hältst du davon, wenn du dir die Isolde Glück allein vornimmst? So von Frau zu Frau. Wenn ein Mannsbild dabei ist, macht sie vielleicht dicht.«

»Ich hätte gedacht, dass die neue Spur Chefsache wär.« Eva kann nicht anders, als ihn ein bisschen zu ärgern.

»Ah geh, ich lass dir gern den Vortritt«, sagt Emmenegger mit falscher Großzügigkeit.

***

Hellboy kämpft mit den Knöpfen eines weißen Hemdes. »Ich hasse diesen Aufzug. Dieses Teil ist obenrum zu eng. Ich werd schwitzen wie ein Affe in der Sauna.«

Er starrt auf sein Handy. »Schon vier WhatsApp von Branga. Zuerst tönt er groß, dass er mich beim Abendessen nicht braucht. Aber inzwischen hat er einen kleinen Liebesbrief unterm Besteck gefunden. Darin steht, er soll sich aus dem Hotel verpissen, sonst wird er's schwer bereuen.«

»Am besten zieht er wirklich in ein anderes Haus.« Eva.

Hellboy schüttelt den Kopf. »Die Genugtuung gönnt er dem Rafizanger nicht. Übrigens hat der auch einen Sicherheitsmann dabei. Anscheinend braucht Raffzahn nur mit dem Finger zu schnippen, und sofort wird jemand abkommandiert.«

»Kennen wir den Typen?«

»Aber hallo«, antwortet Hellboy. »Schlägertype, dumm wie Bohnenstroh, hinterhältig für zwei.«

Der Aufpasser von Rafizanger ist kein anderer als Carabiniere Patrici.

Liebesbrief eines Toten

Ein Briefkasten in Mailand

> Das Schlimme ist, dass ich an allem selbst schuld bin,
> Fünkchen.
> Ich habe eine ganze Menge Nachholbedarf an Treue –
> und jetzt wird mir die komplette Rechnung der letzten
> dreißig Jahre präsentiert. Die ich bezahlen muss, sonst
> kann ich mir selbst nicht mehr in die Augen sehen.
> 1991 fuhr ich ein letztes Mal nach Meran, um meinen
> Freund zu besuchen. Im Jahr darauf hängte ich das Stu-
> dium an den Nagel und begann eine Tanzausbildung in
> einer Tanz- und Theaterwerkstatt in Frankfurt.
> Sofort war alles andere vergessen, auch Meran. Ich habe
> mich nicht einmal von ihm verabschiedet, sondern ver-
> schwand sang- und klanglos aus seinem Leben.

> Als ich neun Jahre später, ein Jahr nach dem folgenschwe-
> ren Unfall bei ›Cats‹, aus der Reha entlassen wurde, war
> die Diagnose niederschmetternd: ein Leben im Rollstuhl.
> Ich war Tänzer gewesen, meine Beine waren mein Leben,
> und auf einmal waren sie praktisch nicht mehr da.
> Ich war nicht in der Lage, die einfachsten Dinge zu tun,
> wie zum Beispiel einzukaufen, die Straße zu überqueren,
> mir Essen zu kochen.
> Ich hatte kein Geld und niemanden, der mir half. Meine
> Mutter, bei der ich wieder eingezogen war, konnte nicht
> viel für mich tun. Sie war vergesslich geworden und
> brauchte selbst Hilfe. Der Umzug ins Heim war nur
> eine Frage der Zeit.
> In meiner Not wandte ich mich an meinen Freund aus
> Meran. Ich schämte mich, aber es fiel mir kein anderer
> Ausweg ein.

Ein paar Tage später war er da und kümmerte sich um meine Mutter und mich. Klaglos hörte er sich meine Tiraden an, wie ungerecht mich das Leben behandelt hatte. Er war es auch, der mich zu einem Spezialisten fuhr und anschließend die teure Operation bezahlte.

Hinterher war ich selig. Ich konnte wieder gehen! Jetzt hatte ich nur eines im Kopf: Mein Leben von früher wiederaufzunehmen. Wieder tanzen.

Bald danach musste mein alter Freund zurück in seinen Job. Er bat mich inständig, ihn zu begleiten. Mir wurde wieder bewusst, wie einsam er war, aber ich dachte, er würde auch ohne mich zurechtkommen. Eine gute Ausrede fand sich schnell: meine Mutter, die ich nicht alleinlassen konnte.

Eines Tages war er verschwunden.

Ich suchte ihn nicht.

Tag 7 – Himmel voller Geigen

Emmeneggers Wohnung am Kornplatz
Mittwoch, 29. März, früher Morgen

Der Teekessel pfeift. Auf dem Herd brutzelt Frühstücksspeck. Zwei Tassen und zwei Teller aus dem blau-weiß gemusterten Porzellan, das Eva so gernhat, stehen bereit. Emmenegger, in seinem flaschengrünen Bademantel, durchwühlt die Schubladen nach farblich passenden Servietten. Fehlanzeige. Er schnappt sich ein paar Streifen Küchenpapier und versucht, Servietten daraus zu falten. Aber es klappt nicht recht, immer steht ein Falz über.

»Was machst du denn da?«

Eva gähnt herzhaft und reibt sich die Augen. Ihr rotes Haar ist zerzaust, Locken fallen wirr in die Stirn.

Bei diesem Anblick sind Emmeneggers Probleme mit Servietten vergessen. Er macht einen Schritt auf Eva zu, zieht sie an sich. Barfuß, ohne ihre High Heels, ist sie so klein. Er streicht ihr das Haar aus dem Gesicht, hebt ihr Kinn ein wenig hoch.

»Du Zwerg, du«, flüstert er.

Zwischen zwei Küssen wispert Eva in sein Ohr: »Dieser Bademantel ist grässlich. Ich hoffe auf ein gutes Werk von Hilde.«

Emmenegger flüstert zurück: »Ich kann ihn ja ausziehen, dann ist endlich a Ruh.«

Nach einer halben Stunde macht sich Emmenegger erneut daran, das Frühstück vorzubereiten. Der Speck ist mittlerweile verbrannt, der Tee kalt, der Toast so hart wie das Schneidbrett, auf dem er liegt. Aber das ist egal.

Emmenegger ist der glücklichste Mann der Welt.

Draußen wartet ein herrlicher Tag, und er möchte die ganze Welt umarmen. Passanten überqueren den Kornplatz, ahnungslos, dass der Himmel über ihnen voller Geigen hängt.

Das Wasserrauschen aus dem Badezimmer verstummt, und

Eva spaziert in die Küche, gewandet in eine blaue Leinenhose und ein weißes, blusenartiges Oberteil, das ihre Kurven betont, aber auf eine dezente Weise. Ihre Haare sind zu einem Knoten hochgesteckt, die Wangen immer noch etwas gerötet.

Emmenegger kann die Hände nicht bei sich behalten, aber Eva schlägt ihm lachend auf die Finger. »Jetzt ist Schluss, ich hab einen Bärenhunger.«

»Ich erst«, sagt Emmenegger mit vielsagendem Grinsen.

Evas Augen funkeln. »Es ist fast neun, wir müssen los. Ich bin wild drauf, richtige Polizeiarbeit zu machen.«

»Und ich hätt gedacht, auf was andres.«

»Auf was denn?« Eva guckt unschuldig, aber um ihre Mundwinkel zuckt es. »Deine Krawatte sitzt wieder schief. Komm, lass mich mal ran.« Sie fummelt an seinem Hemdkragen herum, und ein Hauch ihres Parfüms steigt ihm in die Nase. Es ist ein Duft, der für sie beide große Bedeutung hat. Er erinnert an die Zeit, als Eva und er zusammenkamen. Inzwischen ist der Flakon so gut wie leer.

Eva sieht ihm wohl an, woran er denkt, denn sie stellt sich auf die Zehenspitzen und schlingt die Arme um seinen Hals.

Eng umschlungen stehen sie da. Die Welt rauscht vorbei. Emmenegger könnte ewig so dastehen. In Ehrfurcht, was einem Knaben wie ihm noch passieren kann.

In die Stille hinein läutet sein Mobiltelefon.

Eva ist die Erste, die sich seufzend von ihm löst.

Die Nummer auf dem Display sagt ihm nichts.

»Hier Ispettore Emmenegger«, meldet er sich.

»Sie unverschämter Mensch, wie konnten Sie mir so was antun!« Die Frauenstimme kommt Emmenegger vage bekannt vor.

Er begreift erst mal gar nichts. Er soll sich irgendwo eingeschlichen haben, um Leute auszuhorchen – alles hochanständige Menschen, die nicht das Geringste mit einem Mord zu tun haben!

Jetzt fällt der Groschen. Am anderen Ende der Leitung ist Isolde Glück, die Inhaberin der Tanzschule.

Spitzelmethoden wie im Polizeistaat! Beschweren wird sie sich. Beim Polizeichef, beim Bürgermeister. Beim Landeshauptmann. In Rom.

Und: Selbstverständlich hat Emmenegger Hausverbot. Etwas belämmert steht er da. Mit zornigen Frauen kann man nicht vernünftig reden.

✳✳✳

»Wer war das denn? Das Geschrei war ja bis zu mir zu hören!« Eva zieht ihn auf den nächsten Küchenstuhl.

»Äh – das war …« Ihm will partout keine Ausrede einfallen. Aber die Überraschung mit dem Tanzkurs hat sich sowieso erledigt. »Das war Isolde Glück. Unsere neueste Verdächtige.«

»Und warum giftet sie dich an? Wir hatten mit der Frau doch bisher nichts zu tun.« Irgendwas in Evas Augen passt nicht zu ihrer Unschuldsmiene.

»Ich hab mit der Frau getanzt«, bekennt Emmenegger.

»Wie bitte?«

»Hab mit einem Tanzkurs angefangen.«

»Das glaube ich jetzt nicht!« Eva sieht aber gar nicht so furchtbar ungläubig aus.

»Na ja, laut dem Empfangschef hat sich Brünner dort zu einem Tanzkurs angemeldet. Da hab ich das eben auch getan, um vielleicht was rauszufinden. Ich hab mich bei der Glück als ein tanzwütiger Steuerberater vorgestellt.«

Eva sieht aus, als würde sie gleich platzen. »Ein Steuerberater, da schau her.«

»So was wie Tanzen kann man sowieso immer brauchen«, tastet sich Emmenegger vorwärts. »Außerdem ist es ökonomisch, das Angenehme mit dem Nützlichen zu verbinden.«

»Ökonomisch, ui. Und was war jetzt das Angenehme und was das Nützliche?«

In Emmenegger keimt ein Verdacht. Er lässt den Kopf in seine Hände sinken. »Du hast das alles gewusst, gell?«

Jetzt lacht sie aus vollem Hals. »Ich hab zufällig gesehen,

wie du in die Tanzschule rein bist. Und dann hab ich durchs Fenster gespitzt.«

Er schielt durch zwei gespreizte Finger. »War's ganz furchtbar, wie ich mich angestellt hab?«

»Ach wo.« Eva knufft ihn liebevoll in die Seite. »Bei der Lehrerin wäre ich auch über meine eigenen Füße gestolpert.«

»Ständig hat sie an mir gezupft. Ich musste mich von ihr führen lassen. Ich bin doch der Mann! Ich führe!«

»Du hast aber sehr männlich ausgesehen.«

Emmenegger hebt den Kopf. »Ehrlich wahr?«

»Ich war richtig eifersüchtig.«

»Ich bin jetzt eh raus. Beschweren will sich die Dame, von Pontius bis zu Pilatus.«

»Dann hat sie ja gut zu tun.« Eva lehnt sich gegen den Kühlschrank und verschränkt die Arme. »Ich versteh gar nicht, was dich verraten hat.« Sie feixt. »Du siehst genau so aus, wie man sich einen Steuerberater vorstellt.«

»Du …!«

Jede Wette, dass die Tanzschule Glück auf der Liste der Meraner Unternehmen steht, die dem Polizeichef auf Instagram folgen. Unter Brangas Aufruf prangte Emmeneggers Konterfei nebst Dienstrang.

»Jetzt wird die Glück umso mehr mauern, wenn ich sie befrag.«

»Du wolltest doch sowieso mich hinschicken, erinnerst dich? Also wegen von Frau zu Frau?« Eva grinst schon wieder.

»Mei, du Schlawinerin, du …!«

Stutenbeißerei

Zwei Stunden später

Artikel 15 Absatz 2 der Richtlinien zur Zeugenbefragung der Polizia di Stato:»Persönliche Sympathien oder Antipathien haben außen vor zu bleiben.«
Frustriert lässt Eva die Tür der Tanzschule Glück hinter sich zufallen.

Das Gespräch hatte gar nicht schlecht angefangen.»Ich habe mir schon gedacht, dass die Polizei bei mir auftaucht«, seufzte Isolde Glück, als sie Eva die Tür öffnete. Sie trug einen dunkelblauen Businessanzug und wirkte freundlich-distanziert, wie jemand, der es gewohnt ist, Gespräche auf Sachebene zu führen.
Isolde Glück geleitete Eva durch ein kleines Foyer, das um diese Tageszeit leer war. Mit seinen nebeneinander aufgereihten Stühlen und einem Tischchen mit Modezeitschriften wirkte es wie das Wartezimmer einer Zahnarztpraxis.
Durch offen stehende Türen konnte Eva einen Design-Schreibtisch im Retro-Stil und einen schicken Ledersessel erkennen, daneben lag eine kleine Küche.
Isolde Glück drehte sich zu ihr um.»Wenigstens spreche ich mit Ihnen und nicht mit diesem Inspektor, der sich bei mir eingeschlichen hat.«
»Mein Kollege wollte bloß tanzen lernen.« Aus irgendeinem Grund fühlte sich Eva bemüßigt, hinzuzufügen:»Es geht um eine Feier, bei der er eine gute Figur machen will.«
Isolde Glück lachte.»Viel Erfolg. Er wird sich unsterblich blamieren. Ihr Kollege ist der untalentierteste Mensch, den ich kenne. Das können Sie ihm gerne von mir ausrichten.«
In diesem Moment fing alles an, schiefzulaufen.
»Die tänzerischen Fähigkeiten von Ispettore Emmenegger

stehen hier nicht zur Debatte«, fuhr Eva auf. »Wir ermitteln so, wie wir es für richtig halten. Vor allem dann, wenn man uns Informationen vorenthält, so wie Sie das tun.«

Vor lauter Zorn sprudelte alles aus Eva heraus: dass Isolde Glück Ende der Neunziger Ulrich Brünners Tanzpartnerin bei »Cats« in Hamburg gewesen war. Dass sich Brünner als aufgehender Stern beim Musical erwiesen hatte (»Tja, er war einfach besser als Sie. Begabter!«). Dass Isolde Glück mit seinem Können nicht mithalten konnte (»Wie Sie das gefuchst haben muss …!«). Und dass die Glück vor lauter Eifersucht den Unfall inszeniert hatte, um ihm die Chance zu vermasseln (»Ohne Sie hatte er kein Recht auf den Erfolg, stimmt's?«).

***

»Sieh einer an«, sagte Isolde Glück schließlich, ein kaltes Lächeln auf den Lippen. »Da hat jemand mit Lisbeth Kringelein gesprochen. Ich hab nicht damit gerechnet, dass Sie die alte Giftspritze auftreiben.«

Mit einer schnellen Handbewegung strich sie durch ihre schwarzen Haare. »Lisbeth war scharf auf Ulrich. Aber der hat sie keines Blickes gewürdigt. Und auf mich war sie eifersüchtig. Sie wollte mir meine Rolle abjagen. Aber den Rumpleteazer hätte die Lisbeth nie im Leben hingekriegt«, höhnte Isolde Glück. »Sie hatte einen Gang wie ein Trampeltier. Am Ende ist ihr nichts Besseres eingefallen, als mich anzuschwärzen. Geglaubt hat ihr keiner, und Sie wären dumm, wenn Sie's täten.«

»Auf mich wirkte Frau Kringelein recht überzeugend«, versetzte Eva. »Sie hat Sie von der Souffleur-Kabine aus beobachtet, als es passiert ist, erinnern Sie sich?«

Täuschte sie sich, oder war die Frau eine Spur weißer um die Nase geworden?

»Kann ja sein, dass Sie Ulrich Brünner nicht so schwer verletzen wollten«, schob Eva nach. »Aber er stürzte unglücklich, und das war das Aus für seine glänzende Karriere. Sie haben ihm sein Leben kaputtgemacht. Ich vermute mal, Ulrich Brünner hat es vor seinem Tod herausgefunden. Wahrscheinlich wollte er die Polizei einschalten. Oder besser noch: die Presse. Das wäre eine Riesenstory für den ›Südtiroler‹ gewesen, und Sie hätten zumachen können. ›Brechen Sie sich alle Knochen in der Tanzschule Glück‹, das hört sich nicht gerade einladend an.«

Eva merkte sofort, dass sie das Spiel überreizt hatte. Isolde Glück war aus hartem Holz geschnitzt.

»Sie glauben, ich hätte Ulrich getötet?« Die Frau warf den Kopf zurück und lachte. »Das ist kompletter Blödsinn. Das damals war ein Unfall, und Ulrich hat das ganz genau gewusst. Wir haben es krachen lassen damals. Er kannte das Risiko genauso gut wie ich. Wenn Sie was anderes glauben, dann beweisen Sie's. Und jetzt raus aus meiner Tanzschule.«

Kurz bevor die Tür hinter ihr zuschlug, rief Eva noch: »Und Sie sind die schlechteste Tanzlehrerin aller Zeiten! Nur dass Sie's wissen!«

Das letzte Wort tat gut, aber die Wirkung verrauchte schnell. Eva merkte, dass sie viel zu viel geredet hatte. Gratulation zu dieser professionellen Leistung, Frau Marthaler.

Im Palast herrscht dicke Luft

Eingangshalle des Schlosshotels

Gerade passiert Eva den Haupteingang des Principe, da schwingt das Tor langsam auf. Aus der Sprechanlage quäkt Niederhofers Stimme: »Hallo, liebe Frau Marthaler! Kommen Sie doch einen Augenblick ins Haus. Ich würde gern mit Ihnen sprechen.«

Innerlich fluchend überquert Eva den Parkplatz.

Hinter der Eingangstür steht das Empfangskomitee bereit: Hoteldirektor Niederhofer hat seine beste Welcome-VIP-Miene aufgesetzt, daneben Ludwig, der von einem Fuß auf den anderen tritt.

Erstaunt sieht sich Eva um. Die Halle summt vor Aktivität. Ein Putzgeschwader wirbelt durch die Säle. Ein Page müht sich mit einem Rollwagen ab, auf dem sich übergroße Blumengebinde türmen. In schwindelnder Höhe hängen zwei Männer Girlanden auf, die aus etwas Fedrigem, Federboa-Artigem in Rosa und Silber bestehen. Das Ensemble erinnert an das, was die Putzfrauen auf der anderen Saalseite gerade schwingen – bis auf Farbe und Preisklasse.

»Echte Straußenfedern, eine Spezialanfertigung. Die haben wir extra für unseren Ball aus Paris kommen lassen«, erklärt Niederhofer stolz.

»Sie veranstalten einen Ball? Das wusste ich gar nicht«, sagt Eva erstaunt.

»Nein? Herr Ludwig hatte doch Ihren –«

»Ihren Herrn Vater. Den hatte ich eingeladen, Herr Niederhofer«, unterbricht Ludwig eilig. »Herr Marthaler ist ein wenig – in Anspruch genommen derzeit. Er hat wohl vergessen, es zu erwähnen.«

Niederhofer guckt verdutzt, dann breitet sich ein Schimmer des Verstehens auf seinem Gesicht aus.

»Den Herrn Vater, natürlich. Aber Sie und Ihr Verlobter sind ebenfalls herzlich willkommen! Wir öffnen unsere Tore das erste Mal seit langer Zeit für externe Gäste. Und als Conférencier haben wir sogar einen jungen Schauspieler des Meraner Theaterensembles gewinnen können! Morgen wird sich unser Schlosshotel in die Wiener Hofburg verwandeln.«

Junger Schauspieler? Eva runzelt die Stirn, aber Niederhofers Enthusiasmus ist nicht zu bremsen. »Es wird eine Redoute in bester Wiener Tradition. Eine rauschende Ballnacht, wie zu Kaiserin Sissis Zeiten!« Zu Ludwig gewandt: »Sind die Rosenquarzkugeln endlich angekommen?«

»Leider immer noch nicht, Herr Direktor.«

Verzweifelt wirft Niederhofer die Arme hoch. »Das gibt es doch nicht! Sie sollten schon gestern hier sein!«

»Ich werde gleich in der Schweiz nachfragen, Herr Niederhofer.«

»Tun Sie das!«

Ludwig sieht aus, als würde er noch lieber direkt in die Schweiz verschwinden.

»Der Ball.« Niederhofer greift sich erneut an die Stirn. »Deshalb wollte ich mit Ihnen sprechen, Frau Marthaler. Durch einen dummen Zufall haben wir zurzeit im Hause ein klein wenig …« Er ringt um die passenden Worte.

»Offen gesagt, einer unserer Gäste bereitet uns Ungelegenheiten«, unterbricht ihn Ludwig ungeduldig.

Entrüstet spitzt Niederhofer die Lippen. »Das wäre denn doch zu viel gesagt. Es ist nur – Nun, Frau Marthaler, ich gehe doch recht in der Annahme, dass Sie Herrn Dr. Rafizanger kennen?«

Eva steht da wie versteinert. »Äh – nicht so direkt.«

»Nun, ich habe mir sagen lassen, dass er ein Geschäftspartner Ihres Vaters ist.«

»Ja, schon, hin und wieder, nur wenn es – Aber …« Evas Blick fliegt hilfesuchend hinüber zu Ludwig, doch der beschäftigt sich angelegentlich mit seinem Mobiltelefon.

»Herr Dr. Rafizanger ist ein geschätzter Stammgast.«

In Ludwigs Augen blitzt etwas auf, aber er zieht es vor zu schweigen.

»Was er bei uns in erster Linie sucht, sind Ruhe und Frieden. Aber in diesem Jahr – Wie ich schon sagte, ein dummer Zufall – Leider gibt es einen anderen Gast im Hause, der ihn extrem – stört, möchte man sagen. Er wünscht, dass wir diesen Gast ...« Das Wort will Niederhofer nicht über die Lippen.

»Hinauswerfen?«

»Das kommt selbstverständlich nicht in Betracht. Zumal es sich bei dem anderen Gast – Aber darüber darf ich nicht sprechen.«

»Ich weiß, wer der andere Gast ist«, sagt Eva.

»Sie wissen Bescheid?« Unendliche Erleichterung überzieht Niederhofers Gesicht. Er holt ein Taschentuch hervor und betupft sich die Stirn. »Die Anwesenheit von Signor Branga – Kurz gesagt, Herr Rafizanger ist äußerst – ungemein schlecht gelaunt, geradezu barsch.«

Ludwig lässt einen humorlosen Lacher los. »Der Mann schikaniert das ganze Haus, vom Zimmermädchen bis zum medizinischen Personal. Seine Sonderwünsche nehmen kein Ende. Heute Morgen zum Beispiel, da hat er –«

»Herr Ludwig, ich darf doch bitten! Frau Marthaler, wenn Sie und Ihr Verlobter an dem Abend ein diskretes Auge auf die – hrrmm – Situation mit den beiden Herren haben könnten, dann wäre das – Das wäre ...«

Das Taschentuch tritt wieder in Aktion.

»Herr Niederhofer, verzeihen Sie, aber das geht doch nicht. Soweit ich informiert bin, wird Ispettore Emmenegger nicht teilnehmen. Und Frau Marthaler ist an diesem Abend als Gast bei uns und wird von ihrem Herrn Vater zum Tanz geführt.«

Am liebsten hätte Eva Herrn Ludwig, den edlen Ritter, abgebusselt.

»Natürlich.« Niederhofer hat seine Fassung wiedergewonnen. »Ihr Herr Vater hat selbstverständlich Vorrang. Ich hätte selbst daran denken müssen. Mit seiner geliebten Tochter zu tanzen, wird ihm auf die Beine helfen.«

Eva ist alarmiert.»Was ist mit Papa?«

»Wenn wir das wüssten.« Niederhofer streicht über sein Kinn.»Seine Leberwerte wollen sich einfach nicht verbessern. Das Ärzteteam ist ratlos.«

»Ich dachte, hier im Haus gibt es keinen Alkohol?«

Niederhofer seufzt.»So ist es. Und soweit ich gehört habe, hat Herr Marthaler das Hotel nicht verlassen.«

Er steht auf.»Ich muss mich um den Ball kümmern. Liebe Frau Marthaler, ich freue mich auf Ihr Kommen morgen Abend. Und verzeihen Sie, dass ich Sie mit meiner Bitte belästigt habe.«

Eva hört nicht recht hin. Ja, ihr Vater trinkt gern ein Bierchen oder auch zwei, aber die Ärzte waren bisher stets mit ihm zufrieden.

✲✲✲

Mit unergründlichem Gesichtsausdruck schaut Ludwig seinem Chef hinterher, wie er mit wehenden Rockschößen Richtung Speisesaal enteilt.

»Sie würden hier einiges anders machen, wenn Sie das Sagen hätten, hab ich recht?«

Ludwigs Augen wandern durch den Saal, dann kehren sie zu Eva zurück.»Wenn ich's recht bedenke – eigentlich nicht. Mittlerweile bin ich froh, dass ein anderer die Entscheidungen trifft.«

»Ich bin sicher, Sie hätten einen ausgezeichneten Hotelier abgegeben.«

Ludwig zwinkert ihr zu, ein verschmitztes Funkeln in den Augen. Verlegen spürt Eva, dass er ihre kleine Schwindelei durchschaut hat.

Ludwig ist weit mehr als ein Empfangschef, er ist der gute Geist des Hauses. Jedes Hotel der Welt würde sich glücklich schätzen, ihn zu haben. Aber er ist kein Geschäftsmann.

»Nun, ich glaube, die Putzfrauen kommen zurück.« Er steht auf. »Dann mache ich mal besser auf und überprüfe, ob alles in Ordnung ist.«

»Äh – kann ich die Damen einmal sprechen?« Von Brünners Laptop fehlt nach wie vor jede Spur.

»Die Ermittlerin in Ihnen schläft wohl nie.« Ludwigs Augen funkeln spitzbübisch. »Dann kommen Sie mal mit, ich stelle Ihnen die Damen vor.«

Die Beichte des Hausmädchens

Kommissariat am Kornplatz
Befragungsbericht

Eine Stunde später sitzt Eva im Bereitschaftsraum des Kommissariats an ihrem Schreibtisch und tippt ihren Bericht.

Zwei Schritte vor, einer zurück: Momentan ähnelt die Ermittlung einer Springprozession.

Mittlerweile ist klar, dass Ulrich Brünner tatsächlich einen Laptop bei sich hatte. Die Putzfrauen haben ihn gesehen. Er stand auf dem kleinen Sekretär am Fenster, in dem sich auch die fünfzigtausend Euro befanden.

Das achtköpfige Putzgeschwader des Principe arbeitet in zwei Schichten, jeweils bestehend aus zwei Zweierteams. Die Frauen nehmen sich die Zimmer paarweise vor: eine Putzfrau für Badezimmer und die Böden, ein Zimmermädchen, das die Betten macht, Staub wischt und den Kühlschrank und die Kaffeeutensilien nachfüllt.

Das Zimmermädchen Margot erinnerte sich genau an den Morgen des Mordtages. Sie hatte am Vorabend ihren ersten Hochzeitstag gefeiert.

»Ich gratuliere«, sagte Eva und erntete ein strahlendes Lächeln.

Normalerweise saß Ulrich Brünner schon beim Frühstück, wenn sie mit ihrer Kollegin um halb acht Uhr seine Suite betrat.

Die Teams wissen Bescheid, wann jeder Gast zum Frühstück erscheint. Ulrich Brünner war Frühaufsteher.

Doch als die beiden an diesem Tag wie immer vorsichtshalber an der Tür klopften, hatte Brünner geöffnet und sie gebeten, in einer Stunde wiederzukommen.

»Er war noch im Schlafanzug«, sagte Margot. »Und wie er aussah! Seine Augen waren blutunterlaufen.«

Als sie gegen halb neun Uhr zurückkehrten, war Brünner weg. Der Laptop stand wie immer auf dem Schreibtisch.

Spät am Abend, als Emmi die Suite des Toten durchsucht hatte, war er verschwunden.

»Wann ist normalerweise die Schlüsselübergabe?« Eva wandte sich an Ludwig.

»Um elf Uhr morgens sind alle Zimmer gemacht. Dann werden die Schlüssel bei mir abgegeben«, antwortete der. »Die Nachtschicht geht um neunzehn Uhr, wenn das Abendessen anfängt, in die Zimmer, überprüft die Handtücher in den Bädern, schüttelt die Betten auf und kümmert sich darum, dass es den Gästen während der Nacht an nichts fehlt. Um einundzwanzig Uhr sind alle Schlüssel wieder unter unserer Obhut.«

Auf das Thema Diebstahl reagierte die Damenriege mit Empörung. Nicht einmal angefasst hätten sie das Gerät. Das war strengstens verboten – Anweisung der Direktion.

Eva war geneigt, ihnen zu glauben. Da die Frauen immer paarweise arbeiteten, wäre es für eine von ihnen schwierig gewesen, den Laptop unbemerkt fortzunehmen.

Und wenn jemand anders einen der Generalschlüssel an sich gebracht hatte? Aber die Frauen beteuerten einhellig, das sei unmöglich. Es war Vorschrift, dass ihn das Zimmermädchen jedes Zweierteams mit einer Kordel um den Hals trug.

Doch Margot konnte Eva nicht in die Augen sehen.

»Sie wissen doch irgendwas.«

Prompt wurde Margot rot. »Es tut mir so leid«, gestand das Mädchen schließlich unter Tränen. Ihr Mann hatte ihr zum Hochzeitstag ein Kettchen geschenkt, an dem ein silbernes Herz hing, mit einem großen rosafarbenen Swarovski-Stein in der Mitte.

Als sie zur Frühschicht im Hotel antrat, war sie noch ganz erfüllt von dem wunderbaren Abend und stolz auf das schöne Schmuckstück. Jeder sollte es bewundern. Mit der hässlichen

Kordel um den Hals wäre das Herzchen aber nicht zur Geltung gekommen. Und deswegen hatte sie einmal – ein einziges Mal, wie sie immer wieder beteuerte – gegen die Vorschrift verstoßen. Was sollte schon groß passieren?

»Wo war der Schlüssel denn dann?«, wollte Eva wissen.

Der Generalschlüssel mit Zugang zum gesamten Haus hatte an einem Haken am Putzwagen gehangen. Der blieb auf dem Flur stehen, während die Putzfrauen ihre Arbeit in den Zimmern machten.

Jeder, der vorbeikam, hätte den Schlüssel unbemerkt an sich nehmen und ihn wieder an seinen Platz legen können.

Sauber, würde Emmi jetzt sagen.

Denkwürdige Gegenüberstellung

Brangas Büro im Polizeihaus
Früher Nachmittag

Als Eva von der Mittagspause zurückkommt, ist der Flur vor
dem Kommissariat voller Leute.

Auf dem Besucherstuhl vor Emmeneggers Schreibtisch sitzt
Hans Marthaler mit der bockigen Miene eines Schülers, der
etwas ausgefressen hat.

»Ja Paps, was machst du denn hier?«

»Dein Inspektor hat mich herbefohlen! A Schikane is des,
und so was willst heiraten!« Poltern kann der Vater noch, aber
der Zorn des Gerechten fehlt. Marthalers Stimme klingt wie
ein lauwarmes Lüftchen.

Eva kommen fast die Tränen. Sie zieht einen Stuhl heran und
nimmt ihren Vater bei der Hand. Er sieht schlecht aus. Seine
Augen sind blutunterlaufen, die Haut ist faltig, die Wangen
sind nach unten gesackt. Plötzlich hat Eva Angst. Ihr Vater
ist alt geworden.

»Paps, was ist denn los? Die im Hotel haben mir gesagt, dass
es dir schlecht geht. Wie fühlst du dich? Soll ich Dr. Linzheimer anrufen?« Linzheimer ist seit vielen Jahren der Hausarzt
der Marthalers.

Ihr Vater stöhnt. »Um Gottes willen, naa, nur den net.«

»Aber irgendwas müssen wir doch machen!« So was kann
alles Mögliche bedeuten, und nichts davon ist etwas Gutes.
»Als Allererstes brauchen wir ein MRT. Dr. Linzheimer –«

Da flüstert ihr Vater in ihr Ohr: »Quatsch mit Soße, dass
es im Principe koan Alkohol gibt. Also offiziell gibt's den net,
aber inoffiziell, da brauchst net verdursten.«

Ungläubig starrt Eva ihren Vater an. »Soll das etwa heißen,
dass du jeden Abend auf dem Zimmer hockst und dir einen
zwitscherst? Ich dachte, du wolltest zur Ruhe kommen. Schaut

das jetzt so aus, dass man sich betrinkt und anderen Leuten Sorgen macht? Schäm dich, Paps.«

Hans Marthaler grinst schief. »Ja mei, Eva, die Sach mit deiner Mutter – Hab a bissl – hmpf – Dampf ablassen müssen.«

Die Tür fliegt auf, und Emmenegger stürmt herein.

Eva steht auf. »Warum hast du Vater kommen lassen?«

In Emmeneggers Augen glimmt ein Funke auf. »Brauchst dein Gefieder nicht gleich zu sträuben. Ich will deinen Vater bloß von unserer Liste streichen. Deshalb machen wir jetzt eine Gegenüberstellung.«

***

Draußen redet eine zusammengewürfelte Truppe von Statisten wild durcheinander. Einer von der Drogenfahndung in Zivil, der den Fehler gemacht hat, Emmenegger in die Arme zu laufen. Ein schimpfender Arnold Kohlgruber nebst Igor, seinem Adlatus. Der Wirt vom Café Tiefenbrunn in der Meinhardstraße, das sich gegenüber dem Kommissariat befindet. Und Hellboy, der auf dem Weg ins Schlosshotel gewesen ist, als Emmenegger ihn sich geschnappt hat.

»Kommts mit, ihr Leut.« In Reiseleiter-Manier geht Emmenegger voran, durch verwinkelte Gänge des Polizeihauses, bis zu einer Tür mit einem Schild »Polizeidirektor Claudio Branga«. Dahinter ein saalähnlicher Raum, leer bis auf einen Schreibtisch und ein ausgeräumtes Regal an der Wand.

»Wo sind seine Sachen?«, flüstert Eva Emmenegger zu.

»Eingelagert. Der Chef ist bis auf Weiteres beurlaubt, seit dem gestrigen Abend. Rafizanger, die Drecksau, hat es fast geschafft.«

»Ach, verdammt.«

Emmenegger nickt. »Also dann, meine Herren, stellts euch auf, mit dem Gesicht zur Wand, wenn ich bitten darf. Du auch, Hans. Wegen dir veranstalten wir den Zirkus.«

Emmenegger schaut auf die Uhr. Erna Schmieding ist für zwei Uhr herbestellt. Es ist fünf vor.

»Kohlgruber, stell dich neben den Großen. Landauer, rück a bissel.«

»Ich will nicht neben den Feuerkopf«, begehrt Kohlgruber auf. »Was der hat, ist bestimmt ansteckend.«

Hellboy fährt herum, aus den Augen sprühen Funken. Kohlgruber stolpert rückwärts.

»Gebt a Ruh!«, befiehlt Emmenegger. »Wenn die Zeugin sieht, wie ihr aufeinander losgeht, können wir alles abblasen.«

»Fotos wären eventuell doch besser gewesen als dieser Rummel«, murmelt Eva.

»Theoretisch geb ich dir recht«, raunt Emmenegger zurück. »Praktisch ist es damit beim letzten Mal nicht so gut gelaufen.«

Da klopft es, und die Polizistin vom Empfang führt Erna Schmieding herein. Für sie und ihren Mann geht es morgen zurück ins Sauerland.

»Ich war gerade beim Kofferpacken, als Sie anriefen. Das erste Mal in unserer Ehe muss mein Mann das übernehmen«, sagt sie mit verschmitzter Miene. »Tut ihm bestimmt gut.«

Neugierig betrachtet sie die Herrenriege. »Sie glauben also, dass der Mann, den ich gesehen hab, unter denen ist.«

»Schauen Sie einfach hin, Frau Schmieding«, sagt Eva.

Doch die zögert noch. »Der Mann an unserem Nachbartisch hat sich vorgebeugt. Könnten die Herren vielleicht …«

»Ihr habt's gehört, Herrschaften. Rücken beugen, Hintern rausstrecken. Ein bissel Gymnastik tut euch allen gut«, befiehlt Emmenegger. Murrend gehorchen sie.

**

Das Ergebnis hat was. Kohlgruber hat anscheinend ein Faible für schwarze Calvin-Klein-Unterhosen, die in der Taille kneifen.

Unter Igors Hemd kommt ein Gürtel mit Sprayfläschchen zum Vorschein. Jeder weiß, dass Igor schlechte Gerüche nicht ausstehen kann. Nicht jeder wusste bisher, dass er allzeit gewappnet ist.

Hans Marthaler wankt und schwankt und rudert, wie ein Bär auf dem Schwebebalken.

»So besser?«, wendet sich Emmenegger an Erna Schmieding.

»Ja, danke. Mal sehen. Der in der Mitte ist zu groß und zu dünn. Der rechts außen sieht aus wie ein Schwergewichtsboxer. Die Haare von dem mit den schwarzen Unterhosen sind zu hell. Der in der Mitte ...«, Erna zeigt auf Hans Marthaler, »... der kommt von der Größe ungefähr hin. Aber sein Hintern ist viel zu dick. Außerdem hat er so gut wie keinen Hals.«

»Mein Arsch und mein Hals gehen Sie keinen feuchten Dreck net an, verstanden!« Hans Marthaler hat Schweiß auf der Stirn, und sein Atem geht pfeifend.

»Paps, um Himmels willen ...« Eva ist aufgestanden.

Da fährt ein phänomenaler Furz durch den Raum.

»Unverschämtheit«, schreit Kohlgruber.

»Landauer, jetzt reiß dich gefälligst zusammen«, donnert Emmenegger.

»Was soll ich denn machen?«, jammert der Übeltäter. »Wegen dir und deinem Polizeibonzen bin ich gestern wieder spät heim, und da war bloß noch die Dose Chili im Schrank ...«

Kohlgruber weicht zur Seite aus und hält sich die Nase zu.

»Das stinkt ja fürchterlich. Igor, reich mir mal ein Raumspray rüber.« Igor ist schon bei der Arbeit.

Weiße, nach Flieder duftende Schwaden ziehen durch die Machtzentrale der Meraner Polizei.

Der Wirt vom Café Tiefenbrunn marschiert kopfschüttelnd zur Tür. »Kinder, ich bin raus. Bis später, Emmenegger.«

»Sie kennen sich?«, staunt Erna Schmieding. »Was soll das hier – machen Sie sich über mich lustig?«

Emmenegger wird die Antwort erspart, denn in diesem Moment schert Hans Marthaler aus der Reihe aus, dreht eine Pirouette und übergibt sich geräuschvoll neben Brangas Schreibtisch.

»Alles raus, was keine Miete zahlt«, kommentiert Hellboy aus dem Hintergrund.

Eine verräterische Narbe

Café Tiefenbrunn, Meinhardstraße
Wenig später

Eva und Emmenegger salben ihre Wunden mit einem starken Espresso im Café Tiefenbrunn in der Meinhardstraße. Der Wirt vom Tiefenbrunn ist fix mit der Zunge, aber ein scharfer Blick von Emmenegger ist Warnung genug. Hans Marthaler ist vom Limo-Service des Principe abgeholt und ins Bett verfrachtet worden.

Eva stützt den Kopf in die Hände.

»Mach dir keine Sorgen. Dein alter Herr hat bloß einen monströsen Kater.«

»Wärst du mir bös, wenn ich mit Paps zu dem Ball im Schloss geh?«

»Einen Ball gibt's? Da schau her.« Ein Seufzer des Verzichts aus tiefster Seele. »Schod isch schon. Aber deinem Vater lass ich selbstverständlich den Vortritt.«

Sein Telefon klingelt. »Na, seid ihr noch am Putzen?« Kohlgruber gluckst. Im Hintergrund brandet Gelächter auf.

»Rufst bloß an, um dich zu amüsieren?«

»Brauchst nicht gleich einzuschnappen. Bei Witzen auf meine Kosten lachst ja auch ganz gern. Es geht um die fünfzigtausend Euro. Wir sollten ja die Banknoten auf Fingerabdrücke untersuchen. Das ist übrigens gar nicht so leicht, wie du vielleicht denkst.«

»Erspar mir den Vortrag, Kohlgruber.«

Doch der ist schon mittendrin. »Es ist vor allem die Beschichtung. Bei Scheinen aus Polymer ...«

Emmenegger vertreibt sich die Zeit damit, Eva zu beobachten, wie sie mit dem Löffel in ihrem Espresso rührt. Ihre langen Wimpern sind gesenkt. Sie schreibt eine Textnachricht.

»... Abnutzung und Saugfähigkeit ...«

Plötzlich schaut Eva auf. Sie lächelt ihn auf diese ganz bestimmte Weise an, die seinen Atem schneller gehen lässt.

Sein Handy pingt. Eine WhatsApp von Eva.

»Ich liebe dich«, steht in der Nachricht. Dahinter ein Kuss-Emoji.

»Nur in Einzelfällen gelingt es, Fingerabdrücke …«

Emmenegger formt lautlos die Worte: »Ich dich auch. Bis zum Mond.«

Sein Handy pingt wieder. »Bis zum Mond und zurück.«

Er schiebt die Tassen zur Seite, beugt sich über den Tisch und küsst sie.

»Vor allem das Hologramm mit seiner hauchdünnen Folie ist bei Euro-Noten – He, Emmenegger, was schnalzt da so?«

»Nichts. Also was war jetzt mit dem Hologramm?«

»Es ist uns gelungen, einen frischen Fingerabdruck auf einem der Fünfhunderter zu sichern«, triumphiert der Spusi-Chef.

»Da schau her.« Endlich ist Emmenegger in der Lage, sich von Evas Anblick loszureißen. »Ich stelle den Ton mal laut. Meine Kollegin sitzt mir gegenüber.«

»Grüß Gott, Frau Marthaler. Bevor ihr fragt, der Abdruck ist nicht registriert.«

»Wäre zu schön gewesen«, sagt Eva.

»Es ist ein rechter Daumen. Relativ klein. Ich würde sagen, er stammt von einer Frau. Oder einem zierlichen Mann.«

»Noch irgendwas, was du mir mitteilen kannst?«

»In der Tat.« Kohlgruber platzt vor Wichtigkeit. »In der Mitte des Daumens ist eine winzige Narbe zu erkennen, direkt oberhalb des zentralen Papillarwirbels. Wenn ihr die Trägerin oder den Träger ermittelt, dürfte es euch nicht schwerfallen, die Übereinstimmung zu beweisen.«

Das Telefon klingelt schon wieder. Diesmal ist es Evas. Die Geschäftsführerin der Bayerischen Hof-Apotheke in den Lauben ist am Apparat.

»Ich rufe an wegen dem Fax, das Sie geschickt haben«, sagt die Frau zögernd. »Ob wir Gilurtymal in letzter Zeit an jemanden verkauft haben. Nun, das haben wir.« Wieder hält sie inne. »Seit Tagen überlege ich, ob ich Sie anrufen soll. Diese Information ist vertraulich. Ich weiß nicht, ob ich Ihnen Auskunft geben darf.«

»Es geht um eine Mordermittlung«, sagt Eva streng. »Mit dem Medikament wurde ein Mann getötet. Aber ich kann Sie auch vorladen lassen.«

»Nun gut, ich sage es Ihnen«, sagt die Frau schnell. »Die Kundin hat ein Dauerrezept. Sie heißt Isolde Glück.«

Schon ist Eva auf den Beinen. »Jetzt kaufen wir uns die Dame.«

Villa Bux
Donnerstag, 30. März, am Vormittag

Die Handys sind aus. Nachdenken verlangt Ruhe.
Emmenegger hält zwei Finger in die Luft. Was bedeutet: zwei große Latte Macchiato. Der Kellner nickt. Er ist ein Schweiger, anders als der Wirt vom Tiefenbrunn.
Eva konsultiert die Mord-Akte und ihre Notizen. Irgendwo zwischen den Zeilen steckt die Lösung. Irgendwas übersehen sie.

Emmenegger hat im Kommissariat eine Fallskizze für ihr Flipboard angefertigt. In der Mitte ein Name: Ulrich Brünner, kurz: UB. In seinem unmittelbaren Umfeld mehrere Personen, die kurz vor seinem Tod mit ihm in Verbindung waren.
Behutsam rollt Emmenegger die Skizze über dem Cafétisch der Villa Bux aus, wie ein Maler das Porträt einer geheimnisvollen Dame.
Da steht:

1 – Frau, dunkelhaarig. Kurzhaar- oder Hochsteckfrisur? Hut, Sonnenbrille. War mit UB beim Unterweger. Id.: unbekannt. Zeugen sahen sie weinen. Evtl. Motiv: Verletzter Stolz? Rache? Wut?

2 – Mann, dunkelhaarig. Schlank, klein. Beugt sich über Brünners Tisch, während der auf der Toilette ist. Id.: unbekannt. Evtl. Motiv: ?

3 – Person, Geschlecht unbekannt. Schirmmütze. War mit UB auf der Leadner Alm. Evtl. Motiv: ?

»Hat sich der junge Leadner-Bauer eigentlich bei dir gemeldet?«

Emmenegger zieht eine Grimasse. »Nö. Sein Handy ist immer noch aus.«

4 – Marianne Marthaler. 2004 Liebesnacht mit UB, Wiedersehen am Nachmittag des Mordtages.
Evtl. Motiv: Angst wegen Entdeckung des Fehltritts. War zur Tatzeit angeblich im Forsterbräu, Landesbäuerinnen-Tag.

»Wieso schreibst du ›angeblich‹?«

»Es wäre knapp geworden, aber deine Mutter hätte es schaffen können, Eva. Also – rein theoretisch natürlich. Sie war um fünf beim Forsterbräu, Brünner wurde um halb sechs tot aufgefunden. Es lässt sich nicht auf die Viertelstunde genau bestimmen, wann der Tod eingetreten ist.«

»Streich es einfach. Bitte. Und diese – Liebesnacht gleich mit.«

4 – Marianne Marthaler. 2004 Kontakt mit UB, Wiedersehen am Nachmittag des Mordtages.
War zur Tatzeit im Forsterbräu, Landesbäuerinnen-Tag.

5 – Hans Marthaler. Konfrontation mit UB beim Unterweger kurz vor dem Mord. Evtl. Motiv: Eifersucht. Ergebnis der Gegenüberstellung mit Zeugin: nicht gerichtsverwertbar.

6 – Isolde Glück, Ex-Tanzpartnerin von UB. Evtl. Motiv: Wut? Rache? Geld?

Was sie seit gestern Abend wissen: Von Nummer sechs stammt der Daumenabdruck auf dem Fünfhundert-Euro-Schein.

Die Aussage der Tanzlehrerin

Anfangs hatte Isolde Glück die Eiskönigin gespielt.

Sie habe Brünner in Meran wiedergetroffen, stimmt. Ein Zufall, weiter nichts. Eine kurze Unterhaltung in der Hotellobby. Ende der Geschichte.

»Nicht das Ende. Ein Neuanfang«, widersprach Eva. »Als Sie Ulrich Brünner vor zwei Wochen in Meran begegneten, funkte es zwischen Ihnen. Alte Liebe rostet nicht, stimmt's? Sie haben Ihr Verhältnis von damals aufgewärmt. Für Sie war es wieder die große Liebe, aber Ulrich Brünner kühlte schnell ab. Der Mann war finanziell am Ende, und Sie steckten ihm die Fünfzigtausend zu, um sich seine Liebe zu erkaufen. Trotzdem gab er Ihnen den Laufpass. Da haben Sie ihm eine tödliche Dosis von Ihrem Herzmedikament verabreicht.«

»Das ist Schwachsinn. Ja, ich nehme Gilurtymal. Und wennschon. Das ist kein Beweis. Haben Sie irgendwas gegen mich in der Hand? Wenn nicht, möchte ich, dass Sie jetzt gehen.«

An dieser Stelle brachte Eva den Daumenabdruck auf dem Geld ins Spiel.

»Na und? Ohne meine Einwilligung können Sie mir keine Fingerabdrücke abnehmen.«

Das erste Mal war Nervosität in ihren Augen aufgeflackert. Bevor die Frau wusste, wie ihr geschah, packte Eva ihre rechte Hand. Triumphierend hielt sie den Daumen hoch. In der Mitte der Fingerkuppe war deutlich eine kleine Narbe zu sehen. Verzweifelt versuchte Isolde Glück, ihre Hand zurückzuziehen.

»Sieh einer an. Damit haben wir unseren hinreichenden Tatverdacht.« Eva sah aus wie eine Katze, die mit der Pfote im Fischteich angelt. »Das dürfte für einen richterlichen Beschluss zur Feststellung Ihrer Fingerabdrücke genügen.«

***

Emmenegger kann es immer noch nicht glauben. Für Eva Marthaler sind Regeln das Gerüst des Lebens. Und dann dieser Übergriff, der gegen sämtliche Vorschriften im Umgang mit Verdächtigen verstößt. Verdammt, das ist sein schlechter Einfluss.

»Du kannst einen Menschen nicht einfach bei seinem Daumen packen.«

Eva zuckt mit den Achseln. »Ich hatte die Nase voll von ihren Lügen. Da hab ich eben gepokert.«

»Mit solchen Aktionen kannst du dir deine Karriere ruinieren, Eva. Sie braucht es nur zu melden.«

»Das wird sie nicht.«

»Da hast du vermutlich recht«, gibt Emmenegger zu.

Nach dem Zwischenfall mit dem Daumen war Isoldes Widerstand gebrochen. Es war, als hätte ihre harte Schale Risse bekommen und wäre in tausend Teile zersprungen.

Sie war tatsächlich schuld an Brünners schwerem Tanzunfall, der sein Leben auf den Kopf stellte. Damit hatte Lisbeth Kringelein richtiggelegen. Aber mit vielem anderem nicht.

✳✳✳

Isolde Glück leidet an dem sogenannten Panzerherz, einer extrem seltenen Herzkrankheit. Um ihren Herzmuskel hat sich eine Gewebsschicht gebildet, sodass er sich nicht mehr richtig ausdehnen kann.

In ihrem Fall ist das Gewebe so stark mit dem Herzen verwachsen, dass eine Operation nicht möglich ist. Bei dem Versuch, das Gewebe zu entfernen, würde der Herzmuskel reißen.

Ihr bleiben nur Medikamente, um ihr Herz zu stärken, aber irgendwann werden die medizinischen Möglichkeiten erschöpft sein.

Die ersten Symptome ihrer Herzkrankheit hatten sich Ende der Neunziger gezeigt.

»Ulrich war es, der mich überredet hat, zum Arzt zu gehen,

als mir immer öfter schwarz vor den Augen wurde«, sagte Isolde Glück. »Er hat es gewusst, von Anfang an.«

»Sie waren also doch nicht nur Tanzpartner, sondern auch ein Liebespaar.« Eva.

»Nein«, entgegnete Isolde Glück. »Uli und ich waren beste Freunde, der lebende Beweis, dass so etwas auch zwischen einem Mann und einer Frau funktionieren kann. Wir waren ein bisschen wie Rumpleteazer und Mungojerrie, das Katzenpärchen, das wir darstellten. Es war eine verrückte Zeit, damals in Hamburg.«

Über ihre Krankheit hatte Isolde Glück gesprochen, als wäre es gar nichts. Als sie über Ulrich Brünner redete, wurden ihre braunen Augen schwarz vor Schmerz.

»Wir waren damals beide solo, außer dem Tanzen hatte nichts Platz in unserem Leben. Deshalb hingen wir eigentlich immer zusammen ab. Nach den Proben und Aufführungen tanzten wir weiter, in den Clubs und Discos von Hamburg, bis spät in die Nacht.«

Isolde Glück lachte bitter. »Das erste Mal bin ich auf der Toilette vom Madhouse umgekippt. Uli hat mich gefunden. Zuerst machte er mir Vorwürfe, er dachte, ich hätte irgendwas eingeworfen. Aber als es wieder und wieder passierte ...«

Dann starb der Darsteller des Munkustrap, und die Leitung des Musicals zog Ulrich Brünner für die Rolle in Erwägung.

»Uli durfte jetzt keinen Fehler machen«, sagte Isolde Glück. »Wäre ich ausgefallen, hätte er Lisbeth Kringelein, meine Zweitbesetzung, als neue Partnerin bekommen. Tänzerisch war Lisbeth eine Katastrophe. Mit dieser Frau hätte Uli schlecht ausgesehen. Ich wollte einfach nur, dass er seine Chance kriegt.«

Gemeinsam beschlossen die beiden, das Risiko einzugehen. Und dann kam der Abend von Brünners letzter Vorstellung als Mungojerric. Anschließend sollte die Entscheidung fallen.

»Anfangs fühlte ich mich großartig. Keinerlei Atemprobleme, keine Enge in der Brust, nichts. Unser Tanz an diesem

Abend, der war magisch. Es war, als schwebten wir durch die Luft. Die Erdanziehung hatte keine Bedeutung für uns. Das Publikum jubelte, wenn wir auf die Bühne sprangen. Es war eine unserer besten Leistungen überhaupt. Dann kam unser letzter Auftritt. Und da – ganz plötzlich, ohne Vorwarnung ...«

Isolde Glück wandte sich ab. Ihre Schultern zuckten. »Es war furchtbar, Uli so hilflos zu sehen, in diesem Bett im Krankenhaus. Und so tapfer. Mit dem Tanzen sei es aus und vorbei, sagten die Ärzte. Seine Hüfte sei zertrümmert. Er könne froh sein, wenn er je wieder gehen könne. Und ich – ich war schuld dran.«

***

Isolde Glück besuchte Ulrich Brünner jeden Tag in der Klinik. »›Hör auf, dir Vorwürfe zu machen‹, sagte Uli zu mir. ›Wir kannten das Risiko. Es hätte genauso gut dich treffen können.‹«

Aber keiner von ihnen fand den richtigen Ton. Die Leichtigkeit, die früher zwischen ihnen geherrscht hatte, war verschwunden.

Eines Tages wurde Isolde Glück klar, das Brünner ihre Anwesenheit kaum ertragen konnte. Ihre Freundschaft war vorbei. Sie beschloss, ihn nicht länger zu quälen, und stellte ihre Besuche ein, auch wenn es ihr fast das Herz zerriss.

»Die meisten Leute vom ›Cats‹-Ensemble redeten nicht mehr mit mir, aber ein paar doch. Ich hörte, dass Ulrich Hamburg den Rücken gekehrt hatte, nachdem er aus dem Krankenhaus entlassen worden war.«

»Und Sie sind zurück nach Südtirol gegangen«, sagte Emmenegger.

Isolde Glück schüttelte den Kopf. »Nein, damals noch nicht. Meine Eltern lebten noch. Sie waren so stolz darauf, dass ihre Tochter bei ›Cats‹ in Hamburg tanzte. Ihre Enttäuschung und ihr Mitleid zu ertragen, dafür fehlte mir damals die Kraft. Also blieb ich, wo ich war. Pläne für die Zukunft machte ich keine. Ich dachte, mein Leben wäre sowieso in ein paar Monaten zu Ende.«

* * *

Aber Isoldes Herz schlug weiter. Sie nahm Arbeit in einer kleinen Tanzschule in Harburg an, einem Arbeiterbezirk im Süden von Hamburg.

Für die Menschen dort waren Tanzstunden etwas Besonderes, ein bisschen Romantik nach einer eintönigen Woche am Fließband oder an der Kasse vom Supermarkt.

Eine Stunde lang Ginger Rogers sein, im Arm von Fred Astaire. Dieses Flirren in der Brust, wenn man sich immer schneller dreht. Spüren, dass man lebt.

»Ich war Tänzerin gewesen und hatte nie unterrichtet. Dass aus mir keine besonders gute Lehrerin wurde, das wissen Sie ja, Ispettore«, sagte Isolde Glück mit schiefem Lächeln. »Aber meine Schüler mochten mich trotzdem. Ich wusste, wie sie sich fühlten. Vor allem die Frauen. Sie können sich nicht vorstellen, wie ehrgeizig die waren. Sie übten, während sie am Herd standen und kochten. Beim Putzen, mit dem Besenstiel als Tanzpartner. Abends, wenn ihre Ehemänner in der Kneipe waren, liefen die CD-Player auf Hochtouren.«

Isolde brachte ihnen das Tanzen bei, und sie lehrten sie, wieder zu lachen.

Und eines Tages hörte sie auf, nur von einem Tag zum anderen zu leben. Eine der Frauen, mit der sie inzwischen befreundet war, bestärkte sie, nach Südtirol zurückzukehren. »Isolde, wir werden dich alle unglaublich vermissen«, sagte sie. »Aber jedes Kind kann sehen, wie sehr du an deiner Heimat hängst. Irgendwann, das weißt du selbst am besten, könnte es zu spät sein.«

Und so kehrte Isolde Glück heim. Ihr Herz war noch schwächer geworden, sie wurde immer öfter ohnmächtig, und die Ärzte verordneten Ruhe. Arbeit in einer Tanzschule kam nicht mehr in Frage, also nahm sie eine Stelle als Sekretärin im Meraner Tanzsportverband an.

Und dort traf sie Ulrich Brünner wieder.

Sein Anblick kam Isolde Glück vor wie ein kleines Wunder. »Ulrich konnte laufen! Nur wer genau hinsah, bemerkte ein ganz leichtes Hinken. Offenbar hatte er sich einer komplizierten Operation unterzogen, die gut ausgegangen war. Sogar tanzen konnte er wieder«, erzählte sie. »Er muss wie irrsinnig trainiert haben. Und jetzt wollte er seine Karriere zurück.«

Just um diese Zeit suchte der Tanzsportverband einen Partner für eine ehemalige Tänzerin, die – Ironie der Geschichte – nach einer jahrelangen Auszeit ebenfalls wieder einsteigen wollte. Zu diesem Zweck sollte ein Vortanzen stattfinden.

»Ulrich bestürmte mich, eine Empfehlung für ihn auszusprechen. Er sah sich bereits als neuer Tanzpartner dieser Frau.«

Isolde Glück war nicht angetan von Brünners Plan, und das sagte sie ihm auch. »So wie ich es von der Verbandsleitung geschildert bekam, hatte die Frau jahrelang keinen Fuß aufs Tanzparkett gesetzt, höchstens bei irgendwelchen Bällen. Aber das zählt nicht, glauben Sie mir. Professionell zu tanzen, ist etwas völlig anderes.«

Isolde Glück schnäuzte sich ausgiebig. »Natürlich ließ ich mich überreden. Was hätte ich anders machen sollen? Ich stand tief in seiner Schuld.«

✳✳✳

Als Ulrich Brünner und seine Tanzpartnerin am Abend des Vortanzens die Bühne betreten, sitzt Isolde Glück neben den Tanzrichtern auf dem Podium, um die Bewertungen zu protokollieren.

»Ich wusste sofort, dass es schiefgehen würde. Die Frau – ich weiß ihren Namen nicht mehr – wirkte so unsicher, dass ich am liebsten aufgesprungen wäre, um ihre Stelle einzunehmen.«

»Die Frau heißt Marianne Marthaler und ist meine Mutter«, sagte Eva.

Isolde Glück starrte Eva an. »Sie sind die Tochter? Oh …« Entschuldigend legte sie Eva eine Hand auf den Arm. »Sie müssen das alles nicht hören. Es ist sehr lange her und nicht im Geringsten von Bedeutung, schon gar nicht für Ulrichs Ermordung. Ich …«, sie machte eine Handbewegung, »… überspringe diesen Teil einfach, ja?«

»Nein«, sagte Eva. »Ich möchte alles hören. Bitte.«

»Nun, wenn Sie darauf bestehen – Ihre Mutter hatte Talent, das konnte jeder sehen. Nach ein paar Übungswochen hätte sich ihre Nervosität gelegt, aber ihr fehlte wohl die Zeit wegen ihrer Familie.« Sie lächelte Eva an. »Ulrich sagte, ich solle mir keine Sorgen machen. Es würde auch so klappen.«

Bei ihrem zweiten Tanz, dem Quickstep, stolpert Marianne Marthaler über ihren Rocksaum, und das Paar stürzt zu Boden. Für Isolde Glück ist es ein Déjà-vu.

Ulrich Brünners Gesicht ist schmerzverzerrt. Er hat Mühe, aufzustehen. Seine Partnerin hockt da wie eine sitzen gelassene Braut.

»Ulrich humpelte an mir vorbei, ohne mich eines Blickes zu würdigen. Ich glaube, für ihn war ich mittlerweile eine Art Unglücksbringer. Jedes Mal, wenn ich etwas für ihn tun wollte, ging der Schuss nach hinten los.«

Neben Isolde auf dem Podium: Kopfschütteln, vereinzeltes Gelächter. Stühlerücken. Isolde Glück hört gar nicht hin. Sie will mit Ulrich sprechen, ihn trösten. So kann es doch nicht enden zwischen ihnen, nicht noch einmal. Sie läuft aus der Aula zum Haupteingang und sieht, wie Ulrich Brünner in der Damentoilette verschwindet.

Isolde Glück kennt die Örtlichkeiten im Kurhaus Meran von früheren Veranstaltungen. Die Wand zwischen »Damen« und »Herren« reicht nicht bis zur Decke. Man kann alles hören, was drüben gesprochen wird. Kurzerhand sperrt sie sich in einer der Herrentoiletten ein.

Drüben ist ein Wortwechsel zwischen Marianne Marthaler und Ulrich Brünner im Gange. Er bestürmt sie, es noch einmal zu versuchen. Doch für sie ist die Sache gelaufen. Sie will, dass er geht und sie in Frieden lässt. »›Ich hätte mich nie darauf einlassen dürfen‹, das waren ihre letzten Worte.«

»Und weiter?«

»Ich hab die Tür einen Spalt aufgemacht und sah Ihre Mutter, wie sie zum Ausgang lief. Ulrich humpelte hinterher. Ich wollte ihm nach, habe es aber bleiben lassen. Es hatte keinen Sinn. Stattdessen bin ich in der Toilette sitzen geblieben und hab geheult, bis jemand an meiner Tür gerüttelt hat.«

✳✳✳

In der Villa Bux ist es still wie in einem Beichtstuhl. Eva starrt das Gemälde der rothaarigen Frau im grauen Kleid an, das über ihrem Tisch hängt.

Irgendwas an Isolde Glücks Erzählung lässt Emmenegger keine Ruhe, aber er kommt nicht darauf.

Während der darauffolgenden zwanzig Jahre verschwand Ulrich Brünner aus Isoldes Leben.

»Wo er gelebt und was er gemacht hat – keine Ahnung. Ich hatte meinen Kopf ganz woanders«, sagte sie. »Es gab mittlerweile viel bessere Medikamente für meine Krankheit als früher, und die Ärzte machten mir das erste Mal Hoffnung, ich könnte meinen fünfzigsten Geburtstag erleben.«

»Medikamente wie das Gilurtymal«, hakte Eva ein. »Wo bewahren Sie es auf?«

Ein Teil von Isolde Glücks Vorrat an Gilurtymal-Ampullen lagert bei ihr zu Hause, der andere Teil in der Tanzschule, damit sie es jederzeit zur Hand hat.

»Ist es weggeschlossen?«

»Nein, wieso auch? Es ist ja kein Gift, sondern ein Medikament, speziell für Leute wie mich. Wer sollte …? Ich hätte nie gedacht …«

»Es fehlt nicht zufällig eine Ampulle?«

»Nicht dass ich wüsste.«

Isolde Glück wirkte etwas geistesabwesend in diesem Moment.

***

Mit dem Gilurtymal und anderen starken Herzmitteln war Isolde Glück sogar wieder in der Lage, ein wenig Sport zu treiben. Sie entschloss sich, nach zehnjähriger Arbeit als Verbandssekretärin zu kündigen (»mit einem lachenden und einem weinenden Auge«), und begann, in Südtiroler Tanzschulen Anfängerkurse zu geben.

Und eines schönen Tages begegnete Isolde Glück dort der Liebe ihres Lebens. Sie verliebte sich ausgerechnet in den schlechtesten Tanzschüler in ihrem Kurs: in den späteren Direktor des Schlosshotels Principe, Valentin Niederhofer.

»Er hat sich fast so dumm angestellt wie Sie, Ispettore«, lachte Isolde Glück.

Aber geschäftlich war Valentin Niederhofer auf Zack. Die Gründung einer Tanzschule für Senioren, das war seine Idee. Und als er zum Direktor des Schlosshotels ernannt wurde, packten die beiden die Gelegenheit beim Schopf.

Die kleine Villa an der Schafferstraße stand seit geraumer Zeit leer, und nachdem Niederhofer persönlich für Isolde bürgte, ließ sich der Eigentümer überreden, ihr das Haus zu vermieten.

Durch die Verbindung mit dem Principe blieben die üblichen Anlaufschwierigkeiten aus. Die Tanzschule Glück war aus dem Stand ein Erfolg. Isolde führte endlich wieder ein ausgefülltes Leben. Da waren die Kurse. Da war ihr Valentin. Im kommenden Jahr sollte die Hochzeit sein.

An Ulrich Brünner dachte Isolde Glück nur noch selten.

Aber eines Tages, nach zwanzig Jahren, tauchte Ulrich plötzlich wieder auf.

»Es muss ungefähr zehn, elf Tage her sein. Ich hatte gerade die neuen Kursflyer an der Hotelrezeption hinterlegt, drehte mich um – und da stand er leibhaftig vor mir«, erzählte Isolde Glück. »›Hallo, Isolde‹, sagte Ulrich und lächelte. ›Ich habe schon von deiner neuen Tanzschule gehört. Gratulation!‹ Ich stand da wie festgewurzelt und brachte kein Wort heraus. Ulrich sagte, er wäre in Eile, würde sich aber melden, um einen Kaffee mit mir zu trinken. Und schon war er wieder weg.«

»Welchen Eindruck machte er auf Sie?« Emmenegger.

»Oh, er sah immer noch phantastisch aus, bis auf das Hinken natürlich. An diesem Morgen kam er mir ein bisschen atemlos, fast freudig erregt vor. Wie ein Pennäler auf dem Weg zur ersten Verabredung mit einem Mädchen. Als wäre er frisch verliebt. Aber das war bloß ein flüchtiger Eindruck, als ich in der Lobby stand und ihm hinterherstarrte.«

Zu der Verabredung auf einen Kaffee kam es nicht mehr.

Isolde Glück begegnete Ulrich Brünner ein letztes Mal zwei Tage vor seinem Tod.

Ihr Nachmittagstanzkurs war gerade zu Ende. Als der letzte Schüler gegangen war und Isolde abschließen wollte, da fand sie Ulrich im Wartebereich vor, wie er in einer Zeitschrift blätterte. Seine gute Laune war wie weggeblasen.

»Ulrich hatte wieder diesen verbitterten Zug um den Mund wie damals, nach dem verpatzten Vortanzen«, erzählte Isolde Glück. »Er sah aus, als wäre er in einer Woche zehn Jahre gealtert. Ich wollte wissen, was los ist, aber er winkte ab. Ob ich ihm fünfzigtausend Euro leihen könnte.«

»Einfach so?« Eva.

»Das war typisch Ulrich. Er kam immer gleich zur Sache, ohne Umschweife.«

»Haben Sie ihn nicht gefragt, wofür er so viel Geld brauchte?«

»Doch, natürlich. Er hat bloß gesagt, es gehe um eine alte Sache, die er geradebiegen müsse. Und dass die Bank ihm das Geld nicht geben würde.«

»Verzeihen Sie die Frage, aber woher hatten Sie so viel Geld? Ihre Tanzschule mag eine Goldgrube sein, aber die führen Sie doch erst seit einem Jahr.«

»Ich hab immer Geld zur Seite gelegt, schon damals in Deutschland«, sagte Isolde Glück. »Irgendwie hatte ich stets die Hoffnung, dass eine neue Operationstechnik – Aber lassen wir das. Ein bisschen mehr als vierzigtausend, das war mein Notgroschen. Und für die restlichen zehntausend hab ich einen Kredit aufgenommen.« Ihr Blick rutschte weg. »Sie müssen mich für ziemlich dumm halten ...«

**

Das viele Geld war der Grund, warum Isolde Glück anfangs so zugeknöpft gewesen war. Ihr Valentin sollte nicht erfahren, dass sie einem anderen Mann ihr ganzes Erspartes gegeben hatte. »Ich hab Angst gehabt, Valentin würde denken, ich liebe Ulrich. Er würde mir nicht glauben, dass nie was zwischen uns war, und womöglich mit mir Schluss machen.«

Die hehren freundschaftlichen Gefühle nahm ihr Eva nicht so ganz ab. Damals, in Hamburg, war Isolde garantiert über beide Ohren in Brünner verliebt gewesen. Wahrscheinlich war sie es immer noch ein wenig, tief im Innersten.

»Aber Herr Niederhofer hätte doch von Ulrich Brünner nichts zu befürchten gehabt«, gab Emmenegger zu bedenken. »Der Mann lebt ja nicht mehr.«

»Das macht es nur noch schlimmer«, seufzte Isolde Glück. »Wer will schon mit einem Toten konkurrieren?«

Ein schwarzer Wagen taucht auf

Villa Bux
Wenig später

»Ich hätte Brünner das Geld nicht gegeben«, sagt Eva jetzt. »Schon gar nicht, ohne zu wissen, wofür. Ich finde, er hat Isolde nicht besonders gut behandelt. Dass es damals mit dem Vortanzen nicht geklappt hat, dafür konnte sie nichts.«

Offenbar hat weibliche Solidarität Evas anfängliche Aversion besiegt.

»Ah geh, Brünner war kein übler Kerl. Er war damals halt furchtbar enttäuscht. Sein Stolz war verletzt.«

»Was ihr Männer immer mit eurem verletzten Stolz habt. Die Isolde hat versucht, ihm wieder auf die Beine zu helfen, und zum Dank hat er sie einfach stehen lassen.«

»Irgendwas hat Isolde Glück uns verschwiegen«, sagt Emmenegger nachdenklich.

»Ihr Verlobter, der ehrenwerte Hoteldirektor Valentin Niederhofer, hätte problemlos eine Ampulle abzweigen können. Vielleicht hat er das mit dem Geld, das sie Brünner gegeben hat, am Ende doch rausgekriegt.« Eva.

»Die Glück hat uns bestimmt nicht die ganze Wahrheit gesagt. Vielleicht wollte sie das Geld von Brünner wiederhaben, und der wollte oder konnte es ihr nicht zurückgeben. Vielleicht war sie doch die Frau mit Hut und Sonnenbrille beim Unterweger.«

»Wir könnten die Rosie Herzinger ...«

»Verschon mich«, stöhnt Emmenegger.

6 – Isolde Glück, Ex-Tanzpartnerin von UB.
War in Besitz des Herzmedikaments, das UB getötet hat.
Evtl. Motiv: Geld? Angst?

7 – *Valentin Niederhofer, Direktor des Schlosshotels Principe. Evtl. Motiv: Eifersucht. Ebenfalls Zugang zum Gilurtymal.*

***

Da geht die Tür der Villa Bux auf, und der Dude streckt seinen Kopf herein.

»Ah, da seids ihr, beim Kaffeetrinken. Is scho nett, wenn man keine Laufkundschaft hat.«

»Willst dich hersetzen zu uns?« Eva. Emmenegger will einen Finger in Richtung Kellner heben, aber der Dude winkt ab.

»Geht leider net. Mer ham grad eine Veranstaltung in der Gaststätte. Bezirksverband Meran von der SBJ. Des is die Südtiroler Bauernjugend. Deswegen komm ich ja.«

Wie sich herausstellt, hat der Dude eine Unterhaltung zwischen zwei Jungbauern mit angehört. Das Gespräch drehte sich um einen mysteriösen Jeep Cherokee ohne Kennzeichen, der in einem baufälligen Traktorunterstand am Feldrand hinter Stuls steht: die Motorhaube eingedrückt, ein Kotflügel stark beschädigt, die Türen nicht abgesperrt.

Dass dahinter nichts Gutes steckte, war den beiden Jungspunden klar. Deshalb hatten sie kurz vor der Veranstaltung die Carabinieri benachrichtigt. Ein Beamter namens Patrici wollte sich um das Problem kümmern.

»Ausgerechnet! Dem Kerl müssen wir zuvorkommen!« Emmenegger greift zum Telefon und beordert einen schimpfenden Arnold Kohlgruber mit seiner Mannschaft hoch nach Stuls.

»Dude, ich dank dir. Eva, fahren wir.« Emmenegger ist schon auf den Beinen. »Ich muss spätestens am Nachmittag wieder unten in Meran sein, damit ich Paul noch zu fassen kriege. Stell dir vor, ausgerechnet er moderiert heut Abend diesen Ball im Principe. Der Landauer-Landi«, Emmenegger grinst, »hat es mir gesteckt.«

Eva schlägt die Hand vor den Mund. »Um Gottes willen, der Sissi-Ball! Der fängt in ein paar Stunden an! Und ich hab überhaupt nichts anzuziehen!«

Emmenegger schmunzelt. »Dann kauf dir halt was. Mir den Wagen anzusehen, das schaff ich allein. Das Wichtigste erledigen sowieso Kohlgrubers Leute.«

Eva linst zu ihm hinüber. »Bist du sicher?«

»Hundertprozentig.«

Sie gibt ihm einen Kuss. »Das ist total lieb von dir.«

Und schon hängt Eva am Telefon und beratschlagt mit ihrer Mutter. Womöglich sollte man zuerst zum Runggaldier in den Lauben, denn dort könnte es etwas Passendes im Sissi-Stil geben. Oder lieber zuerst zum Raffeiner in der Sparkassenstraße, weil der ja eine Bombenauswahl hat? Und für die Schuhe anschließend in die Boutique Caligula. Oder stattdessen …?

Kopfschüttelnd registriert Emmenegger Evas verzückte Miene, die leuchtenden Augen und die geröteten Wangen.

Frauen sind das größte Rätsel der Welt. Ein neues Kleid, ein herrlicher Tag.

Der Ball im Schloss

Ballsaal
Kurz vor acht Uhr abends

Paul späht hinter dem Vorhang hervor auf den Saal hinaus. Niederhofers Dekorateure haben ganze Arbeit geleistet. Der große Raum ist in gedämpftes Licht getaucht. Kandelaber an den Wänden werfen warme Lichtfunken auf die Szenerie.

Überall im Saal sind kleine, mit weißem Damast und rosa Seidenschleifen geschmückte Vierertische verteilt, die dem Ball eine intime Atmosphäre verleihen. Die Sessel sind mit weiß-rosa gestreiften Hussen und Straußenfedern dekoriert. Kristallgläser und Kerzenleuchter funkeln um die Wette.

Das frisch gewienerte Stäbchenparkett strahlt, als fiebere es seiner ursprünglichen Bestimmung entgegen: einen Tanzboden vom Feinsten abzugeben.

Neben Paul, auf der anderen Seite der Bühne, baut das Sechs-Mann-Orchester sein Equipment auf. Leise stimmen die Musiker ihre Instrumente: Geigen, ein Horn, eine Flöte, ein Cello. Notenständer werden ausgeklappt. Der Flötist teilt Notenblätter aus. Johann Strauß. »Kaiserwalzer«. »Wiener Blut«. »An der schönen blauen Donau«.

Verschwörerisch blinzelt einer der Musiker zu Paul herüber. Die Truppe hat noch was ganz anderes mitgebracht. Aber davon später.

Paul legt den Kopf in den Nacken. Da oben hängen sie in schwindelnder Höhe, die berühmten Rosenquarzkugeln aus der Schweiz, größer als Straußeneier und unverschämt teuer.

Die Kugel in der Deckenmitte fehlt allerdings. Paul schmunzelt in sich hinein. Nachdem Niederhofer das Anbringen der Kugeln akribisch überwacht hatte und anschließend enteilt war, um anderswo nach dem Rechten zu sehen, hat Paul mit

Hilfe eines Mitverschwörers aus dem Dekoteam eine nicht unwesentliche Änderung vorgenommen.

***

Der Saal füllt sich langsam.

Am Eingang stehen der Niederhofer und Ludwig, beide in dunklen Anzügen und rosa Krawatten. Sie begrüßen die Gäste, verbeugen sich, schütteln Hände.

Paul kreuzt die Finger. Schaut bitte nicht an die Decke, ihr zwei. Doch im Grunde ist es egal. Der Ball hat bereits begonnen.

In Abendrobe gekleidete Menschen drängen herein.

Die meisten sind mittleren Alters oder älter, aber es sind auch ein paar junge Paare unter den Gästen. Ein Hauch freudiger Erwartung liegt in der Luft.

In einen Traum aus lindgrünem Taft gehüllt, schwebt Eva herein, am Arm eines gedrungenen Mannes, der einen halben Kopf kleiner ist als sie. Das muss ihr Vater sein, so stolz, wie er dreinschaut. Davon abgesehen macht er keinen besonders fitten Eindruck. Schweiß auf der Stirn, zu viel Bauch und zu wenig Bewegung.

Eine schlanke Frau in dunkelblauem Cocktailkleid steuert auf einen Tisch am Fenster zu. Paul stutzt – die Dame kennt er doch. Warum sitzt Evas Mutter nicht bei ihrer Familie? Paul beschleicht das dumpfe Gefühl, irgendwas verpasst zu haben. Vielleicht sollte er seine Kopfhörer gelegentlich abnehmen, wenn sich Leute unterhalten.

***

Der Kellner Janosch erscheint. Ein Tablett über dem Kopf balancierend, umrundet er die Tische. Geschickt weicht er ein paar Gästen aus, die sich im Stehen unterhalten.

Auf dem Tablett stehen bauchige Gläser mit Zuckerrand und einer rosafarbenen Flüssigkeit. Es handelt sich dem Anschein nach um Grenadines, alkoholfreie Cocktails. Bloß dass kein Grenadine-Sirup drin ist, sondern ganz was anderes.

Der Tisch in der Mitte des Saales, direkt am Gang, ist für den Hoteldirektor und Begleitung reserviert. Eine Frau sitzt bereits dort, checkt ihr Handy. Dunkle Haare, eng anliegend wie eine Kappe. Schwarz-weißes Etuikleid mit breiter Schärpe, am Rücken tief ausgeschnitten. Schuhe mit roten Sohlen und den höchsten Absätzen, die Paul jemals gesehen hat. Diese Dame hat Klasse. Hut ab vor Niederhofer. So eine hätte Paul dem braven Hoteldirektor im Leben nicht zugetraut.

Da steuert Janosch auch schon auf die Rassige zu, den Cocktail in der Hand. Oh-oh, das geht gleich ins Auge. Paul hält den Atem an. Er möchte rufen, bringt aber nur ein Krächzen heraus.

Gerade noch rechtzeitig entdeckt Janosch seinen Chef, der zu seinem Tisch eilt – und dreht Richtung Küche ab. Dort steht ein kleines Tablett mit den entschärften Grenadines bereit. Die sind nicht nur für Niederhofer und Begleitung, sondern auch für ein paar Gäste, aus gesundheitlichen Gründen.

Paul sieht, wie die Anwesenden miteinander flüstern und zum Eingang blicken. Gerade hat der Polizeichef höchstpersönlich den Saal betreten.

Oh Mann. Hoffentlich ist Janosch so schlau, auch dem die lahmen Drinks zu servieren.

Hoppla, da ist ja Hellboy. Schreck lass nach, was trägt denn der am Leib? Sein Anzug – fürchterliches Veilchenblau! – platzt beinahe aus den Nähten. Gekrönt wird die Aufmachung durch eine strohgelbe Fliege um den muskelbepackten Hals.

Hellboy lässt sich neben den obersten Polizisten Merans in den Sessel fallen, ohne um Erlaubnis zu fragen. Aber der nimmt ihn gar nicht zur Kenntnis, sondern starrt zu einem dicken Mann auf der anderen Saalseite hinüber. Dessen Anzug ist offenkundig maßgeschneidert. Seit seinem letzten Abenteuer mit Emmenegger erkennt Paul eine Rolex, wenn er eine vor sich sieht. Diese ist aus Gold, mit einer Handvoll Diamanten auf der Lünette.

Donnerwetter, da hat jemand Schotter und möchte, dass das alle wissen. Aber warum stiert Branga so hasserfüllt zu ihm hinüber? Oder ist der Knabe da drüben etwa dieser ...

Paul schnalzt mit der Zunge.

Die beiden Männer starren sich an, als würden sie sich am liebsten prügeln.

Der Abend wird spannend.

Suchend schaut sich Paul um. Wo bleibt eigentlich Emmenegger?

Jemand zerrt von hinten an Pauls Hosenbein. Hilde, bereits im Festtagsdress, hechelt voller Aufregung.

Paul zieht den Kopf zurück. Es wird Zeit.

In einer Viertelstunde, pünktlich um acht, wird sich der Vorhang heben.

Showtime!

Emmenegger stellt eine Falle

Im Landhaus des Schlosshotels
Um die gleiche Zeit

Ispettore Emmenegger hat nicht vor, am Ball teilzunehmen.
Er hockt in Brangas Suite im Landhaus auf einem Stuhl
hinter der Tür. Es ist dunkel im Zimmer, es ist eine Falle, und
mit ein bisschen Glück schnappt sie zu, heute Nacht.

Wenn dem Polizeichef irgendetwas Belastendes unterge-
schoben werden soll, dann ist jetzt die beste Gelegenheit. Die
Hotelflure sind wie leer gefegt. Die Putzgeschwader sollten
zwar die Zimmer aufräumen wie jeden Abend, aber als sich
Emmenegger vorhin vorbeigeschlichen hat, drückten die
Frauen ihre Nasen an den halbrunden Fenstern im ersten Stock
platt. Von dort hat man einen ausgezeichneten Blick auf den
Ballsaal.

Und noch etwas hat Emmenegger beobachtet. Nämlich,
dass sich Rafizanger mit demonstrativer Pose zum Ball be-
geben hat. Wenn er eine Schweinerei vorhat, dann bestimmt
nicht durch eigene Hand.

Es ist Patrici, Raffzahns Handlanger, auf den Emmenegger
wartet.

Er hört, wie drüben die Musik einsetzt. Acht Uhr. Der Ball
hat angefangen.

Eins, zwei, drei – eins, zwei, drei. Emmenegger steht auf und
probiert ein paar Schritte, es schaut ja keiner zu. Durch das
geöffnete Fenster der Suite hört er Pauls Mikrofonstimme,
dann Klatschen und Gelächter.

Paul, der Conférencier. Emmenegger schüttelt den Kopf
und grinst.

Dass irgendetwas im Busch war, konnte man dem Jungen
seit Tagen an der Nasenspitze ansehen. Gottlob ist die Phase,

in der er andere Leute zu Tode erschreckt hat, inzwischen vorbei.

Es wird sich um etwas drehen, was Paul für saukomisch hält, andere Leute aber nicht unbedingt.

Sie werden trotzdem einen Narren an ihm fressen, weil er so ein verrückter, liebenswerter Vogel ist.

Plötzlich erstarrt Emmenegger.

Ein Knarzen. Ein dumpfes Geräusch. Die schwere Eingangstür vom Landhaus, die geöffnet wird.

Leise Schritte, die näher kommen.

Ein Conférencier vom Feinsten

Ballsaal des Schlosshotels

Was für ein Auftritt!
Paul macht einen tiefen Bückling. Beifall brandet auf. Ein paar Gäste sind aufgestanden. Auch Eva hält es nicht im Sessel. »Standing Ovations!«, flüstert sie ihrem Vater zu. »Das hat er wirklich verdient.«

»Er hat diesen Kubaner ganz gut imitiert«, muss ihr ewig krittelnder Vater zugeben.
Paul spielt an diesem Abend den Juror einer bekannten Fernsehsendung. Dieser Jorge González von der Tanzshow »Let's Dance« tritt in den schillerndsten Kostümen auf, und diesmal hat er – äh, Paul – die Robe der Kaiserin Sissi neu interpretiert.
Das Outfit ist ein Traum in Rosa, Orange und Gold. Oder eine Farbkombination zum Erblinden. Je nachdem, wie man's betrachtet.
Dreh- und Angelpunkt der Aufmachung ist eine weit geschnittene, weiße Lederhose mit rosa Trägern und goldenem Brustlatz. Drunter trägt Paul eine orangefarbene Bluse mit Ballonärmeln. Auf seiner Brust wippen zwei rosa Styroporkugeln. Das soll wohl der Busen der Kaiserin Sissi sein. Allerdings hängt die eine Brust ein wenig tiefer als die andere.
Den Abschluss bildet ein goldenes Jäckchen mit einem riesigen Stehkragen, von dem sich rosa Locken kringeln.
Die Füße stecken in goldenen Schnürschuhen, die bis unters Knie reichen. Ein weiterer Hingucker sind die Absätze. Die sind nicht spitz, sondern kugelförmig.
Hans Marthaler schüttelt den Kopf. »Ich verstehe nicht, wie er damit laufen kann.«
»In diesem Ensemble würde ich aussehen wie ein Kartoffelsack, der in einen Farbeimer gefallen ist«, sagt Eva.

Pauls Haare sind golden gefärbt und nach vorn zu einem Pony gekämmt. Auf dem Kopf sitzt ein – ja, was ist es? Eine Art fedriger Hahnenkamm. In der Mitte dieses Gebildes ragt ein puscheliges, pinselähnliches Etwas in Schweinchenrosa steil nach oben.

Aber Paul ist nicht der Einzige, dem so ziemlich alles steht. »Darf ich bekannt machen, verehrte Gäste – das ist das treue Hildchen, meine liebe Zofe.«

Das »treue Hildchen« trägt ein rosa Rüschenkäppchen auf dem Kopf, eine orangefarbene Schleife mit Glöckchen um den Schwanz und sabbert auf die Bühne.

»Meine Liebe, tut man so etwas? Wisch das sofort auf!«

Prompt schlägt »Hildchen« mit dem Schwanz auf den Boden, dass es nur so schellt, und legt den Kopf schief.

Alle lachen.

»Wie kriegt Paul so was bloß hin?«, flüstert Eva ihrem Vater zu.

Was er offenkundig auch kann: mit Theaterschminke umgehen. »Guck dir diese Lippen an. Und die Augenbrauen. Es ist kaum zu fassen, auch im Gesicht sieht er wirklich ein bisschen aus wie dieser verrückte González«, sagt Eva.

»Bis auf dieses Dings auf seinem Kopf sieht er aus wie ein verdammtes Funkenmariechen«, brummt ihr Vater. »Aber er ist witzig und kann reden, das muss ihm der Neid lassen.«

⁎

Das Essen wird serviert. Heute gibt es nur ein kleines Menü, doch den Speisen schenkt sowieso keiner Aufmerksamkeit. Es liegt was in der Luft.

»Liebe Gäste – sehr verehrte Gäste! Diese rauschende Ballnacht wird anders verlaufen, als Sie denken«, hat Paul angekündigt. »Stellen Sie sich auf Überraschungen ein. Ich garantiere Ihnen: Sie werden den Abend lange in Erinnerung behalten!«

Eine große Geste hinüber zu Niederhofer, der dasitzt wie ein Kind mit Kulleraugen.

»Doch zunächst wird unser hochverehrter Hoteldirektor mit seiner Partnerin den Abend eröffnen, ganz traditionell mit einem Wiener Walzer. Und danach darf ich alle Gäste zum Tanz bitten! Das Schlosshotel Principe tanzt!«

***

Mittlerweile ist es halb zehn. Die Walzermelodien sind verklungen, das Abendessen ist fast zu Ende.

Der Saal brummt. Der Kellner Janosch eilt durch die Reihen, ein Tablett mit gefüllten Gläsern in der Hand.

Während sich ihr Vater hingebungsvoll dem Dessert, einer Bayerischen Creme, widmet, geschätzte tausend Kalorien mächtig, lässt Eva ihre Augen durch den Saal schweifen.

Dort drüben sitzt ja Arnold Kohlgruber! In seiner Begleitung befindet sich eine stattliche Frau in einem hautengen roten Etuikleid. Die Rote fächelt sich mit einem riesigen roten Hut Luft zu.

Evas Mutter unterhält sich mit der dunkelhaarigen Dame, die Emmenegger beim Tanzkurs aus der Patsche geholfen hat. Isolde Glück hält Händchen mit dem Hoteldirektor.

Alle, die in den Mordfall Ulrich Brünner verwickelt sind – heute Abend sind sie hier versammelt. Bei Agatha Christie würde jetzt das Licht ausgehen und …

Da bleibt der Hoteldirektor an Evas Tisch stehen. Er hat den roten Hut der dicken Frau in der Hand und wirkt zerstreut.

»Herr Niederhofer, alles in Ordnung?«

»Wenn ich das wüsste«, seufzt der und hält den Hut hoch. »Offenbar wird eine ziemlich wertvolle Hutnadel vermisst. Außerdem kann ich unseren Conférencier nicht finden.«

»Machen Sie sich keine Sorgen, Paul liebt seine kleinen Geheimnisse. Er taucht bestimmt gleich wieder auf.«

»Hoffentlich! Nicht auszudenken, wenn er unpässlich wäre. Der junge Mann ist einmalig. Ich habe unsere Gäste noch nie in derart ausgelassener Stimmung erlebt.«

Eva verschluckt sich und muss husten. »Ja – hrmm – ungewöhnlich – Da haben Sie völlig recht.«

»Wenn ich nur wüsste, was er vorhat – Wissen Sie zufällig …? Oder der Ispettore …?« Niederhofer schaut sich um. »Ich sehe Ihren Verlobten gar nicht. Er hat nun doch versprochen zu kommen, wegen …« Sein Blick wandert zwischen Branga und Rafizanger, der an seinem Tisch vor sich hinstarrt, hin und her.

»Ich werde später einmal mit dem Herrn tanzen«, verspricht Eva – und bekommt prompt einen Schubs von ihrem Vater.

»Oh, das wäre – Das wäre …«

Bevor Niederhofer den Satz beenden kann, wird das Licht der Kandelaber schwächer. Funken in allen Farben tanzen über Wände und Fußböden, streichen über die Gesichter der Gäste.

»Um Gottes willen – was ist denn das?«, keucht Niederhofer. Sein Blick – und der aller Anwesenden – fliegt nach oben.

Unter der Saaldecke hängt eine große Spiegelkugel, die jetzt eingeschaltet ist und bunte Lichter in alle Himmelsrichtungen schickt. Im Nu hat sich der Ballsaal in eine Discothek aus den Achtzigern verwandelt. Wieder gibt es Gelächter und Standing Ovations. Die Gäste prosten sich zu. So manchem ist anzusehen, dass er gerade in der Zeit zurückkreist. Zu fetzigen Beats, heißen Flirts und durchtanzten Nächten. Ja, damals …

Niederhofer bleibt der Mund offen stehen.

Die Musik setzt ein. Und es ist keine Walzermusik.

∗∗∗

Emmenegger tigert auf und ab. Die Warterei zehrt an seinen Nerven.

Die Schritte, die sich Brangas Suite genähert hatten, sind falscher Alarm gewesen.

Als sich nichts tat, hatte Emmenegger seinen Posten hinter

der Tür verlassen und vorsichtig durch den Spion gelinst. Vor der Suite auf der anderen Flurseite stand eine Frau im Abendkleid, die in ihrer Abendtasche nach ihrem Schlüssel kramte. Ein paar Minuten später erschien sie wieder, mit nachgezogenen Lippen und – nach der Wolke zu urteilen, die Emmenegger in die Nase stieg – ganzkörperparfümiert.

Jetzt ist es wieder still.

Was soll er machen? Noch abwarten? Mittlerweile ist es halb zehn durch.

Möglicherweise hat ihn Patrici trotz aller Vorsicht bemerkt, als sich Emmenegger durch den offen stehenden Lieferanteneingang ins Landhaus geschlichen hat.

Unwahrscheinlich.

Bestimmt wurde Patrici zu einem dringenden Einsatz gerufen, der wichtiger ist, als bei einem Ball Rafizangers Leibgarde zu spielen.

In dem Fall …

Emmenegger grinst. Vielleicht wäre es nicht schlecht, die Gelegenheit beim Schopf zu packen und selbst einen kleinen Vorstoß in Richtung von Rafizangers Suite zu unternehmen. Vielleicht gibt es dort etwas Belastendes zu finden, was man gegen Raffzahn und seine Spießgesellen verwenden kann.

So was ist allerdings mit Branga nicht abgesprochen.

Aber der Mensch muss flexibel bleiben und sich dem Lauf der Dinge anpassen.

***

Der Discofox-Wettbewerb – Pauls erste Überraschung des Abends – geht in die letzte Runde.

»Sehr verehrte Gäste, geehrte Genesende, liebe Rekonvaleszenten, jetzt kommt's drauf an!«, feuert Paul sein Publikum an. »In Ihnen allen steckt viel mehr, als Ihre Ärzte Ihnen einreden wollen! Zeigen Sie es ihnen!«

Das Tanzturnier war auf Anhieb ein Erfolg. Bis auf Branga und Rafizanger tanzten alle begeistert mit. Hellboy hatte sich

Marianne Marthaler geschnappt und sie übers Parkett geschoben. Sogar Hoteldirektor Niederhofer schien seinen Walzern nicht hinterherzutrauern.

Den Jackpot – es handelt sich um nichts Geringeres als die Discokugel an der Decke – gewinnt, wer am längsten durchhält. Bei einem Kopf-an-Kopf-Rennen entscheidet der Tanzjuror Tschugg-González. Wer denn sonst?

Es sind nur noch wenige Paare im Spiel, zum Beispiel Eva und ihr Vater. Da fasst sich Hans Marthaler an die Brust. »Ich – ich – oh …« Sein Atem geht stoßweise.

»Um Gottes willen, Paps!« Erschrocken nimmt Eva den Arm von seiner Schulter und bleibt stehen.

»Nein! Nicht! Tanz – weiter – Es wird – scho – gehen …« Zu spät. Von der Bühne ertönt eine Stimme im Falsett: »Das Paar da drüben! Die Dame in Grün – jaaaa, Sie! Ich muss Sie leider bitten, die Tanzfläche zu verlassen, Sie sind raus! Für die restlichen Paare gilt weiter: Let's dance!«

Die Regeln sind knallhart: Wer stehen bleibt, ist ausgeschieden.

Einer der Ärzte vom Gesundheitszentrum tritt an den Tisch, um Marthalers Brust abzuhören. »Alles in Ordnung, nur eine kleine Kreislaufschwäche. Aber das Tanzen sollten Sie für heute lieber bleiben lassen, Herr Marthaler.«

»A geh«, wehrt der ab. Neidisch linst er zu einem alten Tanzpaar hinüber. Eva sieht ihnen an, dass sie seit Jahrzehnten gemeinsam das Tanzbein schwingen.

»Die haben doch mindestens fünfzehn Jahre mehr auf dem Buckel als i!«

»Da sehen Sie das Ergebnis gesunder Lebensweise«, sagt der Arzt trocken.

»Das darf net wahr sein! Ausgerechnet bei ›YMCA‹ sein mir ausg'schieden«, jammert ihr Vater. »I war grad so richtig in Schwung. Wir hätten g'winnen können, wenn du nicht einfach stehen blieben wärst, du Dummerl!«

»Menschenskind, Paps, es ist doch bloß ein Tanzwettbewerb!«

»Das meinst du vielleicht! Die Discokugel hätt'n wir für unsere Gartenparty gut brauchen können.«

Jetzt sind noch drei Paare auf der Bühne, unter anderem der Hoteldirektor mit seiner Tanzpartnerin. Geschickt führt Isolde Glück ihren Verlobten – und schaut verträumt zu ihm hoch.

Evas Mutter ist zu ihnen herübergeeilt. »Dass du auf der Intensivstation landest, das fehlte noch«, schilt sie Hans und wirft Eva einen dankbaren Blick zu. Bestimmt auch wegen der Discokugel, die am Garten der Marthalers vorbeigeschrammt ist wie ein Meteorit am Planeten Erde.

»Intensivstation – so a Schmarren!« Aber Hans Marthalers Augen leuchten. Vielleicht, weil er Spaß hat. Mag aber auch daran liegen, dass sich Marianne neben ihn gesetzt hat. »Wir machen auch so einen Wettbewerb bei unserer Party – vielleicht ein bisschen was Langsameres –, und den gewinnst dann du!«

»Versprochen?«

Marianne nimmt seine Hand.

Eva wird klar, dass angebracht wäre, die Eltern ein wenig allein zu lassen.

»Ich drehe mal eine Runde«, sagt sie. Aber die beiden hören nicht mehr hin.

***

Vor dem Hoteleingang stehen die Raucher Spalier. Es war keine gute Idee, hier frische Luft zu schnappen, und Eva geht zurück in den Ballsaal.

Am Tisch ihrer Eltern ist irgendwas im Gange. Ihr Vater ist aufgesprungen und zeigt auf eine schlanke, dunkelhaarige Dame, die offenbar im Begriff ist zu gehen. »Das ist die Frau! Haltet sie!«

Die Frau dreht sich um, die Augen vor Schreck geweitet. Es handelt sich um die Fremde, die neben Evas Mutter gesessen hat.

»Paps, du liebe Zeit, was soll das denn?«

Und ihre Mutter: »Hans, setz dich wieder hin, bitte!«

Aber der ist nicht zu bremsen. »Die Frau da war mit dem Brünner beim Unterweger! Eva, lass sie net entwisch'n!«

Eva überlegt nicht lange. »Sie da, bleiben Sie bitte stehen!«

Wie auf Kommando galoppiert das treue Hildchen herbei und versperrt der Frau den Weg, knurrend und mit hochgezogenen Lefzen.

Das Mörderspiel

Ballsaal des Schlosshotels

Auf einmal ist das Licht im Saal gedämpft wie im Kino, wenn die Vorstellung beginnt. Nur Eva, ihr Vater und die Fremde stehen im Lichtkegel eines Scheinwerfers.
Ein Tusch ertönt.
Paul tänzelt herbei. Das schrille Outfit ist verschwunden. Er trägt jetzt Schwarz, darüber einen karierten Umhang, auf dem Kopf sitzt eine Jagdmütze.
Im Saal ist es mucksmäuschenstill.
Pauls sonore Stimme ertönt aus den Lautsprechern.
»Herr Marthaler, das war elementar! Gerade war ich im Begriff, die zweite Überraschung des Abends anzukündigen, da servieren Sie mir einen Einstieg, der so viel besser ist als meiner!«
Paul verbeugt sich in die Runde. »Meine Damen und Herren, Vorhang auf zum Mörderspiel!«
Bevor Eva weiß, wie ihr geschieht, drückt er ihr ein Mikrofon in die Hand.
»Auch die Polizia di Stato ist schon zur Stelle! Viele von Ihnen kennen diese junge Dame. Sie heißt Eva Marthaler und ist Mitglied der Mordkommission Meran. Neben ihr steht ihr Herr Vater, Hans Marthaler, Inhaber der Marthaler Weinkellerei.«
»Jawohl, der bin ich.« Hans Marthaler wirft sich in die Brust.
Paul wendet sich an die Fremde. »Und Sie sind ...?«
»Ich heiße Ricarda di Lorenzo.« Die Frau ist blass, und ihre Stimme zittert.
Geschickt hat Paul die drei so manövriert, dass sie genau im Licht stehen. Eva blinzelt und knirscht mit den Zähnen.
Komm mir du morgen unter die Augen, Tschugg, dann kannst du was erleben.

»Ich danke Ihnen.« Paul verbeugt sich. Dann zum Publikum: »Sie alle wissen, dass ein Mord geschehen ist. Vor ein paar Tagen wurde einer von Ihnen, ein Gast dieses Hauses, auf bestialische Weise ermordet. Ohne es zu wissen, trank er einen Schierlingsbecher und musste qualvoll sterben. Eine hinterhältige, schändliche Tat! Die Polizei war bemüht, ohne Zweifel, man verhörte viele Zeugen, aber es gelang nicht, den Täter zu fassen. Ein wenig Hilfe kann da nicht schaden, nicht wahr?«

»Hört, hört!«-Rufe ertönen. Daumen werden hochgereckt.

»Und deswegen werden Sie, sehr verehrtes Publikum, sich heute Abend in die Ermittlungen einschalten. Ich zweifle nicht daran, dass es uns allen gemeinsam gelingen wird, diesen Mord aufzuklären!«

Ein Raunen geht durch den Saal. Einige Tische weiter tippt sich der Polizeichef mit dem Finger an die Schläfe.

»Nun denn. Meine sehr verehrten Gäste, ich darf Ihnen jetzt die Fakten präsentieren, soweit sie der Polizei bekannt sind. Sie brauchen nicht mitzuschreiben. Janosch wird Ihnen in Kürze ein Factsheet aushändigen.« Und schon gibt Paul dem staunenden Publikum eine exzellente Zusammenfassung aus der Mord-Akte.

Eva bleibt der Mund offen stehen. Woher hat Paul diese vertraulichen Informationen? Da fällt ihr ein, dass Emmi die Akte jeden Abend an sich selbst mailt, als Sicherungskopie, weil er der Cloud nicht traut. Emmis Passwörter zu knacken, ist ein Kinderspiel. Er benutzt immer das gleiche: »Eva2403«, das Datum ihres ersten Kusses, 24. März. So was rächt sich. Eva knirscht mit den Zähnen.

»Und jetzt steht ein Mann vor mir, der offensichtlich brand-heiße Informationen für uns hat!« Paul reckt die Nase in die Luft und schnüffelt theatralisch. »Ich rieche einen Durchbruch, Sie nicht auch?« Und schon wendet er sich an Evas Vater. »Herr Marthaler, Sie behaupten, diese Dame habe etwas mit dem Mord zu tun.«

»Ja, so ist es! Die Polizei – also du, Eva –, ihr sucht doch nach der Frau mit dem Hut, die mit Brünner zusammen beim

Unterweger war.« Verwundert merkt Eva, dass ihr Vater Hochdeutsch sprechen kann, wenn er im Scheinwerferlicht steht.

»Die Frau ist direkt an mir vorbei, wie sie von Brünners Tisch weggelaufen ist. Und gerade jetzt ist sie wieder an mir vorbei. Sie hat so einen Stechschritt, und die Figur – äh – stimmt auch. Sie war es!«

»Ist das wahr, Frau di Lorenzo?«, wendet sich Paul an die Frau. Alle halten den Atem an.

Sie nickt, die Augen niedergeschlagen.

»Nun, dann darf ich Sie, Frau Marthaler, jetzt bitten, Ihres Amtes zu walten und die Verdächtige zu vernehmen.«

»Sie sind wohl nicht ganz bei Trost, Herr Moderator«, sagt Eva empört. »Eine Mordermittlung ist keine Unterhaltungsshow. Da spiele ich nicht mit!«

Laute Buhrufe aus dem Publikum.

»Die Polizei soll ihren Job machen!«

»Lassen Sie die Frau aussagen!«

»Hier wird nichts unter den Teppich gekehrt!«

Hilfesuchend wendet sich Eva an den Polizeichef. Der verdreht die Augen und macht eine Handbewegung: Meinetwegen, nur zu.

**

Emmenegger steckt die Schlüsselkarte in die Hosentasche. Leise zieht er die Tür von Brangas Suite hinter sich zu und schleicht über den Patio am großen Olivenbaum vorbei, Richtung Haupthaus.

Rafizangers Residenz – die Sissi-Suite – befindet sich im ersten Stock.

Der Flur ist leer.

Die Putzfrauen sind verschwunden; bestimmt haben die sich nach unten vorgewagt.

Nur ein verwaister Putzwagen steht da.

Und der Generalschlüssel baumelt an einem Haken, als habe es den kürzlichen Lapsus nie gegeben.

Emmenegger knirscht mit den Zähnen.

»Damische Weiberleit!« Er steckt den Schlüssel ein und will schon weiter, da verstummt die Musik.

Er hört einen Tusch – und gleich darauf Evas Stimme. Die halbrunden Fenster, die zum Ballsaal hinausgehen, sind gekippt. Neugierig tritt er näher und späht nach unten.

Die Liebe seines Lebens

Ballsaal des Schlosshotels

Ricarda di Lorenzo ist Anfang fünfzig und stammt aus Mailand. Sie ist erst vor Kurzem zu Geld gekommen – das Erbe einer Tante, die sie jahrelang gepflegt hat.

Nach deren Tod leistete sie sich das erste Mal in ihrem Leben eine Extravaganz – einen Aufenthalt im Schlosshotel Principe Meran. Dort traf sie Ulrich Brünner. Für beide war es Liebe auf den ersten Blick.

Im Saal kann man eine Stecknadel fallen hören.

»Ich war nie verheiratet. Ein spätes Mädchen«, sagt Ricarda di Lorenzo. »Die Männer haben sich nicht für mich interessiert, dazu war ich zu zurückhaltend. Mit Ulrich, das war wie ein Traum. Er sagte immer, ich sei die wunderbarste Frau unter Mond und Sonne.«

»Ulrich Brünner, der Mann der schönen Worte.« Eva.

»Natürlich war es stark übertrieben.« Ricarda di Lorenzo lächelt unter Tränen. »Aber mit ihm zusammen hab ich mich großartig gefühlt. Wir wollten den Rest unseres Lebens genießen, alles zusammen erleben, die Welt sehen ...«

Im kommenden Sommer sollte die Hochzeit sein.

Aber es kam anders.

»Ulrich war seit Tagen zerstreut. Ich hatte sogar den Eindruck, dass er mir aus dem Weg ging. Ich habe ihn gefragt, ob er vielleicht krank wäre. Aber er behauptete, es sei nichts weiter.«

Spätestens jetzt konnte Ricarda di Lorenzo das unerbittliche Nagen eines Zweifels nicht mehr verdrängen.

»Da war schon vorher einiges merkwürdig gewesen. Meistens schlich sich Ulrich zurück in sein Zimmer, sobald der Morgen graute. Wenn ich um neun Uhr frühstücken ging, war er schon damit fertig. Es war, als wolle er vermeiden, dass andere Gäste uns zusammen sahen. Doch außerhalb des Hotels waren wir immer zusammen.«

Dann schmiedeten die beiden Pläne. Oft saßen sie beim Unterweger, immer an ihrem besonderen Tisch, schmiegten sich aneinander und blickten auf die Berge.

»An jenem Nachmittag war das Etschtal in Dunst gehüllt. Die Luft schien elektrisch aufgeladen. Die Gewitterwolken waren wie Vorboten dessen, was dann passierte«, erzählt Ricarda di Lorenzo. »Ulrich sah furchtbar aus, die Augen blutunterlaufen, die Wangen eingefallen.«

»Ricarda, ich muss dir etwas sagen«, war es schließlich aus ihm herausgebrochen. »Die Entscheidung war die schwerste in meinem ganzen Leben, das musst du mir glauben. Aber wir müssen uns trennen.«

Ricardas Herz zersprang in tausend Stücke.

***

Im Publikum raschelt es. Taschentücher werden zum Einsatz gebracht.

Ricarda di Lorenzo hält einen Moment inne, um sich zu fassen. »Der Grund, warum er mich verlassen hat, war keine andere Frau«, sagt sie. »Ich kann es immer noch nicht richtig fassen. Der Grund war ein Jugendfreund.«

Vor vierzig Jahren, als Ulrich Brünners Eltern Sommer für Sommer mit ihrem Sohn nach Meran in Urlaub fuhren, lernte er einen anderen Jungen kennen, einen Hiesigen, der in ihrem Hotel kellnerte.

Über die Jahre wurden die beiden unzertrennlich. Sie schlossen Blutsbrüderschaft und schworen sich ewige Treue, wie man das eben als Junge macht.

Aber Brünner entdeckte seine Leidenschaft für das Tanzen und ging nach Hamburg. Den Schwur aus Kindertagen nahm er nicht ernst. Meran war passé.

Dann passierte der Unfall, und mit Brünners Tanzkarriere war es aus und vorbei.

»Damals war er verzweifelt, am Boden zerstört«, sagt Ricarda di Lorenzo. »Und er bekam finanzielle Probleme. Ulrich war nicht einmal gegen Berufsunfähigkeit versichert. Ein solche Katastrophe war in seinem Leben nicht vorgesehen.«

Ein paar Jahre lang hielt ihn seine Mutter mit ihrer Rente über Wasser. Doch dann bekam sie Alzheimer und musste ins Heim. Von ihrer Rente blieb nichts mehr übrig.

In seiner Verzweiflung rief Ulrich seinen alten Freund an und bat um Hilfe. Der gab ihm Geld und bezahlte die teure Operation.

Doch die Hilfe hatte ihren Preis.

»Der Mann wollte Ulrich wieder in seinem Leben«, sagt Ricarda di Lorenzo. »Sobald er sich ein wenig zurückzog, setzte dieser Mann ihn unter Druck und forderte Dankbarkeit ein.«

Ricarda beschwor Ulrich Brünner, mit ihr wegzugehen. Was könne der andere schon dagegen machen? Aber Brünner entgegnete, ohne seinen Freund wäre er jetzt im Rollstuhl.

»Ich saß da wie gelähmt, ich konnte es zuerst gar nicht glauben. Was dieser Mann mit Ulrich machte, war krank. Wie konnte er sich nur so manipulieren lassen? Das erste Mal stritten wir uns. Aber Ulrich ließ sich nicht umstimmen. So war er. Und jetzt hat der Tod für ihn entschieden.«

Im Ballsaal herrscht betroffene Stille.

***

Die nicht identifizierten Fingerabdrücke auf dem Weinglas mit dem Gilurtymal stammen von Ricarda di Lorenzo.

»Es war eigentlich mein Wein, aber die Bedienung hatte den falschen gebracht, dieser schmeckte mir nicht. Ulrich dagegen mochte ihn«, sagt die Frau leise. »Als ich erfuhr, dass ein Gift im Glas ihn getötet hat, bekam ich es mit der Angst zu tun. Ich fürchtete, Sie würden mich verdächtigen ...«

»Warum soll ich Ihnen glauben?«, fragt Eva.

»Schauen Sie in ihr Gesicht, dann haben Sie Ihre Antwort«, erschallt es aus dem Publikum.

»Ich sehe nur eine Verdächtige, die ein starkes Motiv hatte, Ulrich Brünner zu töten: verletzter Stolz, weil er sie sitzen lassen hat«, entgegnet Eva kalt. »Wir haben nur Ihr Wort, Frau di Lorenzo, dass er Ihnen beim Unterweger den Laufpass gegeben hat. Was, wenn das schon vorher passiert ist und Sie Brünner um ein letztes Treffen gebeten haben, um ihn zu töten?«

»Das – das – ist nicht wahr«, stammelt die Frau.

»Wer soll überhaupt dieser geheimnisvolle Freund aus Kindertagen sein, um den sich angeblich alles dreht?«

»Ulrich wollte es mir nicht sagen. Er hatte wohl Angst, ich würde den Mann zur Rede stellen.«

»Wie praktisch für Sie!«

Pfiffe und Buhrufe aus dem Publikum.

»Sie können pfeifen, so viel Sie wollen!«, ruft Eva in den Saal. »Diese Dame hier hatte die Gelegenheit, ein erstklassiges Mordmotiv – und ihre Fingerabdrücke sind auf dem Glas!«

Zwischenrufe wirbeln durcheinander:

»Sie hat ihn doch geliebt!«

»Typisch Polizei! Die Unschuldigen werden an den Pranger gestellt!«

Tschugg, das büßt du mir.

»Warum haben Sie kurz nach dem Mord in der Tanzschule Glück das Tanzbein geschwungen, als ob nichts geschehen wäre? So groß kann die Liebe nicht gewesen sein.«

Aber diesmal hält Ricarda di Lorenzo Evas Blick stand. »Um zu tanzen, war ich nicht dort. Ich habe Ulrich ein paarmal beobachtet, wie er zur Tanzschule hinüberging – möglicherweise, um diesen Freund zu treffen. Ich wollte herausfinden, wer es ist. Ich glaube, dass dieser Mann Ulrich auf dem Gewissen hat.«

»Das werden wir ja sehen. Sie kommen bitte morgen früh um zehn Uhr ins Kommissariat«, befiehlt Eva. »Diese Zirkusshow genügt nicht als Aussage. Wir brauchen ein offizielles Protokoll!«

Ein Tusch ertönt, dann ein Gong. Kopfschüttelnd geht Eva zu ihrem Tisch zurück.

***

Da schau her.

Wenn diese Dame die Täterin ist, dann zieht Emmenegger den Hut vor ihrer schauspielerischen Leistung.

An der Sissi-Suite angekommen, legt er sein Ohr an die Tür. Von drinnen ist Patricis Stimme zu hören.

Mist.

Anscheinend telefoniert der Kerl. Emmenegger hört einen lauten Fluch.

»Was? Gottverdammte Scheiße! Sie haben den Wagen?«

In der Suite poltert es, Schritte nähern sich der Tür, und Emmenegger macht, dass er wegkommt.

Keine Sekunde zu früh – die Tür fliegt auf, und Patrici spurtet in Richtung Treppe.

Emmenegger zückt in aller Seelenruhe den Generalschlüssel. Und betritt die Suite der Kaiserin.

***

Mittlerweile geht es auf Mitternacht zu.

Paul fühlt sich großartig, wie immer, wenn er Theater spielt.

Er hebt den Arm, und die Band spielt einen Tusch. Alle Blicke sind auf ihn gerichtet.

»Meine lieben Hercule Poirots und Miss Marples, darf ich um Ihre Aufmerksamkeit bitten!«

Eine galante Handbewegung in Richtung von Ricarda di Lorenzo, die mit steinerner Miene dasitzt. »Eine weitere Verdächtige steht auf unserer Liste. Angeblich hat sie Ulrich Brünner geliebt. Sie alle glauben, dass sie die Wahrheit sagt. Aber bedenken Sie bitte: Niemand kennt einen anderen Menschen wirklich.«

Ein jaulender Trompetenstoß.

»Die Polizei hatte ihre Chance. Jetzt sind Sie an der Reihe!«, ruft er aus. »Sie alle haben es mit Köpfchen zu etwas gebracht, nicht wahr? Man sollte wohl meinen, dass Sie in der Lage wären, den Täter zu finden!«

»Genau!«

»Recht hat er!«

»Die Polizei kann sich warm anziehen!«

Hoffentlich versteht Eva Spaß. Ein wenig schuldbewusst blickt sich Paul nach ihr um, aber sie ist nicht zu sehen.

»Sie alle kennen das Café Unterweger«, fährt er fort. »Was geschah dort in den entscheidenden Minuten vor dem Mord? Schließen Sie die Augen und versetzen Sie sich in die Szenerie.«

Wieder wird es still im Ballsaal.

Da sieht Paul den Direktor Niederhofer aus Richtung Küche nahen. Der Mann hat einen Gewitterblick und ein gefülltes Cocktailglas in der Hand.

Das mit dem Alkohol musste ja irgendwann auffliegen.

Geschwind verkündet Paul die Regeln des Spiels.

»Wer glaubt, die Lösung zu kennen, schreibt bitte seinen Namen und den der Person, die er für den Mörder von Ulrich Brünner hält, auf einen Zettel.«

»Das ist unerhört!«, schreit Niederhofer. Aber niemand beachtet ihn.

Tusch!

Die Falle schnappt zu – aber es ist die falsche!

In der Suite von Georg Rafizanger

Seit einer halben Stunde arbeitet sich Emmenegger durch die Sissi-Suite. Die ist dreimal so groß wie die des Toten, alles vom Allerfeinsten.

Die meisten Kleidungsstücke tragen das Etikett eines bekannten Mailänder Schneiders. Auf einem Schreibtisch, unter dem Bildnis der jungen Kaiserin Sissi, steht ein Uhrenbeweger mit zwei Schweizer Luxus-Zeitmessern, die eigentlich in Verwahrung gehören.

Mittlerweile hat Emmeneggers Enthusiasmus stark gelitten. Wahrscheinlich befinden sich Raffzahns Unterlagen im Safe. Die Uhren bringen einen nicht in den Knast, Dokumente dagegen schon.

Enttäuscht lässt sich Emmenegger auf eine Chaiselongue fallen. Etwas Hartes bohrt sich in seinen Rücken. Eine Schultertasche, abgestoßen, fleckig und hundertprozentig nichts, was Rafizanger gehört.

In der Tasche sind Patricis zerknüllte Unterhosen. Emmenegger ist jetzt doppelt froh über seine Gummihandschuhe.

Darunter lugen Tankquittungen hervor. Da ist außerdem ein Computerausdruck. Es handelt sich um den Kostenvoranschlag einer windigen Bozner Autowerkstatt, die Emmenegger von verschiedenen unsauberen Geschäften bestens vertraut ist.

Adressat des Kostenvoranschlags ist ein gewisser Sergio Patrici.

Die Werkstatt verlangt stolze dreitausendvierhundertfünfzig Euro für das Umspritzen eines Jeep Cherokee. Inkludiert ist allerdings auch der Einbau einer neuen Kühlerhaube und eines neuen Kotflügels. Auf der zweiten Seite des Kostenvoranschlags prangen zwei Fotos von dem beschädigten Jeep. Zuvorkommenderweise hat Patrici mit der Kühlerhaube auch gleich das Kennzeichen mit abgelichtet. Es ist die Autonummer des in Stuls aufgetauchten Jeep Cherokee.

Emmenegger grinst. Wie blöd kann man sein? Unter den Papieren klimpert es: ein Autoschlüssel der Marke Jeep. Garantiert ist der mit Patricis Fingerabdrücken übersät. *Jetzt hab ich dich, du Sauhund.*

Vor lauter Freude hört er nicht das leise Klicken der Tür, als jemand die Magnetkarte benutzt.

***

Unten im Saal herrscht der Lärmpegel einer großstädtischen Polizeistation. Arbeitsgruppen haben sich gebildet. Man beratschlagt lautstark über die Tische hinweg.

Niederhofer ruft Zeter und Mordio wegen des Alkohols, aber keiner beachtet ihn.

Nur Isolde Glück sitzt still daneben und scheint nicht recht bei der Sache.

Das getreue Hildchen, mit einem schwarzen Zylinder auf dem zerzausten Kopf, trottet nach ihrer Runde durchs Publikum Richtung Bühne. In einem Beutel um ihren Hals stecken die Zettel mit den Namen.

»Elementar, meine liebe Watson!« Sherlock Holmes tätschelt Hildes Kopf.

»Achtung, meine Damen und Herren. Gleich ist es so weit, und wir haben unseren ersten Verdächtigen!« Mit großer Geste schickt Paul sich an, die Ziehung vorzunehmen.

Der Zettel, den er aus dem Beutel fischt, stammt vom Polizeichef Branga. Als Mordverdächtigen hat der seinen Noch-Schwiegervater und Erzfeind Georg Rafizanger gekürt.

Ui-ii. Paul beschleicht der Verdacht, dass er das Zettelchen verschwinden lassen sollte. Aber das geht nicht. Er steht im Scheinwerferkegel. Alle Augen sind auf ihn gerichtet.

***

Emmenegger ist an einen Stuhl gefesselt. In seinem Mund steckt ein Knebel.

Ihm ist übel, und er könnte heulen vor Wut. Sich über die Dummheit anderer Leute lustig machen und sich dann derart überrumpeln zu lassen!

Patrici telefoniert mit Conelli.

»Was soll ich jetzt mit dem Kerl machen? Er hat den Kostenvoranschlag gesehen. Er weiß, dass wir das mit dem Wagen waren.«

Conelli schimpft irgendetwas, und Patrici lässt den Kopf hängen. »Du, tut – mir wirklich leid. Aber Rafizanger hat mir nicht glauben wollen, dass es so teuer wird, und dann auch noch wegen nichts und wieder nichts. Und da hab ich gedacht, wenn ich ihm einfach den Kostenvoranschlag unter die Nase –«

Der andere schreit so laut, dass Emmenegger seine Stimme hören kann.

»Is ja gut, ich bin ja schon still.«

Patrici hört zu, was Conelli sagt. Die Blicke, die er Emmenegger zuwirft, lassen nichts Gutes ahnen.

Vergeblich zerrt der an seinen Fesseln. Der Stuhl lässt sich nicht umwerfen, der ist aus massivem Mahagoni und steht auf dem Boden wie festgenagelt.

Schließlich steckt Patrici das Telefon weg. »Kannst dein letztes Gebet sprechen, Emmenegger.« Genüsslich grinsend streift er sich Schutzhandschuhe über. »Ich soll dich gleich hier erledigen. Das Arschloch Rafizanger will uns nicht bezahlen. Strafe muss sein. Dann wandert er eben lebenslang in den Knast, für den Mord an einem Polizisten.«

Patrici ist ein extrem gefährlicher Mensch, weil er so dumm ist.

»Der Verdacht wird nicht auf Rafizanger fallen, sondern auf dich«, sagt Emmenegger. »Deine Fingerabdrücke sind in der ganzen Suite verteilt.«

»Na klar, ich werde dich ja nachher auch finden, nachdem wir einen anonymen Anruf gekriegt haben. Ich mach natürlich

Wiederbelebungsversuche, Ehrensache. Davon stammen halt dann die Fingerabdrücke.«

»Das Personal vom Hotel weiß von deiner Anwesenheit.« Patrici wackelt vor Emmeneggers Gesicht mit Fingern, die aussehen wie die vom eiskalten Händchen. »Schon wieder falsch. Rafizanger wollte mir kein eigenes Zimmer zahlen, der Geizkragen. Hätte er mal tun sollen. Ich bin hier nicht gemeldet, und kein Mensch hat mich gesehen.«

»Das ist Unsinn. Ich hab dich gesehen, und ich bin nicht der Einzige.«

»Kann schon sein, aber du wirst das niemandem mehr sagen.«

»Wieso bist du eigentlich so früh zurückgekommen?«

Irgendwie muss Emmenegger es schaffen, dass Patrici weiterredet. Bald ist der Ball zu Ende, und Eva wird ihn suchen.

»Wegen des blöden Kostenvoranschlags«, antwortet Patrici. »Mir ist eingefallen, dass es keine so gute Idee war, den Wisch rumliegen zu lassen. Und jetzt ist Schluss mit dem Gequatsche.«

Patrici geht ins Bad. Durch die offene Zimmertür sieht Emmenegger, dass der andere mit einem Fön hantiert.

»Du willst es damit machen? Was Dussligeres hab ich noch nie gehört. Bei diesen Hoteltrocknern geht der Strom aus, sobald du den Finger vom Einschaltknopf nimmst.«

»Nicht bei dem hier«, feixt Patrici. »Rafizanger hat seinen eigenen mitgebracht. Anscheinend eine Sonderanfertigung. Übrigens hab ich gehört, dass dich bei deinem letzten Fall einer abfackeln wollte. Dagegen bin ich human. Ein Stromschlag, und schon hast du's überstanden.«

Plötzlich hat Patrici einen Elektroschocker in der Hand.

»Ich nehm dich jetzt für ein paar Minuten außer Betrieb, bevor du dann endgültig vom Netz gehst. Sonst krieg ich dich nicht ins Bad.«

»Versprich mir, dass du wartest, bis ich wieder bei Bewusstsein bin.«

Verwundert schaut ihn Patrici an. »Wieso das denn?«

»Ich will offenen Auges in den Tod gehen«, schwindelt Emmenegger. »Polizistenehre. Aber davon verstehst du nix.«
Patrici zuckt mit den Schultern. »Meinetwegen.«
Emmenegger denkt an Eva. Sie wird wohl nicht mehr rechtzeitig kommen und ihn raushauen, so wie beim letzten Mal. Es ist ein Jammer. Er hätte sie so schrecklich gern geheiratet und sein restliches Leben mit ihr verbracht.
Bloß, dass er gleich keins mehr hat.

**

»Auf dem ersten Zettel der Ziehung sehe ich Ihren Namen, verehrter Herr Polizeichef. Da steht, dass Sie Herrn Rafizanger des Mordes verdächtigen. Ist das korrekt?«
Branga nickt und grinst höhnisch zu Rafizanger hinüber.
»Herr Rafizanger, treten Sie bitte vor.«
»Du hast mich auf diesen verdammten Zettel geschrieben? Du beschuldigst mich? Mich?« Rafizanger ist schon auf den Beinen. »Pezza di merda! Von dir Stück Scheiße lass ich mir nicht ans Bein pinkeln!«
»Vaffanculo!«, bellt Branga. »Arschloch! Wo warst du in der Nacht vor drei Tagen? Ha? Ich wette, oben in Stuls!«
Verzweifelt versucht Paul, die Kurve zurück zu Ulrich Brünner zu kriegen. »Signor Branga, darf ich daran erinnern, dass –«
»Du hast versucht, mich um die Ecke zu bringen!«
»Gemeine Unterstellung! Du kannst nichts beweisen!«
»Ich krieg dich!«
»Wie willst du das denn anstellen, du unfähiger Wicht? Du bist eine Schande für dein Amt, du – du – coglione! Du Depp!«
»Das lass ich mir von dir nicht sagen! Stronzo corrotto! Korrupter Dreckskerl!«
Die Kontrahenten stehen mit vorgereckten Köpfen da, die Lippen zusammengekniffen, die Hälse dick vor Wut.
Mittlerweile schwant dem Publikum, dass es hier um was anderes geht als um den Mord an Ulrich Brünner. Köpfe dre-

hen sich hin und her wie bei einem Tennismatch. Einige verrenken sich die Hälse.

Niederhofer ist aufgestanden. »Meine Herren, ich darf doch bitten …«

Hellboy kommt von der Toilette zurück und erfasst die Situation mit einem Blick.

Paul atmet auf.

Jetzt wird alles gut.

***

Emmenegger liegt im kalten Wasser, die Hände nach oben an die Duschstange gebunden.

Komischerweise hat er keine Angst mehr. Er ist bloß noch wütend und friert. So eine saudumme Art zu sterben.

Patrici hantiert mit dem Fön. Das Kabel ist zu kurz. Fluchend eilt er hinaus, auf der Suche nach einer Verlängerungsschnur.

Durch Emmeneggers Kopf schwirrt ein Kaleidoskop von Fragen, die in ein paar Minuten keine Rolle mehr spielen werden.

Wieso wollte Ulrich Brünner im Hotel nicht mit Ricarda di Lorenzo gesehen werden? Warum übernachtet ein chronisch abgebrannter Mensch im teuersten Haus von Meran?

Patrici ist wieder da und fündig geworden. Er steckt den Fön ein und beugt sich über die Wanne.

Emmeneggers Synapsen spielen verrückt. Sein ganzer Kopf kribbelt. Bilder schieben sich übereinander. Gedanken finden ihr Gegenstück. Und auf einmal ist die Verbindung da.

Emmenegger weiß, wer Ulrich Brünner ermordet hat.

Der brummende Haartrockner klatscht ins Wasser.

Und die Lichter gehen aus.

***

Im Ballsaal, fünf Minuten zuvor.

»Ich werd's dir zeigen, du kleiner Pisser! Piccolo piscio! Du halbe Portion!«

»Lassen Sie sich bloß nicht von diesem Stück Scheiße provozieren«, flüstert Hellboy Branga ins Ohr.

Der schüttelt seinen Aufpasser ab, zieht einen Zettel hervor und hält ihn hoch, damit alle ihn sehen.

»Weißt du, was das ist, Raffzahn? Ein Haftbefehl! Und dein Name steht drauf! Gewöhn dich schon mal an den Gefängnisfraß und dass du deinen Politikerarsch mit Zeitungspapier abputzen musst.«

Rafizanger kriegt einen knallroten Kopf. Mit geballter Faust stürmt er auf Branga los, Niederhofer rennt hinter ihm her.

Hellboy holt aus – und trifft statt Rafizanger, der stehen geblieben ist, Niederhofer frontal am Kinn.

Der Hoteldirektor kreiselt einmal, dann geht er zu Boden, wie vom Blitz getroffen.

»Respekt. Sauber aus dem Fell geschlagen«, sagt Rafizanger.

Niederhofer liegt da und macht keinen Mucks mehr.

Alle sitzen wie erstarrt.

Plötzlich erlischt das Licht.

***

Emmenegger öffnet die Augen. Es ist dunkel wie in der Hölle. Aber dort ist er nicht. Er lebt.

Schnell reißt er ein Bein hoch – und trifft Patrici mit einem gut platzierten Schlenker irgendwo, wo's wehtut.

Ein Schmerzensschrei, ein Krachen.

Fieberhaft bugsiert Emmenegger den Fön mit den Füßen aus dem Wasser.

Mit ein bisschen Verrenkung kann er seine Fesseln befühlen. Eine Vorhangkordel oder was Ähnliches.

Der Thermostat an der Duscharmatur hat recht scharfe Kanten. Nach einer gefühlten Ewigkeit reißt die Kordel. Emmenegger dankt dem Herrgott, dass Patrici keine Handschellen oder Kabelbinder benutzt hat.

Es poltert an der Tür. Emmenegger schwingt sich aus der Wanne und rennt, vor Nässe triefend, durch die Suite.

Draußen steht Eva.

»Oh Gott, was ist denn hier passiert?«

»Patrici wollte mir das Licht ausblasen.«

»Um Gottes willen!« Sie schlingt die Arme um ihn.

Emmenegger drückt sie an sich, dann macht er sich widerstrebend los. »Wir müssen uns um den Kerl kümmern. Ich hab ihn ausgeknockt, aber der kommt bestimmt gleich zu sich.«

Eva betätigt den Lichtschalter. Nichts.

»Vermutlich ein Kurzschluss, oder jemand hat die Sicherungen rausgedreht. Das hat mir das Leben gerettet.«

»Oh Gott. Moment.«

Sie kramt ihr Telefon aus ihrer Abendtasche hervor und schaltet das Handylicht ein.

Patrici ist mit dem Kopf gegen das Waschbecken gekracht und blutet aus einer tiefen Platzwunde an der Schläfe.

»Er atmet.«

»Das ist mehr, als der Kerl verdient.«

»Wir müssen ihn mit irgendwas fesseln.«

»An dem Fön hängt eine Verlängerungsschnur.«

»Ich hätte dich viel früher suchen sollen, als ich dich telefonisch nicht erreichen konnte«, sagt Eva bedrückt.

»Mach dir deswegen keine Vorwürfe. Es war ja nicht wenig los, da drüben bei euch.« Emmenegger grinst. »Ich fand, ihr wart filmreif.«

»Du hast das mit Ricarda di Lorenzo mitgekriegt?«

Emmenegger nickt. »Ich weiß jetzt, wer Brünners Mörder ist. Glaube ich jedenfalls.«

»Was? Wer?«

Bevor er antworten kann, klingelt Evas Telefon. Hellboy ist dran. Sie kann bloß Satzfetzen verstehen.

»… komm schnell – hier ist – furchtbar …«
Dann bricht die Verbindung ab.

**

Im Ballsaal des Principe ist es stockdunkel.
Lichtschalter werden betätigt. Außer einem metallischen Klicken passiert rein gar nichts.
»Wir brauchen Kerzen!«, schreit einer.
Paul versucht, sich von der Bühne zu tasten. Jemand rennt an ihm vorbei und rempelt ihn an. »He! Autsch!«
Bevor er sich in Sicherheit bringen kann, bekommt er einen Stoß in den Rücken. Paul fällt der Länge nach hin und kollert die Stufen herunter. Etwas Warmes, Weiches fängt seinen Sturz auf. Hilde.
Vorsichtig betastet Paul sein rechtes Knie und seine Schulter, in denen es pocht, aber es scheint nichts gebrochen.
Alle rufen durcheinander.
»Das Licht geht nirgendwo im ganzen Haus!«
»Wo ist die verflixte Hauptsicherung?«
»Bestimmt irgendwo im Keller! Wie kommen wir da jetzt hin?«
Handyspots werden eingeschaltet.
Paul hört ein Stöhnen, ganz in der Nähe. Vermutlich Niederhofer.
»Bleiben Sie bitte sitzen.« Die vertraute Stimme von Ludwig. »Wir wollen doch nicht, dass sich jemand verletzt. Ich übernehme das. Es dauert nur einen Moment.«

Der Chefportier hält Wort. Ein paar Minuten später schalten sich alle Lampen wieder ein.
Paul rappelt sich auf. Er reibt sich die schmerzende Schulter. Winselnd leckt Hilde seine Hand.
Niederhofer hat sich aufgesetzt. Sein Kinn blutet. Mit leerem Blick schaut er in die Runde, als versuche er, sich mühsam zu erinnern, was passiert ist.

Hellboy will ihm aufhelfen, aber der Hoteldirektor schüttelt die Hand ab.

Da ertönt ein Schrei.

Ricarda di Lorenzo steht vor Niederhofers Tisch, kalkweiß im Gesicht, die Hand vor den Mund geschlagen.

Isolde Glück ist vornüber auf den Tisch gefallen, als habe sie der Schlaf übermannt. Etwas ragt aus ihrem Rücken – eine Art Stilett mit einem roten Stein als Griff.

Eine Frau kreischt: »Das ist sie! Das ist meine Hutnadel!«

Paul starrt Isolde Glück an, unfähig, sich zu rühren.

»Ist sie tot?«, flüstert er. Hellboy fasst ihn um die Schulter und will ihn wegziehen.

Niederhofer kommt auf die Beine. Er stürzt zu der leblosen Frau und stößt einen Laut des Jammers aus.

»Um Gottes willen!« Marianne Marthaler. »Wir brauchen die Polizei! Wo ist meine Tochter?«

Emmenegger stürmt in den Saal, seine Jeans sind pitschnass, sein Hemd klebt am Leib. Hinter ihm taucht Eva auf, ihr grünes Kleid ist voller Blutflecken.

**

Als Emmenegger erfasst, was geschehen ist, bleibt er wie angewurzelt stehen. Ihm ist hundeelend.

»Scheiße. Wir kommen zu spät.«

Eva nimmt Isoldes Handgelenk. »Sie hat Puls! Die Frau lebt noch! Schnell, einen Arzt!«

Janosch schaltet sich ein. »Wo ist dieser Arzt vom Gesundheitszentrum? Ich such ihn!« Er rennt davon.

Fünfzehn Minuten später.

Während einer der Ärzte des Schlosshotels die Schwerverletzte versorgt und für den Transport im Krankenwagen vorbereitet, trifft Carabiniere Pitti, Dienststellenleiter Meran-Mitte, mit einem weiteren Carabiniere ein. Der wild um sich schlagende Patrici wird abgeführt.

Pitti ist mies drauf. Einer seiner Kollegen ist zur dunklen Seite übergelaufen.

»Tut mir leid, dass dir das passiert ist. Patrici, dieses Arschloch.« Ein kurzer Blick zu Emmenegger.

»Schon gut, Kollege. Nicht deine Schuld.«

Als Rafizanger ebenfalls verhaftet werden soll, ist der nicht aufzufinden. Branga und Hellboy stellen das Hotel auf den Kopf, ergebnislos.

»Sein Wagen steht draußen. Er versteckt sich irgendwo und wartet auf eine Gelegenheit zu fliehen«, knurrt Branga.

»Macht euch keine Sorgen, den kriegen wir.« Pitti.

»Könntest du den Gästen sagen, dass sie hierbleiben müssen?«, fragt ihn Emmenegger. »Lass die Türen absperren und stell zur Sicherheit eine Wache davor. Es wird eine lange Nacht.«

Emmeneggers Schlachtplan

Schlosshotel Principe
Nach Mitternacht

»Kommt mit, ihr zwei.«
Emmenegger fasst Paul und Eva an den Schultern. In dem kleinen Tee-Salon, der sich schräg gegenüber dem Ballsaal befindet, hält sich niemand auf. Sanftes Licht schimmert durch Seidenschirme.
»Zieh dich um. Du wirst dich erkälten.« Eva.
»Später. Zuerst müssen wir uns unterhalten.« Emmenegger lässt sich auf ein Ledersofa in der Ecke sinken, und die anderen beiden setzen sich neben ihn.
Arnold Kohlgrubers Kopf erscheint in der Tür. Der Spusi-Chef sieht mitgenommen aus. »Was für eine Katastrophe. Meine Frau ist am Boden zerstört. Ihre Hutnadel – schrecklich. Du brauchst nur ein Wort zu sagen, Emmenegger, dann weck ich meine Leute auf und hol sie her.«
»Lass sie schlafen. Fingerabdrücke auf der Nadel werden wir eh nicht finden. Wir machen es diesmal anders.«
Kohlgruber nickt und zieht sich zurück.

***

»Ich glaube, der Mordanschlag auf Isolde Glück war eine Verzweiflungstat«, sagt Emmenegger nach kurzem Nachdenken. »Aus einem uns unbekannten Grund muss der Täter Angst gehabt haben, dass sie ihn entlarven könnte. Und als er die Gelegenheit dazu hatte, schnappte er sich die Nadel.«
Emmenegger beugt sich vor. »Der Diebstahl passierte unmittelbar vor eurer Nase. Ich muss von euch den genauen Ablauf des Abends wissen. Was ihr gesehen habt.«
Eva und Paul erzählen abwechselnd. Von den großen Mo-

deratoren-Gesten des jungen Mannes ist nichts mehr übrig. Sein Übermut ist wie weggeblasen. Er wirkt ernüchtert, fast ängstlich.

»Niederhofer kam mit dem Hut von Frau Kohlgruber an unseren Tisch, als die Walzer vorbei waren«, sagt Eva. »Er hat es zwar nicht direkt ausgesprochen, aber es war ziemlich offensichtlich, dass er Paul in Verdacht hatte, sich die Nadel ausgeliehen zu haben. Für sein Kostüm oder für irgendeine Posse«, sagt Eva.

Paul verdreht die Augen. »Von der Nadel weiß ich überhaupt gar nichts. Aber die Frau in Rot, die war während des Walzerteils fast immer auf der Tanzfläche. In dieser roten Wurstpelle konnte man sie schwer übersehen.«

»Mir ist ihr Hut aufgefallen, so unpassend für einen Ball«, ergänzt Eva. »Den hat sie auf dem Tisch liegen lassen. Ob da noch eine Nadel drinsteckte, weiß ich leider nicht.«

»Ich glaube, die Nadel wurde bereits am frühen Abend gestohlen.« Emmenegger fährt sich durch den feuchten Haarschopf. »Er oder sie wusste genau, dass alles von geschickter Improvisation und schnellem Handeln abhängen würde, und hat die erstbeste Gelegenheit beim Schopf gepackt. Ich glaube, ich weiß auch, wann.«

»Bei einer von Pauls Moderationen, während Walzer getanzt wurde«, sagt Eva. »Das waren die einzigen Gelegenheiten, bei denen alle zur Bühne geschaut haben.«

Emmenegger nickt. »Paul, nur du hast ins Publikum geblickt. Du bist der Einzige, der irgendwas beobachtet haben kann.«

Paul verzieht den Mund. »Wenn ich Ansagen gemacht habe, wurde das Licht gedämpft, ich dagegen stand direkt im Scheinwerferlicht. Deshalb hab ich nicht viel gesehen. Da war Janosch mit neuen Getränken. Niederhofer ging ein paarmal raus und rein. Ludwig stand an der Saaltür, vermutlich für den Fall, dass noch Nachzügler eintreffen. Mehr war da nicht.«

Emmenegger seufzt. »Mit der Nadel kommen wir nicht weiter. Was passierte später, als das Licht ausging?«

»Da war ich nicht mehr im Saal, weil ich dich gesucht hab.«
Eva.

Paul erzählt von dem Durcheinander während der Finsternis. Gäste riefen irgendwas. Fragen nach dem Sicherungskasten.

»Wo ist der eigentlich?«

»Direkt neben der Rezeption«, antwortet Eva. »Ich war vorhin dort. Ein Katzensprung vom Ballsaal entfernt und nicht abgeschlossen. Jeder, der sich im Hotel auskennt, hätte die Hauptsicherung rausdrehen können.«

»Sauber.« Emmenegger.

»Jemand rannte an mir vorbei. Und dann – dieses Stöhnen.« Pauls Stimme ist nur noch ein Flüstern. »Ich hab zuerst gedacht, das ist der Niederhofer. Aber jetzt – jetzt – Das war Isolde Glück, als jemand auf sie – eingestochen hat. Oder?«

Die beiden anderen schweigen. Eine Antwort erübrigt sich.

»Dann hat mir jemand einen Stoß versetzt, und ich bin die Stufen runtergefallen.« Plötzlich fasst Paul sich an die Stirn. »Das hab ich euch noch gar nicht gesagt: Der Beutel mit den Zetteln ist weg! Jemand hat ihn geklaut!«

»Was denn für Zettel?« Emmenegger und Eva schauen sich an.

Ein wenig kleinlaut erzählt Paul vom zweiten Teil des Mörderspiels.

Ein tiefer Seufzer löst sich aus Emmeneggers Brust. »Ich könnte jetzt einiges dazu sagen, zum Beispiel, dass so was Anstiftung zu übler Nachrede und saugefährlich ist, aber das hast du wahrscheinlich selber gemerkt.«

»Waren meine Zettel der Grund, warum die Frau erstochen werden sollte? Weil sie wusste, wer der Mörder ist, und den Namen aufgeschrieben hat?« Jetzt ist Paul den Tränen nahe. »Bin ich schuld, wenn sie stirbt?«

»Bestimmt nicht«, sagt Eva und tritt Emmenegger auf den Fuß.

»Ich denke, der Täter hätte Isolde Glück so oder so angegriffen«, sagt Emmenegger. »Dafür spricht der frühe Zeitpunkt, zu dem er oder sie sich die Waffe besorgt hat. Dein Mörderspiel hat es nur beschleunigt. Außerdem bot es eine ziemlich gute Gelegenheit.«

Paul sieht nicht so aus, als würde ihn das trösten.

»Wenn einer schuld ist, dann ich.« Auch Emmenegger lässt den Kopf hängen. »Ich hatte die ganze Zeit das Gefühl, dass Isolde Glück uns irgendwas verschweigt. Ich hätte ihr stärker zusetzen müssen. Wenn ich die Wahrheit aus ihr herausgeholt hätte, würde sie jetzt nicht um ihr Leben kämpfen.«

»Niemand konnte voraussehen, was geschehen würde«, versucht Eva, die beiden aufzumuntern. »Paul, wer wusste eigentlich vorher von deinem geplanten Mörderspiel?«

»Janosch, der Kellner«, sagt Paul leise. »Er war der Einzige, den ich eingeweiht hab. Aber vielleicht konnte er den Mund nicht halten.«

»Janosch«, wiederholt Emmenegger sinnend.

Eva schüttelt ihn. »Raus mit der Sprache! Ist er es?«

»Ich muss noch ein wichtiges Detail nachprüfen.« Dazu braucht Emmenegger den Hoteldirektor. Er kann nur hoffen, dass der sich so weit gefasst hat, um das Nötige zu tun. »Allerdings wird das für eine Festnahme nicht reichen. Ich muss mir was einfallen lassen. Vielleicht hilft ein bisschen Schmierentheater, auch wenn ich dafür nicht geschaffen bin. Drück mir die Daumen, Junge.« Ein schiefes Grinsen zu Paul hinüber. »Und sorgt bitte dafür, dass sich alle wieder im Ballsaal versammeln. Inklusive des Hotelpersonals, das heute Dienst hatte.«

Eva nickt. »In Ordnung. Wann?«

»Sagen wir, in einer halben Stunde. Das müsste mir genügen.«

Eva schaut auf die Uhr. Es ist auf die Minute genau ein Uhr morgens. »Dann treffen wir uns um halb zwei wieder.«

»Showtime«, flüstert Paul.

Liebesbrief eines Toten

Ein Briefkasten in Mailand

Ricarda, mein geliebtes Fünkchen, wäre ich klug gewesen, dann wäre ich nie mehr nach Südtirol zurückgekehrt. Meran ist ein Dorf, man begegnet sich zwangsläufig irgendwann.
Aber dann hätten auch wir beide uns nie getroffen ...

Ich konnte trainieren, wie viel ich wollte – in meiner Heimat wollte keiner einen Tänzer mit einer geflickten Hüfte verpflichten. Mein Ehrgeiz siegte über meine innere Stimme, und ich rief beim Tanzsportverband in Meran an, wo meine alte Tanzpartnerin arbeitete. Sie verschaffte mir die Chance, auf die ich gehofft hatte.

Kaum in Meran, lief ich ihm über den Weg. Er wollte, dass ich bei ihm einzog. Zumindest das sei ich ihm schuldig.
Die zwei Wochen waren ein Wechselbad der Gefühle. Er hing wie eine Klette an mir. Tagsüber arbeitete er. An den Abenden saßen wir nebeneinander auf dem Sofa und sahen fern, wie ein altes Ehepaar. Oder wir spielten Schach. Und während ich mir den nächsten Zug überlegte, klebten seine Augen wie Saugnäpfe auf meinem Gesicht.

Aber ich tanzte wieder, und wie!

Doch dann lief alles schief.
Während ich meine Koffer packte, bestürmte er mich, ihn nicht wieder zu verlassen. Ich sei egoistisch und solle endlich einsehen, dass es mit meiner Tanzerei vorbei sei.

Ich wollte, dass er sich nicht länger in mein Leben einmischte.

Da kam er mit der abstrusen Idee, dass meine Tanzpartnerin an allem schuld sei. Sie wäre in mich verliebt und wollte mich nicht aus ihren Fängen lassen. Seiner Meinung nach war sie der Grund, warum ich aus Meran floh. Er steigerte sich in eine solche Wut auf die Frau hinein, dass ich Angst bekam.

Am Morgen vor meiner Abreise schlich ich ihm nach, als er das Haus verließ. Er ging nicht zur Arbeit, jedenfalls nicht direkt. Ich erwischte ihn vor der Haustür der Frau, die Hand schon auf dem Klingelknopf, die andere krampfte sich um einen großen Stein. Er faselte wirres Zeug, stieß mich zur Seite und rannte davon.

Als ich ihn später zur Rede stellte, war er wieder ganz der Alte. Er behauptete, nicht zu wissen, wovon ich redete. Mir ging auf, dass irgendwas mit ihm nicht stimmte.

Ich hätte etwas unternehmen sollen. Die Polizei. Psychologische Hilfe. Stattdessen ließ ich ihn wieder allein. Wenigstens machte ich den Vorschlag, ihn jedes Jahr für drei Wochen in Meran zu besuchen. »Für immer?«, fragte er mit leuchtenden Augen. Ich nickte. Irgendwann würde er schon zur Vernunft kommen.

Wie naiv kann man sein?

Showtime

Im Schlosshotel
Halb zwei Uhr morgens

Der Ballsaal füllt sich wieder.

Die Gesichter sind bleich, übermüdet. Das Make-up der Frauen ist verrutscht, die Kleider sind zerdrückt.

Die festliche Atmosphäre hat sich verflüchtigt. Die Party hat zu lange gedauert, alle bedauern, nicht früher gegangen zu sein. Katerstimmung liegt in der Luft.

Blicke streifen den leeren Stuhl neben Niederhofer.

Hie und da ist Erregung zu spüren, aber es ist keine freudige. Es ist Angst.

Emmenegger kommt herein. Er hat sich umgezogen. Irgendwer hat trockene Sachen aufgetrieben, die einigermaßen passen. Vermutlich Ludwig, der wie immer Rat weiß.

Eva versucht, in Emmeneggers Miene zu lesen, aber das Einzige, was sie erkennen kann, ist Erschöpfung.

Er besteigt die Bühne, Paul ist bei ihm, hilft mit dem Mikrofon. Dann setzt sich der junge Mann zu den Gästen. In diesen frühen Morgenstunden spielt der Conférencier keine Rolle mehr. Der Tod hat ihm das Heft aus der Hand genommen.

Emmenegger räuspert sich. »Danke, dass Sie alle ausgeharrt haben«, sagt er. »Normalerweise gehören Ermittlungen um halb zwei Uhr morgens nicht zu meinen Gewohnheiten. Aber Sie alle wurden Zeuge eines Verbrechens, und ich brauche Ihre Mithilfe.«

Zögernd hebt Paul die Hand. »Wie geht es Frau Glück? Wird sie – Lebt sie?«

»Sie wird gerade operiert. Die Nadel hat die Herzwand punktiert. Die Ärzte wissen nicht, ob sie die Nacht überstehen wird.«

Niederhofer schluchzt wie ein Kind. Kohlgrubers Frau stöhnt auf. Alle anderen sitzen schweigend da und starren vor sich hin.

Als Letzter kommt der Kellner Janosch herein, diesmal ohne Getränke. Verlegen hockt er sich auf einen Stuhl, weit vom Hoteldirektor entfernt.

✳✳✳

Emmenegger wendet sich erneut ans Publikum.

»Treten wir einen Schritt zurück und betrachten das große Ganze. Wir haben es mit zwei Taten zu tun, die unterschiedlicher nicht sein könnten. Dem ersten Opfer wurde Gift verabreicht. Der Tod trat ein, als der Mörder schon weg war. Ein Mord aus der Distanz. Und heute diese tollkühne, brutale Aktion mit der Hutnadel. Da stellt sich doch sofort eine entscheidende Frage: Suchen wir einen Täter – oder zwei?«

Kunstpause.

»Und tatsächlich gäbe es einen separaten Verdächtigen für den Mordversuch an Isolde Glück. Nämlich«, Emmenegger wendet sich zum Hoteldirektor, »Sie, Herr Niederhofer.«

Der Hoteldirektor blinzelt mit roten Augen ins Licht. »Ich soll – Isolde …? Nein – nein …«

»Isolde Glück ist Ihre Verlobte. Trotzdem hat sie einem anderen fünfzigtausend Euro geschenkt. Jeder Mann würde vermuten, dass die beiden mehr teilten als den bloßen Austausch von Erinnerungen. Aus gutem Grund wollte Frau Glück diese Angelegenheit vor Ihnen geheim halten. Vermutlich haben Sie durch Zufall davon erfahren. Ich könnte mir vorstellen, dass Sie rasend vor Eifersucht waren. Hab ich recht?«

»Ich – ich – Isolde hat es mir – gesagt, direkt vor dem Ball«, krächzt Niederhofer. »Ich – ich hab mich – schrecklich gefühlt.«

Eva fragt sich, ob dem Mann eigentlich klar ist, was er da tut.

»Ich wollte – eigentlich – Aber – der Ball …« Er fährt sich

über die Augen. »Ich wollte ihr etwas Zeit geben, sich über ihre Gefühle klar zu werden. Niemals hätte ich ihr etwas getan, das müssen Sie mir glauben. Isolde ist mein Ein und Alles. Wenn sie stirbt ...« Er schaut zu Emmenegger hoch. »Glauben Sie – Denken Sie – dass sie den anderen immer noch liebt?«

Eva sieht, wie Emmenegger mit der Wahrheit ringt. Die Frau wird vermutlich nicht überleben. Mit schonungsloser Offenheit ist da keinem gedient. »Ich glaube nicht, dass da Liebe im Spiel war«, sagt sie. »Ihre Verlobte fühlte sich ihr Leben lang verantwortlich für Brünners schweren Unfall.«

»Sie hatten ein starkes Motiv, Herr Niederhofer«, schaltet sich Emmenegger wieder ein. »Und dann dieser erste Mord, ein Glücksfall für Sie, geradezu perfekt für ein Ablenkungsmanöver. Alle würden denken, der Täter für beide Morde sei ein und derselbe.«

Niederhofer sieht aus, als verstünde er die Welt nicht mehr.

»Aber zu einer sehr wichtigen Tat waren Sie nicht in der Lage«, fährt Emmenegger fort. »In dem Moment, wo der Mörder die Hauptsicherung herausdrehte, lagen Sie bewusstlos auf dem Boden. Jeder der hier Anwesenden«, eine Geste in die Runde, »hat Sie gesehen.« Die Andeutung eines Lächelns. »Eigentlich müssten Sie sich bei Herrn Landauer für den Kinnhaken bedanken.«

Hellboy macht eine Verbeugung in Richtung Niederhofer. »Gern geschehen.«

Ein paar Lacher, die ersten seit Stunden.

***

»Und jetzt darf ich Sie alle bitten, sich einmal zurück in die Szene im Ballsaal zu versetzen, kurz bevor das Licht ausging«, fordert Emmenegger die Anwesenden auf. »Ist Ihnen irgendjemand aufgefallen, der sich aus dem Raum stahl?«

Schweigen.

»Ich habe nur gesehen, dass sich zwei fürchterlich gestritten haben«, ruft Frau Kohlgruber aus dem Publikum. »Wir haben alle geglaubt, gleich gehen sie aufeinander los.«

»Sehen Sie?« Emmenegger hebt den Finger. »Wieder hat sich der Mörder den Umstand zunutze gemacht, dass alle wie gebannt in eine andere Richtung geschaut haben. Wir haben es mit jemandem zu tun, der sich auf Bühneneffekte versteht. Mit einem geschickten Schauspieler.« Er wendet sich an Paul. »Herr Tschugg, hätten Sie nicht im entscheidenden Moment im Rampenlicht gestanden, dann wären Sie auf meiner Liste ganz oben!«

Wieder ein paar verhaltene Lacher. Auch Paul muss ein bisschen grinsen.

»Nun zu der Frau mit dem stärksten Motiv und der besten Gelegenheit von allen, Ulrich Brünner zu töten: Ricarda di Lorenzo. Sie saßen beim Unterweger an Brünners Tisch. Sie hätten in einem unbeobachteten Moment das Gift in seinen Wein schütten können.«

»Nein! Ich war es nicht!« Ricarda di Lorenzo ist aufgestanden. »Sie müssen mir glauben!« Ihre Brust hebt und senkt sich.

»Wie kann ich das, wenn Sie mich ständig anlügen?«

»Ich – lügen? Nein …«

Ein Raunen geht durchs Publikum. Eva sieht, dass ein paar Gäste von der di Lorenzo abrücken. Wahrscheinlich genau die, die sie vorher so vehement verteidigt haben.

»Mit einer Sache hat meine Kollegin Frau Marthaler ins Schwarze getroffen, nicht wahr? Ulrich Brünner hat nicht erst am Tag seines Todes mit Ihnen Schluss gemacht.«

Ricarda di Lorenzos Augen sprühen vor Wut.

»Herr Ludwig«, er deutet hinüber zu dem Chefportier, der an der Tür Wache hält, »war Ohrenzeuge, wie sich Ulrich Brünner im Tee-Salon mit einer Frau stritt. Heute hat er Sie das erste Mal mehr als ein paar Worte reden hören. Gerade eben hat er mich darüber informiert, dass er Ihre Stimme wiedererkannt hat.«

»Das ist eine Lüge!«, schreit di Lorenzo.

»Und es gibt eine weitere Zeugin«, Emmenegger macht eine angedeutete Kopfbewegung hinüber zu Marianne Marthaler, ohne ihren Namen zu nennen, »der Ulrich Brünner ein paar Stunden vor seinem Tod etwas anvertraut hat. Nämlich, dass er einem geliebten Menschen sehr wehtun musste. Musste – Vergangenheitsform!«

Ricarda di Lorenzos Schultern beben.

»Als Sie mit ihm beim Unterweger saßen, wussten Sie längst Bescheid! Die Story mit dem Gewitter, das in der Luft lag – alles Humbug, um uns Sand in die Augen zu streuen!«

»Ich wollte ihn doch nur zurückgewinnen! Ich habe ihm nichts getan!«

»Sie hatten viel Zeit, sich eine Geschichte auszudenken, sollte Ihre Beziehung zu Brünner herauskommen. Schon möglich, dass der Freund aus Brünners Kindertagen tatsächlich existiert, vielleicht hat Brünner Ihnen davon erzählt. Aber für die Trennung vermuteten Sie einen viel näherliegenden Grund: eine andere Frau.«

**

Emmenegger ist vor Ricarda di Lorenzo stehen geblieben.

»Als Sie Ihren Verlobten im Gespräch mit Isolde Glück beobachteten, stieg der Zorn in Ihnen hoch. Ich glaube, Sie sind eine sehr rachsüchtige Frau. Ihr Leben lang haben Sie auf so viel verzichten müssen – und jetzt sollte das wieder so sein? Ich denke, dass Sie Ihren Verlobten lieber ermordeten, als ihn einer anderen zu überlassen«, sagt Emmenegger mit erhobener Stimme. »Nicht um diesem ›Freund‹ auf die Spur zu kommen, gingen Sie hinüber zur Tanzschule. Wahrscheinlich wollten Sie Isolde Glück schon an jenem Abend töten, doch es ergab sich keine Gelegenheit. Aber heute Nacht haben Sie sie genutzt, ist es nicht so?«

»Nein! Nein! Das ist nicht wahr!«

Bevor alle wissen, was geschieht, ist Niederhofer aufgesprungen und hat die Frau am Hals gepackt.

»Sie – gemeines – Luder – Sie!«

Eva eilt herbei, aber Hellboy hat den Hoteldirektor bereits

sanft an den Schultern gefasst und zieht ihn weg. Niederhofers Arme sinken schlaff herab. Ludwig führt ihn behutsam zurück zu seinem Platz.

»In einem hat Frau di Lorenzo nicht gelogen«, sagt Emmenegger. »Ulrich Brünners mysteriöser Freund existiert tatsächlich.«

Im Saal ist es totenstill.

»Wir haben nicht nur ihr Wort dafür. Zwei Zeugen haben ihn unabhängig voneinander gesehen, wenn auch nur von hinten. Einmal an Brünners Tisch beim Unterweger, unmittelbar vor dem Mord. Und ein paar Wochen zuvor auf der Leadner Alm, in Brünners Begleitung. Wer ist dieser Mann?«

* * *

Eva staunt. Emmi ist das Reden vor Publikum ein Gräuel. Menschen derart in die Zange zu nehmen, liegt ihm noch weniger. Heute Nacht würde das allerdings niemand glauben.

Die Nervosität im Publikum ist mit Händen zu greifen. Mit kalkweißen Gesichtern und weit aufgerissenen Augen starren sie ihn an. Da ist niemand, der dasitzt, als ginge ihn das alles nichts an. Selbst Polizeichef Branga sieht aus, als habe er etwas ausgefressen, was jetzt ans Licht kommt. Emmis Kalkül scheint aufzugehen. Wer auch immer der Mörder ist – garantiert ist er in Panik, der Nächste zu sein.

Emmenegger streicht die feuchten Haare aus dem Gesicht, sein Blick gleitet prüfend über die Reihen. Das Licht ist gedämpft. Niemand rührt sich.

»Der Mann dürfte etwa in Brünners Alter sein, also Mitte fünfzig. Die Zeugen haben ihn als klein und schlank, fast zierlich beschrieben. Er ist ein Hiesiger, stammt also aus Meran oder Umgebung. Und«, Emmenegger macht eine weit ausholende Geste, »er gehört zu diesem Haus, entweder als Mitglied des Personals oder«, ein Kopfnicken zu den Gästen, »er ist einer von Ihnen.«

Murren im Publikum.

»He! Als langjähriger Gast dieses Hauses verwahre ich mich gegen solche Unterstellungen!«, beschwert sich einer.

»Reine Spekulation!«

»Herr Polizeichef, unternehmen Sie was!«

Langsam dreht sich Branga zu dem Schreihals um. »Setzen Sie sich wieder hin und seien Sie still. Ispettore Emmenegger weiß, was er tut.«

Evas Mund zuckt. Paul stößt sie in die Seite.

»Das ist keine Spekulation, meine Damen und Herren.« Emmenegger. »Ulrich Brünner wohnte nicht aus Spaß in diesem teuren Hotel. Er tat es, weil sein alter Freund hier war. Ich glaube, dieser Freund ist heute in diesem Saal. Ich glaube, er sitzt mitten unter Ihnen.«

»Schau dir unseren alten Mann an«, kichert Paul. »Der steckt mich locker in die Tasche.«

»Wer hatte die Gelegenheit für beide Morde? Auf wen von Ihnen trifft die Beschreibung zu?«

Bewegung kommt in die Anwesenden. Köpfe drehen sich, man flüstert, fixiert einander.

***

Langsam wandert Emmenegger durch die Reihen, die Hände hinter dem Rücken verschränkt. Vor Janosch bleibt er stehen.

»Hier haben wir unseren diensteifrigen Kellner Janosch.«

Mit einem schiefen Lächeln linst der zu Emmenegger hoch.

»Einen Kellner bemerkt niemand, nicht wahr? Sie alle konnten sich davon überzeugen, wie schnell und geschickt Janosch sein kann. Er hätte den Anschlag auf Isolde Glück ohne Weiteres begehen können.«

»Jetzt schlägt's aber dreizehn, Herr Inspektor«, empört sich der Angesprochene. »Ich bin doch kein –«

Emmenegger hebt die Hand. »Keine Sorge, Janosch. Sie sind einer der Ersten, die ich ausgeschlossen hab. Und nicht bloß deswegen, weil ich Sie schon lange kenne.«

Sichtlich erleichtert sinkt Janosch zurück auf seinen Sitz.

Niederhofer meldet sich: »Und warum, wenn ich bitten darf?«

Emmenegger lächelt. »Ganz einfach. Die treuherzige Miene täuscht, unser Janosch ist mit allen Wassern gewaschen. Wenn er der Täter wäre, hätte er alles vermieden, was den Verdacht auf ihn lenkt. Zum Beispiel, während des Mörderspiels zuzuschlagen, in das er als Einziger eingeweiht war.«

»Hm-hm«, macht Niederhofer.

»Gehen wir noch einmal zurück zum Ausgangspunkt«, nimmt Emmenegger den Faden wieder auf. »Alles begann mit Ulrich Brünner und seinem Aufenthalt im Schlosshotel Principe in Meran. Seit fünf Jahren machte er jedes Jahr für drei Wochen Urlaub in diesem Haus, obwohl er es sich nicht leisten konnte. Und offenbar hat er das auch nicht, denn es gibt keine entsprechende Abbuchung von seinem Konto oder eine Barabhebung in der passenden Höhe, das haben unsere deutschen Kollegen heute noch einmal nachgeprüft.«

Ein Raunen geht durch das Publikum. Der Hoteldirektor will wieder etwas sagen, aber Emmenegger hält ihn mit einer Handbewegung auf.

»Es gibt einen einzigen Hotelgast, der sich ebenfalls seit fünf Jahren immer für drei Wochen ins Schlosshotel Principe zur Kur begibt, und zwar jedes Mal genau zur gleichen Zeit wie Ulrich Brünner.«

Jeder im Publikum hält den Atem an.

»Bei diesem besonderen Gast handelt sich um keinen anderen als um Dr. Georg Rafizanger. Er war es, der Ulrich Brünners Rechnung beglichen hat. Allerdings – wusste er nichts davon.«

***

Wie vom Donner gerührt starren alle hoch zu Emmenegger.

Auf dem Gesicht des Polizeichefs breitet sich ein diabolisches Grinsen aus.

»Georg Rafizanger bewohnt jedes Jahr für drei Wochen die Sissi-Suite. Für ihn ist nur das Beste gut genug. Seine Hotel-rechnung beläuft sich jedes Mal auf ungefähr achtzig- oder neunzigtausend Euro. Fünfzehntausend Euro mehr, auf ver-schiedene Posten verteilt, fallen da nicht weiter auf.«

Ein Raunen geht durch den Raum. Niederhofer ist aufge-sprungen. Eva sitzt da wie vom Donner gerührt. Fassungslos starrt ihr Vater zu Emmenegger hoch. Ein paar Hälse recken sich, um einen Blick auf den betrogenen Rafizanger zu erha-schen, aber der ist nirgends zu entdecken.

»Außer Herrn Niederhofer gibt es nur noch einen im Haus, der so etwas bewerkstelligen kann, nämlich«, Emmenegger wendet sich zur Tür, »Sie, Herr Ludwig!«

Aus Ludwigs Gesicht ist alle Freundlichkeit gewichen. Er dreht sich um und rennt in Richtung Lobby, ein schwarzes Kästchen in der Hand.

»Damit kann er das Tor öffnen – haltet ihn auf!« Niederhofer will hinterherspurten, rutscht auf einer seiner Straußenfedern aus und schlägt lang hin, direkt vor Eva und Emmenegger. Das verschafft dem Flüchtenden einen Vorsprung. In der Eingangs-halle stellt sich ihm Janosch in den Weg. Ludwig schlägt einen Haken und verschwindet durch die Tür zu seinem Büro.

Emmenegger stürmt hinterher. Als er die Tür erreicht – ab-geschlossen.

Niederhofer hat Emmenegger eingeholt. Der Direktor will aufschließen, aber der Schlüssel steckt von innen.

»Kommt man hier bloß zu Ludwigs Büro?« Emmenegger.

»Nein. Zugang zum internen Trakt«, stößt Niederhofer hervor. »Lagerräume. Waschküche. Unser Heizungs- und Lüftungssystem.«

»Ist die Tür hier der einzige Einlass?«

Niederhofer schüttelt den Kopf. »Durch die Besenkammern auf den oberen Etagen kommt man auch rein und raus.«

Emmenegger flucht. »Dann kann er mittlerweile überall sein. Zeigen Sie mir, wo's reingeht.«

Niederhofer läuft zur Treppe und nimmt drei Stufen auf einmal. »Hier lang!«

Im ersten Stock öffnet Niederhofer eine Tür. Dahinter Dunkelheit. Der Hoteldirektor will das Licht einschalten, aber Emmenegger packt ihn am Arm. »Haben Sie eine Taschenlampe?« »Irgendwo hier. Ah.« Niederhofer drückt ihm einen Metallstab in die Hand. »Das ist der älteste Teil des Hauses«, raunt er. »Ein Labyrinth für den, der sich nicht auskennt. Ich sollte Sie begleiten, Ispettore.«

»Zu gefährlich«, flüstert Emmenegger. »Ludwig hat nichts mehr zu verlieren. Gehen Sie zurück zu meiner Kollegin.«

Niederhofer zögert. »Die Heizungsrohre. Kommen Sie ihnen auf keinen Fall zu nahe. Ein paar von denen sind kochend heiß, über hundert Grad. Auf dem Hauptweg gibt es Führungslämpchen am Boden. Halten Sie sich an die.« Dann ist er verschwunden.

∗∗∗

Emmenegger wird bewusst, dass er seine Beretta wieder mal nicht am Mann hat. Er packt die Taschenlampe fester.

Auf der anderen Seite der Besenkammer bleibt er stehen. Weiter vorn blinken ein paar der Lämpchen, von denen Niederhofer gesprochen hat. Sie verströmen nicht genug Licht, um viel zu erkennen. Der Flur dahinter wird von der Dunkelheit verschluckt.

Er lauscht. Ein tiefes Brummen. Vermutlich ein Generator, in den Katakomben des Hauses. Irgendwo gurgelt es. Etwas landet auf seinem Hals, und Emmenegger zuckt zusammen. Nur ein Wassertropfen.

Die Luft ist feucht und heiß. Schmale Gänge zweigen vom Hauptgang ab. Plötzlich meint er, Schritte über sich zu hören. Er leuchtet nach oben. Der Lichtstrahl erfasst eine eiserne Wendeltreppe, die in einem Schacht verschwindet. Wahrscheinlich ein alter Lüftungsschacht, der über mehrere

Stockwerke hinweg nach oben führt. Die Lampe schlagbereit in der Hand, klettert er hinauf, bis zu einer Klappe. Emmenegger zwängt sich durch und steht in einem weiteren dunklen Gang.

Erneut glaubt er, Schritte zu hören. Zuerst entfernen sie sich, dann scheinen sie von hinten auf ihn zuzukommen. Ein Zischen. Emmenegger wirbelt herum. Da ist niemand. Das Licht geistert über Rohre, die kreuz und quer über die Wände laufen.

Er hastet weiter, da spürt er einen Lufthauch von hinten. Gerade noch rechtzeitig kann er seinen Kopf wegdrehen. Ein heftiger Schlag trifft ihn an der Schulter.

Emmenegger taumelt gegen die Wand, den Rohren entgegen. Er lässt sich fallen. Noch am Boden spürt er ihre Hitze auf seinen Wangen.

Schnelle Schritte. Jemand rennt.

Ludwig.

Emmenegger rappelt sich auf. Da vorn – ein Lichtschein. Eine Eisentür, einen Spalt offen. Emmenegger zwängt sich durch. Ein Flur mit Parkettboden und Wandlampen aus Kristall. Er ist wieder im Hoteltrakt.

Am Ende des Flurs steht eins der Fenster offen, davor ein französischer Balkon. Ludwig sitzt rittlings auf dem Eisengeländer und starrt in die Nacht hinaus.

Als er Emmenegger bemerkt, schwingt er das zweite Bein nach draußen. »Zurück, Ispettore!«, schreit er. Seine Stimme klingt anders als sonst, hoch und gepresst. »Wenn Sie näher kommen, springe ich.«

»Machen Sie keine Dummheiten, Ludwig! Noch ist nicht alles verloren. Isolde Glück wird es schaffen, so wie's aussieht.« Eine Notlüge, aber was anderes fällt Emmenegger auf die Schnelle nicht ein.

»Glauben Sie, ich mache mir Sorgen wegen der Frau?« Ludwig wirft ihm einen sarkastischen Blick zu. »Jetzt, nach Ulrichs Tod, ist mir sowieso alles egal.« Sein Blick rutscht weg. Eine

Hand umklammert das Geländer, mit der anderen rudert er, um das Gleichgewicht zu halten.

»Erklären Sie mir eins.« Zum zweiten Mal in dieser Nacht versucht Emmenegger, durch Reden Zeit zu schinden. »Ulrich Brünner hatte die Liebesbeziehung zu Ricarda di Lorenzo beendet. Warum musste er trotzdem sterben?«

»Ich hatte ja keine Ahnung, dass er Schluss gemacht hat!« Ludwigs Gesicht verzerrt sich. »Ulrich hat mich keines Blickes mehr gewürdigt, nachdem er dieses Weibsstück kennengelernt hat. Bis auf ein einziges Mal, ein paar Tage vor – bevor er – als er mit der Sprache herausgerückt ist, dass er Meran verlässt und nie mehr wiederkommt. Und dass es ihm leidtut. Aber er habe das Recht auf ein bisschen Glück im Leben.«

Ludwigs Lachen klingt wie der Husten eines Schwerkranken.

»Ohne mich hätte er gar nichts gehabt. Und dieses Weib hätte ihn keines Blickes gewürdigt, wenn er im Rollstuhl gesessen hätte.«

Sein Kopf sinkt auf seine Brust. Er spricht jetzt leise, wie zu sich selbst. »Ich hab ihm mein ganzes Geld für die Operation gegeben. Das hätte ich nicht tun sollen. Dann wäre Ulrich jetzt nicht weg. Dann hätte ich ihn immer noch.« Die letzten Worte sind nur ein leises Murmeln. Seine Schultern sacken nach vorn. Wenn er sich noch ein paar Zentimeter weiter vorbeugt, wird er das Gleichgewicht verlieren und abstürzen. Unwillkürlich macht Emmenegger einen Schritt vorwärts.

»Stehen bleiben, hab ich gesagt!«, flüstert der andere.

»Schon gut!« Emmenegger hebt die Hand. »Ihr Freund würde bestimmt nicht wollen, dass Sie sich das Leben nehmen«, tastet er sich weiter vor. »Ich glaube, er war ein freundlicher Mann, der niemandem etwas Böses wünschte. Am allerwenigsten Ihnen.«

»Hören Sie auf damit!« Ludwig hält sich die Ohren zu. Mittlerweile sitzt er freihändig auf dem Geländer, schwankend und wippend, wie ein schwarzer Vogel.

»Eine Sache frage ich mich die ganze Zeit: Wofür brauchte

Ulrich Brünner die fünfzigtausend Euro, die er sich geliehen hat?«

Immerhin umklammert Ludwigs linke Hand jetzt wieder das Geländer. »Wir wollten das Austraghäusel der alten Leadner-Bäuerin pachten. Zusammen eine Bergpension betreiben.« Langsam schüttelt Ludwig den Kopf. »Ich hatte das Inserat im Internet gelesen. Eine dumme Idee.«

Ludwig wischt sich über das Gesicht. Wieder blickt er nach unten. »An dem Vormittag, als wir zur Alm hochstiegen, war es zwischen uns wieder so wie vor vierzig Jahren, als wir Buben waren. Wir zwei gegen den Rest der Welt. Wir haben gelacht und in einem fort geredet. Über die Zeit damals. Es war ein herrlicher Tag. Ich hab wirklich geglaubt, jetzt würde endlich wahr, was wir uns vor langer Zeit versprochen haben. Doch als wir oben waren, wusste ich schon, dass das Ganze nichts als ein schöner Traum war.«

Ludwig wirft Emmenegger einen Blick zu, aus dem alle Hoffnung verschwunden ist. »Ich mag Sie, Ispettore, trotz Ihrer Fragen. Leben Sie wohl, und grüßen Sie Eva von mir.« Ludwig streckt die Arme aus, als wollte er fliegen, stößt sich mit den Beinen am Geländer ab – und ist verschwunden.

✳✳✳

Emmenegger steht da wie gelähmt. »Scheiße!«

Er stürzt zum Balkon, leuchtet nach unten. Auf dem Pflaster vier Stockwerke tiefer liegt niemand.

Emmenegger richtet die Taschenlampe auf die Hotelfassade. Links neben dem offenen Fenster gibt es einen steinernen Balkon. Daneben führt eine Feuerleiter nach unten. Jetzt entdeckt er Ludwig, wie der behände daran herunterklettert.

Emmenegger könnte heulen vor Wut. Der Mann hatte nie vor, zu springen, es war bloß ein Ablenkungsmanöver.

Er will ihm nach. Zu spät, Ludwig ist schon fast am Boden.

Emmenegger sieht, wie er dem überraschten Carabiniere, der Wache steht, einen Stoß gegen die Brust versetzt und in

Richtung Einfahrt rennt. Ein lautes Knirschen ertönt vom Parkplatz her. Das eiserne Tor schwingt langsam auf.

Auf einmal ist ein tiefes Brummen zu hören.

Mit quietschenden Reifen stößt ein großer SUV aus einer Parklücke. Er braust auf das Tor zu, direkt in den Fluchtweg des Mörders.

In letzter Sekunde sieht der Fahrer die Gestalt im Lichtkegel, reißt das Steuer herum – zu spät.

Die Kühlerhaube erwischt Ludwig mit voller Wucht.

Mit einem markerschütternden Schrei wirbelt er durch die Luft und prallt gegen die Frontscheibe. Dann schlägt er wie ein Sack Kartoffeln auf dem Boden auf.

Der SUV kracht gegen einen Baum.

***

Eva ist als Erste zur Stelle.

Hinter der zersprungenen Scheibe ist Rafizangers bleiches Gesicht zu erkennen.

Als Emmenegger sie erreicht, kniet sie neben Ludwig.

Blutblasen quellen aus dessen Mund. »Wenn ich doch nur gewusst hätte – Ulrich …«, murmelt er. Dann ist es vorbei. Ludwigs Augen starren in den Himmel.

Eva schaut zu Emmenegger hoch und schüttelt den Kopf.

Es fängt an zu regnen. Regentropfen fallen in Ludwigs offene Augen. Sanft drückt Eva sie zu.

Die Turmuhr von Sankt Nikolaus schlägt die zweite Stunde nach Mitternacht.

Ulrich Brünners letzter Liebesbrief

Eine Wohnung in Mailand
Zwei Tage nach dem Ball

Die Post der letzten drei Wochen unter den Arm geklemmt, sperrt Ricarda di Lorenzo ihre Tür auf.

Die Wohnung der alten Dame, in der sie viele Jahre als Gesellschafterin und Pflegekraft gelebt hat, gehört jetzt ihr. Freude empfindet sie darüber keine.

Ricarda lässt sich in den Ohrensessel sinken und streckt die Beine aus.

Seit Ulrichs Tod ist da nur Leere. Ricarda isst und schläft, tut alltägliche Dinge. Aber sie fühlt nichts.

Die Beerdigung gestern verlief wie im Nebel. Zu allem Übel stand auch dieser Polizist am Grab.

Sie blättert durch die Briefe. Die letzten Arztrechnungen der Tante. Werbepost. Und ein weißer Umschlag.

Ein Stich fährt ihr ins Herz, als sie die Handschrift erkennt. Der Brief ist von Ulrich.

Mit zitternden Fingern öffnet sie ihn.

***

Jetzt kennst Du die Wahrheit, Fünkchen.
Dieser Mann und ich sind längst keine Freunde mehr.
Wir sind aneinandergekettet, durch meine Treulosigkeit und seine Einsamkeit.
Ich hab versucht, mich von ihm zu befreien. Umziehen nützt nichts, er findet immer heraus, wo ich wohne.
Dass ich ihn damals mit dem Stein in der Hand erwischt hab, ist jetzt zwanzig Jahre her. Aber dabei blieb es nicht.
Jedes Mal, wenn ich drauf und dran war, einen Besuch ausfallen zu lassen, kam ein Foto mit der Post, auf dem

eine Frau zu sehen war. Eine Zufallsbekanntschaft in einer Bar, in der ich kellnerte. Die junge Chinesin in dem Restaurant neben meiner Wohnung, die mir manchmal Essen nach Hause lieferte.
Vielleicht hat er jemanden beauftragt, mich zu beschatten, vielleicht hat er es selbst getan.
Ich spürte seinen Atem im Nacken, all die Jahre.
So war mein Leben. So wird es bleiben.

Mittlerweile wohne ich für drei Wochen im Jahr im Schlosshotel Principe, seinem Arbeitsplatz. Er bekleidet jetzt eine herausgehobene Funktion, die es ihm erlaubt, jemanden für ein paar Wochen im Jahr kostenfrei unterzubringen. Für mich ist es angenehmer, und er hofft vermutlich, mich noch besser überwachen zu können.

Das Gegenteil trat ein. Ich lernte Dich kennen.
Seit gestern weiß er von uns.
Seine Reaktion war schlimmer als je zuvor. So völlig außer sich habe ich ihn noch nie erlebt. »Ich lasse nicht zu, dass sich dieses Weib zwischen uns drängt«, geiferte er. »Sie muss weg! Sie muss weg!«
Ich habe furchtbare Angst. Nicht wegen mir, sondern Deinetwegen. Er ist imstande, Dir etwas anzutun. Solange wir zusammen sind, ist Dein Leben in Gefahr. Fliehen nützt nichts. Er würde nie aufgeben.
Jetzt weißt Du, warum ich mich von Dir trennen musste.

Ihn der Polizei auszuliefern, bringe ich nicht fertig.
Sie würden ihn in eine geschlossene Anstalt stecken. Eine Vorstellung, die ich nicht ertrage. Darauf können wir uns kein Leben aufbauen.
Er hat sich immer um mich gekümmert. Jetzt muss ich dasselbe für ihn tun. Auch wenn es mich das kostet, was mir am teuersten ist.

Pass gut auf Dich auf, mein Fünkchen. Ich habe Dir nie gesagt, warum ich Dich so nenne. Du bist der Funken Hoffnung in meinem Leben und wirst es immer sein. Ich wünsche Dir alles Glück dieser Erde. Ich werde Dich auf ewig lieben.

Leb wohl, Fünkchen.
Dein Ulrich

Ricarda di Lorenzo starrt ins Leere. Das Glas mit dem Wein. Es war der ihre gewesen, sie hatte ihn bestellt.

Sie stößt einen Jammerlaut aus und schlägt die Hände vors Gesicht.

Dann, endlich, kommen die Tränen.

Eine Woche nach dem Ball

Im Garten der Marthalers
Später Nachmittag

Der Wettergott ist den Marthalers hold.

Der Regen der letzten Woche hat sich verzogen, die Sonne lacht vom Himmel. Palmen rauschen im Wind. Die süßen Düfte der ersten Rosenblüten erfüllen den Garten.

Ein Bachlauf plätschert. »Das ist der Algunder Waalweg, der führt sooo dicht an unserem Haus vorbei«, erklärt Hans Marthaler jedem, ob der es nun hören will oder nicht.

Als Stehtische hat Marthaler Bierfässer aufstellen lassen, über die rot-weiß karierte Tischdecken gebreitet sind. Der Grill läuft auf Hochtouren. Vom Sonnendach über dem Esstisch starrt ein großes braunes Etwas auf die Gäste herunter, das sich bei näherem Hinsehen als aufblasbarer Stier entpuppt.

»Ich weiß nicht, wo er dieses Scheusal aufgetrieben hat«, jammert Marianne Marthaler.

Bunte Lampions hängen in den Bäumen, und da ist auch eine Discokugel, eine kleine.

Marianne Marthaler ringt die Hände. »So was an unserem Hochzeitstag! Hans wollte es so, ich konnte ihn nicht davon abbringen.«

Ein größerer Gegensatz zur Dekoration des Schlosshotels ist kaum vorstellbar.

Trotz der ausgelassenen Stimmung ist die Ballnacht im Principe immer noch allgegenwärtig.

Hoteldirektor Niederhofer ist gekommen, ein wenig übernächtigt, aber glücklich. Isolde Glück hat die kritische Phase überstanden. Sie wird überleben.

Auch Polizeichef Branga ist erschienen, zurück in Amt und Würden und wieder ganz er selbst, geschniegelt und gestriegelt.

Ricarda di Lorenzo hat der Einladung nicht Folge geleistet,

die Eva ihr nach Ulrich Brünners Beerdigung überreicht hat. »Sie braucht jetzt Zeit für sich. Dass du sie so an den Pranger gestellt hast, kann sie dir wohl nicht verzeihen«, sagt Eva zu Emmenegger.

Der macht eine schuldbewusste Miene. »Ludwig hat versucht, sie mir als Täterin zu präsentieren. Mir blieb nichts übrig, als zum Schein darauf einzugehen. So war der Überraschungseffekt am größten. Ich musste ihn dazu bringen, sich zu verraten. Eindeutige Beweise gegen ihn gab es ja nicht.«

***

Mit einem Plastikteller, auf dem sich gerösteter Speck und Grillwürstchen türmen, gesellt sich Paul zu den beiden. »Wie bist du eigentlich darauf gekommen, alter Mann?«

»Im Grunde hast du mich darauf gebracht«, antwortet Emmenegger mit vollem Mund. »Ich hab dich von oben beobachtet, wie du den Conférencier gegeben hast. Da fiel mir Ludwig ein. Wie mich seine Art, mit den Gästen umzugehen, beeindruckt hat. Der Mann war einfach zu perfekt, um echt zu sein. Er war eben ein verdammt guter Schauspieler. In seinem Herzen sah es wohl ziemlich finster aus. Es tut mir so leid, Eva. Du hast ihn gemocht.«

Lustlos schiebt Eva einen halben Speckknödel auf ihrem Teller herum. Sie hat keinen rechten Appetit.

»Ludwig hat einen Menschen getötet, einen schwer verletzt, ich weiß. Trotzdem. Ich kann einfach nicht glauben, dass er gänzlich schlecht war, verstehst du? Ich kannte ihn, seit ich Kind war. Ich kann mich erinnern, dass ich auf seinem Schoß gesessen hab!« Tränen stehen in ihren Augen.

»Ich vermute, Ludwig war zu normalen menschlichen Kontakten nicht in der Lage«, sagt Emmenegger. »Er wusste sich nicht anders zu helfen, als andere zu vereinnahmen. Seine Hilfsbereitschaft war Mittel zum Zweck.«

»›Im kalten Herzen gefriert die Treu‹. Shakespeare.« Paul, der ewige Schauspieler, beißt in eine Wurst.

»Er war kein kaltherziger Mensch«, begehrt Eva auf. »Ihr habt ihn nicht gekannt. Er war sein Leben lang einsam. Das verändert jeden.«

»Das mit Brünner war keine Freundschaft, sondern eine verquere, krankhafte Beziehung, Eva.« Emmenegger nimmt ihre Hand. »Als Ludwig von Brünners Liebe zu Ricarda di Lorenzo erfuhr, wollte er ihn lieber töten, als ihn ihr zu überlassen. Er konnte einfach nicht akzeptieren, dass der andere ein eigenes Leben aufbauen wollte.«

Er wedelt mit seinem Handy. »Der Sohn der Leadner-Bäuerin hat endlich sein Handy eingeschaltet und mir eine Antwort geschickt. Er hat bestätigt, was Ludwig mir kurz vor seinem Tod gesagt hat. Mit den fünfzigtausend Euro von Isolde wollte Brünner das Austraghäusl pachten und mit Ludwig eine kleine Pension in den Bergen betreiben.«

»Dieser Brünner wird mir ewig ein Rätsel bleiben.« Hellboy schüttelt den Kopf. »Ich an seiner Stelle hätte das Geld dazu benutzt, Ludwig seine Auslagen zurückzuerstatten, und gut is. Wieso in aller Welt hat er seine große Liebe geopfert?«

»Er wollte seinem Freund eben treu sein.« Der Dude, kurz und knapp wie immer. »Nicht immer ist Liebe wichtiger als Loyalität. Seh ich jedenfalls so.«

»Verrückt war's«, kontert Paul. »Treue bis in den Tod ist Dummheit.«

»Woher hast du bloß diese Sprüche, Junge?«, wundert sich Hellboy.

»Ich sehe Ulrich Brünner als einen freundlichen, gutherzigen Mann, aber ein bisschen hilflos, wenn ihm jemand übelwollte. So ein Mensch lässt sich leicht lenken«, sagt Emmenegger. »Dazu kamen die Schuldgefühle, weil er seinen alten Freund immer wieder sich selbst überlassen hat.«

»Ich glaube, einmal hätte sich Ludwig mir beinahe anvertraut. Wir haben darüber gesprochen, ob er im Schlosshotel glücklich ist. Er erzählte, dass er in seiner Jugend große Pläne hatte. Aber dann ist nichts draus geworden«, sagt Eva leise. »Er muss durch die Hölle gegangen sein, als er erfuhr, dass

Brünner mit Ricarda di Lorenzo Schluss gemacht hatte. Er hat seinen Freund ganz umsonst getötet.«

Die anderen schweigen.

»Und da ist noch etwas«, setzt sie hinzu. »Für Ludwig wäre es doch naheliegender gewesen, Ricarda di Lorenzo aus dem Weg zu räumen. Meinst du, ihm ist im letzten Moment ein tödlicher Fehler unterlaufen? Dieses Weinglas ...«

»Lassen wir es ruhen, Eva.« Emmenegger legt ihr den Arm auf die Schulter und zieht sie an sich. »Wir werden die ganze Wahrheit nicht mehr erfahren.«

**

Carabiniere Pitti erscheint mit einem großen Strauß gelber Rosen für Marianne Marthaler. Emmenegger grinst. Seit seiner Beförderung zum Dienststellenleiter verkehrt Pitti recht gern mit den Reichen und Schönen.

»Schönen Abend, Kollege«, sagt Emmenegger. »Ich höre, ihr habt Brünners Laptop gefunden?«

»Der lag in einer Mülltonne in der Via San Giorgio, dort, wo es nach Schloss Tirol hinaufgeht, nur wenige Gehminuten vom Hotel entfernt. Ludwig hat Brünner mit Mails bombardiert. Es sind Hunderte. Ich leite sie euch nachher weiter.«

»Deswegen also hatte Brünner kein Smartphone«, sagt Eva langsam. »Um nicht noch mehr belästigt zu werden.«

**

Hoteldirektor Niederhofer tritt zu ihnen. »Frau Marthaler, Ispettore Emmenegger. Ich kann es nicht fassen. Herr Ludwig – ein Mörder – Als ich vor einem Jahr Hoteldirektor wurde, war ich so froh, ihn zu haben. Ich habe noch nie so ein anspruchsvolles Haus geführt, wissen Sie? Ich habe ihm so gut wie alles anvertraut. Das Buchungssystem. Das Ausstellen der Rechnungen. Er war immer so beflissen ...« Er reibt sich die Stirn.

»Machen Sie sich nicht zu große Vorwürfe, Herr Direktor.

Es hat ja nie Geld in der Kasse gefehlt. Es war ein geschicktes Manöver, und solange Georg Rafizanger nichts gemerkt hat, konnte sich Ludwig sicher fühlen.«

»Deshalb also wollte er die Gästelisten mit den Daten der Aufenthalte nicht herausrücken.« Eva. »Damit uns die zeitliche Übereinstimmung mit Rafizanger nicht auffällt.«

»Genau«, sagt Emmenegger. »Ludwig war mit seinem Gehalt sicher nicht in der Lage, die Rechnung für Brünners Suite zu begleichen. Es musste irgendein unsauberes Spiel vorliegen. Herr Niederhofer hat mir dann in der Nacht, kurz bevor wir alle wieder zusammenkamen, die Gästelisten der letzten Jahre auf den Bildschirm geholt. Da war schnell klar, wen Ludwig angezapft hat.«

Raffzahn zahlt derzeit noch eine andere Rechnung. Er sitzt seit einer Woche im Untersuchungsgefängnis in Bozen. Sein Handlanger Patrici ebenfalls, und der singt wie ein Vögelchen.

Polizeichef Branga prostet Emmenegger mit einem Glas Schampus zu. »Glückwunsch, Ispettore, auch zu Ihrer Braut! Sie hätten es schlechter treffen können. Der Weinkeller Ihres Schwiegervaters ist nicht von schlechten Eltern.«

»Bloß am Bier fehlt's«, brummt der Angesprochene.

»Schon in Arbeit!«, schreit einer. Ein paar Meter entfernt sind Schläge zu hören. Unter großem Hallo ist der Dude dabei, ein Fässchen Forster-Bier anzustechen.

»Rafizanger glaubt immer noch, sich mit Hilfe seiner Anwälte herauszuwinden. Aber das wird ihm nichts helfen.« Genüsslich nippt Branga an seinem Schampus.

»Wo hatten Sie eigentlich neulich Abend diesen Haftbefehl gegen ihn her?«, will Eva wissen. »Um diese Zeit kriegt man normalerweise keinen Haftrichter mehr an die Strippe.«

»Das war bloß die Quittung einer chemischen Reinigung«, grinst Branga.

Alle lachen.

***

»Ich bin von Schauspielern umgeben«, sagt Emmenegger, als sich sein Zwerchfell wieder beruhigt hat. »Herr Hoteldirektor, das war filmreif, wie Sie auf Ricarda di Lorenzo losgegangen sind, obwohl Sie ja außer mir als Einziger Bescheid wussten …«

»Eine Verstellung war gar nicht nötig, so verzweifelt war ich. Ich soll Sie übrigens alle von Isolde grüßen. Die Ärzte sagen, das Gewebe um ihr Herz hat sie gerettet. Ist das nicht unglaublich?«

Die Spuren jener Nacht haben sich in Niederhofers Gesicht eingegraben, aber da ist auch Erleichterung. Und die Gewissheit, dass ihre Liebe Bestand hat.

»Isolde ist noch sehr schwach, aber sie will Sie, Ispettore, unbedingt etwas wissen lassen.«

»Lassen Sie mich raten. Es geht um das Herzmedikament.«

»So ist es. Isolde hat einen Verdacht, wer es genommen hat. Es war ein paar Tage vor dem Ball. Wir waren allein in der Tanzschule, um den Wiener Walzer noch einmal durchzugehen. Ludwig kam herüber, um mich zu holen, weil es ein Problem mit dem Transport der Rosenquarzkugeln gab. Während ich mich umzog, ging er in die Küche, angeblich um ein Glas Wasser zu trinken.«

Nach dem Mord merkte Isolde Glück, dass eine Ampulle fehlte. Da fiel ihr die Begebenheit wieder ein. Sie sagte Ludwig auf den Kopf zu, das Gilurtymal gestohlen zu haben.

Er beteuerte, er habe nichts mit dem Mord an Brünner zu tun, und beschwor sie, ihm Zeit zu geben. Er wolle selbst zur Polizei gehen, um die Dinge klarzustellen.

Und Isolde ließ sich überreden.

»Es tut ihr sehr leid, dass sie Ihnen das alles verschwiegen hat.«

»Frau Glück hat ein viel zu weiches Herz. Passen Sie bloß gut auf sie auf, Herr Direktor.«

✳✳✳

Da schleppt jemand einen Arm voller Krüge herbei, von denen weißer Schaum herunterläuft.

»Das wird auch Zeit! Mein Hals ist wie ein Reibeisen!«, beschwert sich Emmenegger.

»Nanu, das ist ja der Janosch!«, sagt Niederhofer in unwirschem Ton. »Was macht der denn hier?«

»Ich hab einen Kellner braucht, und er war grad frei«, trötet Hans Marthaler aus dem Hintergrund.

»Tut mir echt leid, die ganze Sach, Herr Direktor.« Janosch guckt belämmert. »Die Leut im Hotel haben mir halt leidgetan, so ganz ohne ihr Bier und ihren Wein. So ein Roter vorm Schlafengehen soll ja auch gut fürs Herz sein.«

»Seien Sie nicht so streng, Herr Niederhofer«, legt sich Emmenegger ins Mittel. »Wenn der Janosch neulich Nacht den Arzt nicht so schnell aufgetrieben hätte, wäre Isolde Glück wahrscheinlich nicht mehr am Leben.«

»Das hab ich nicht gewusst«, sagt Niederhofer und streckt Janosch die Hand hin. »Sie sind eben ein Organisationstalent, im Guten wie im Schlechten. Einstellen kann ich Sie nicht wieder, aber ich verspreche Ihnen ein erstklassiges Zeugnis.«

Janoschs Gesicht hellt sich auf. »Jetzt kommt der Sommer. Da brauchen die Gaststätten jede Hand. Ich fall wieder auf die Füß, ganz bestimmt. Und danke wegen dem Zeugnis.«

Marianne Marthaler winkt Emmenegger aus dem Küchenfenster zu. »Komm doch einmal zu mir in die Küche, Amadeus! Ich bräuchte einen Vorkoster!«

Wie immer zuckt Emmenegger zusammen. Marianne ist die Einzige, die ihn bei seinem Vornamen nennt. Gehorsam trabt er zum Haus, neben ihm Hilde, wie immer, wenn es etwas zu futtern gibt.

***

Die hellgraue Landhausküche der Marthalers mit dem großen Baumtisch in der Mitte ist wie gemacht für Familienfeiern. Es riecht nach Zimt und Vanille.

Mariannes Hände sind weiß vom Mehl. Sie ist gerade dabei, kleine Vierecke aus Teig mit einer dunklen, sämigen Masse zu bestreichen.

Hilde springt an ihr hoch und bellt auffordernd.

»Das ist nichts für dich.« Marianne wischt sich die Hände ab und holt ein Rippchen aus dem Kühlschrank. Und schon saust Hilde mit ihrer Beute zurück in den Garten.

»Probier mal!« Sie reicht Emmenegger einen kleinen Löffel.

Der Geschmack erinnert ihn vage an seine Kindheit. »Hmm – göttlich! Was ist das?«

»Das kennst du nicht? Aber geh! Das sind doch Mohnkrapfen!«

Wenn es eine berühmte Südtiroler Süßspeise gibt, dann die Mohnkrapfen. Jede Familie, jedes Dorf hat ein eigenes Rezept. Emmenegger erinnert sich jetzt. Er hat die Krapfen ein einziges Mal gegessen, bei Schulferien auf dem Bauernhof.

»Meine Mutter hat sie ein Bauernessen genannt. Deshalb hat sie sie nicht gebacken.«

»Du Armer«, sagt Marianne mitfühlend. »Aber jetzt hast du ja uns.«

In der Pfanne zischt es. Die ersten Teigtaschen brutzeln vor sich hin. Ein feiner Grappa-Geruch steigt Emmenegger in die Nase. »Aha, das ist also deine Spezialzutat«, grinst er.

Das Funkeln in Mariannes Augen währt nur kurz. »Ich muss dir was sagen, Amadeus.«

»Hab mir schon gedacht, dass ich nicht bloß als Vorkoster hier bin.«

Marianne spielt mit einem Pfannenwender. »Das mit Ulrich war nicht bloß eine Nacht. Wir waren ein paar Wochen lang ein Liebespaar.«

»Ich weiß«, sagt Emmenegger.

»Woher ...?« Marianne starrt ihn an und lässt die Krapfen einen Moment lang aus den Augen.

»Äh, musst du nicht ...«

»Um Gottes willen, nicht dass sie mir schwarz werden!«

Vorsichtig wendet Marianne die Teigtaschen. Die ersten sind fertig. »Hier, aber verbrenn dir nicht die Finger!«

Vorsichtig nimmt Emmenegger den Krapfen zwischen eine Serviette. »Es war nicht schwer zu erraten. Du bist nicht der Typ für einen One-Night-Stand. Außerdem hat Isolde Glück euch nach eurem Vortanzen belauscht. Anstatt zusammen wegzugehen, habt ihr euch gestritten.«

Er beißt hinein, und ein süßer, würziger, kräftiger Geschmack entfaltet sich in seinem Mund. »Ohhhh …!«

Marianne lächelt. »Es freut mich, dass es dir schmeckt. Ja, wir haben gestritten. Ich hatte kurz vor dem Auftritt Schluss gemacht. Das war der Grund, warum der Abend so endete. Ulrich war am Boden zerstört, und ich wollte nur noch weg. Als unser Tanz begann, hatten wir unser Paargefühl verloren. Die Leichtigkeit war verschwunden, das Ende unserer verrückten Liebe hing wie ein Mühlstein an unseren Beinen.«

Marianne legt die ersten Krapfen auf einen Teller und bereitet die zweite Lage vor.

»Wir waren gut, wir hätten es schaffen können. Jeden Tag haben wir trainiert, wie wahnsinnig, zwei Wochen lang – Es war wie im Rausch. Aber am Ende wurde mir klar, was es bedeutete, meinen Mann zu verlassen und meine Familie aufzugeben. Und das konnte ich nicht.«

Marianne Marthaler dreht sich um. Ihre Augen glänzen. »Ich musste es unbedingt jemandem sagen, Amadeus. Was soll ich jetzt machen?«

»Du tust niemandem einen Gefallen, wenn du die Wunde wieder aufreißt«, sagt Emmenegger. »Wenn du meinen Rat willst: Lass es so, wie es ist. Ulrich Brünner ist tot. Das alles ist Vergangenheit. Das Leben geht weiter. Und jetzt bring diese Krapfen unter die Leut! Wär ein Jammer, wenn die kalt würden!«

Marianne ergreift seine Hand. »Ich dank dir. Und du – schau immer auf dich und Eva. Lass nichts zwischen euch kommen. Halt sie gut fest!«

»Keine Sorge, ist schon in Arbeit.« Emmenegger zieht eine

Kleinigkeit aus seiner Jackentasche und zeigt sie seiner künftigen Schwiegermutter. Und die juchzt und fällt ihm um den Hals.

***

Draußen spielt Musik auf.

In einer Ecke des Gartens gibt es eine kleine gepflasterte Fläche mit einem Pavillon für die Band.

Marianne hat ihr Versprechen gehalten und ebenfalls einen kleinen Wettbewerb inszeniert. Aber keinen Discofox, Gott bewahre, sondern einen Klammerblues.

Eigentlich kann man dabei nicht außer Atem kommen, aber mehr und mehr Paare bleiben stehen und verlassen die Tanzfläche.

Emmenegger lächelt in sich hinein. Dahinter steckt natürlich Marianne. Ein kleiner Trick, ein bisschen Schummelei – im Krieg und in der Liebe ist alles erlaubt.

Hans Marthaler gewinnt, zusammen mit seiner Tochter. Er freut sich wie ein Schneekönig.

Als Preis überreicht Marianne ihrem Mann einen weißen Briefumschlag. Erstaunt zieht Hans Marthaler ein Stück Papier hervor. Der Buchungsausdruck eines Reisebüros. Eine vierwöchige Reise nach Neuseeland für zwei Personen, auf einem Kreuzfahrtschiff. Hans Marthaler ist so gerührt, dass er sich abwenden muss.

Marianne zwinkert zu Emmenegger herüber, dem es wie Schuppen von den Augen fällt. Dafür also hat sie ihr Konto geplündert.

***

Etwas später macht Emmenegger seinem Schwiegervater in spe ein Zeichen, und der flüstert einem der Musiker etwas ins Ohr.

Die Band fängt an zu spielen. »Crazy« von Aerosmith.

Ja, darauf kann man einen Walzer tanzen. Emmenegger nimmt Evas Hand und verbeugt sich. »Darf ich bitten?«
Ungläubig blickt sie zu ihm auf.
Die Unterhaltungen sind verstummt. Alle Gäste schauen zu ihnen herüber. Sogar Janosch hat seine Bierkrüge abgestellt.
Eva und Emmenegger sind die Einzigen auf der Tanzfläche. Und Emmenegger führt, und gar nicht mal schlecht.
»Du hast heimlich geübt, gib's zu!«, wispert Eva ihm ins Ohr.
»Wenn schon«, flüstert er zurück. »Diese Videos auf You-Tube müssen doch für irgendwas gut sein.«
Gekonnter Schrittwechsel zur Linksdrehung. Promenade. Am Rand der Tanzfläche stehen jetzt viele Leute. Ganz vorn: Hans Marthaler. »Bravo! Bravo!«
Emmenegger macht der Band ein Zeichen. Die Musik setzt aus.
»Ich habe dem Herrgott versprochen, einen Kreuzweg zu machen, wenn wir den Fall gelöst haben. Der Weg ist schon ein bissel steil, und ein paar Steine wird's auch geben, aber es wäre schon eine rechte Gaudi, wenn du trotzdem mitkämst.«
Er kniet sich vor Eva hin, die stocksteif dasteht und eine Hand vor den Mund geschlagen hat.
Das Schächtelchen in seiner Tasche ist vom Juwelier Ceska in den Lauben. Der Rubin sprüht rote Funken und ist das steinerne Gegenstück zu Evas Haaren.
»Eva Marthaler, willst du –« Weiter kommt er nicht.
Polizeichef Branga zwängt sich durch die Menge, sein Handy am Ohr. »Frau Marthaler! Ispettore! Schluss mit der Party, ihr müsst sofort mitkommen. Wir haben einen neuen Mord!« Er schaut sich um. »Wo ist dieser verflixte Pitti?«
Emmenegger rappelt sich auf. Evas Gesicht ist blass vor Enttäuschung. Er streicht ihr über die Wange. »Keine Sorge, meine Süße. Ich knie mich später noch mal hin, versprochen.«
Da lächelt sie, unter Tränen.
Arnold Kohlgruber schnappt sich noch einen Mohnkrapfen, dann ist er verschwunden. Alles rennt durcheinander.

Die Feier ist in Auflösung begriffen. Hans Marthaler rauft sich die Haare.

Marianne eilt herbei, um ihre Tochter in den Arm zu nehmen.

Nur eine ficht das alles nicht an.

In einer Ecke des Marthaler'schen Gartens vergräbt die Wilde Hilde seelenruhig einen Knochen.

Nachwort

Dass man Romanschriftstellerinnen nicht trauen kann, hat sich mittlerweile herumgesprochen. Auch dieses Buch ist bezüglich der enthaltenen Örtlichkeiten eine Mischung aus Realität und Fiktion.

Es mag für Leserinnen und Leser bei einem Aufenthalt in Meran kurzweilig sein, vor Ort selbst zu ergründen, wo die Grenzlinien zwischen Dichtung und Wahrheit verlaufen – etwas Hilfestellung will ich dabei im Folgenden aber geben.

Der Arbeitsplatz von Ispettore Emmenegger und Eva Marthaler, das Kommissariat der **Polizia di Stato** in Meran, findet sich tatsächlich am Kornplatz 2 und damit am westlichen Ende der Laubengasse (die übrigens die längste in ganz Tirol ist). Die beiden Ermittler sucht man in der Realität natürlich vergeblich, aber eine Besichtigung des Kornplatzes lohnt trotzdem allemal – vielleicht verbunden mit einem Besuch des kleinen Marktes dort.

Das **Café Unterweger** (offizielle Adresse Via Gnaid 27) ist im Buch Schauplatz eines Mordes – in der Realität für viele Spaziergänger auf dem Tappeinerweg ein lieb gewonnener Endpunkt nach der Bummelei oberhalb Merans. Die »Tappeiner Promenade« (so die Bezeichnung auf dem Torbogen unweit des Unterweger) lässt sich von der Gilfpromenade in Meran aus erreichen. Die Gesamtgehzeit von entspannten 90 Minuten dehnt sich natürlich aus, wenn man öfter innehält, um die traumhaften Blicke über Meran, das Etschtal und die Berge zu genießen – und dazu womöglich auch eine der zahlreich vorhandenen Bänke nutzt. Wunderbar sitzen und mit großartigem Ausblick schlemmen lässt es sich auch auf der Sonnenterrasse des Unterweger, die bei Bedarf mit Markisen geschützt wird. Von 10 bis 18 Uhr ist täglich geöffnet, und die Kuchenauswahl ist ebenso eine Sünde wert wie die deftigen Südtiroler Spezialitäten. Giftmorde auf der Terrasse entspringen ausschließlich meiner Phantasie, sodass die Chancen groß sind, den Spaziergang anschließend unbeschwert fortzusetzen – beispielsweise nach Schloss Thurnstein oder auf dem Algunder Waalweg.

Der **Kreuzweg**, den Ispettore Emmenegger im Roman hinaufschnauft, führt nach St. Peter ob Gratsch, der Pfarrkirche aus dem 8. oder frühen 9. Jahrhundert. Sehenswert sind im Inneren der Kirche (geöffnet täglich 9–18 Uhr) die vielen schönen romanischen und gotischen Wandfresken. Schon an den Außenmauern finden sich einige Gemälde. St. Peter ist auch mit dem Auto von Meran über Gratsch erreichbar. Wer die notwendige Kondition für den kurzen, aber ziemlich steilen Kreuzweg mitbringt, sollte diesen jedoch nicht verpassen. Die 14 Stationen wurden Mitte der 1980er Jahre von dem bekannten Südtiroler Maler Peter Fellin gestaltet. Der Beginn des Kreuzweges wird erreicht, indem man beispielsweise vom Café Unterweger ein kleines Stück an der Straße (Gnaidweg) in Richtung Schloss Tirol läuft und dann an der Bushaltestelle nach rechts in den Kreuzweg biegt. Von St. Peter aus sieht man bereits hinüber zu Schloss Tirol. Man sollte sich den kurzen Spaziergang zum imposanten Stammsitz der ehemaligen Grafen von Tirol gönnen.

Almgenuss, Bergblick, Jause, Wanderziele zuhauf – all das bietet die **Leadner Alm** auf 1.530 Metern am Tschöggelberg zwischen Meran und Bozen. Ich persönlich mag den Weg zur Alm vom Hafling aus am liebsten. Ab Parkplatz oder Bushaltestelle an der Pfarrkirche (circa 1.290 Meter) ist die Nummer 16 auf Wegweisern oder an Bäumen unser Richtungsgeber zur Alm – erst ein Stück das Sträßlein entlang, dann durch Wald und über Wiesen auf gutem Weg zum Ziel. Und auch wenn Eva Marthaler jammert – selbst für den weniger fitten Bergfreund ist die Tour zur Leadner Alm in 60–75 Minuten problemlos zu machen. Wer es noch kürzer mag, geht in Vöran am Grünen Baum los und braucht nur halb so lange. Im Winter und frühen Frühling kann man sogar mit dem Auto bis zur Alm fahren. Achtung: Die Jausenstation ist im Winter nicht geöffnet. Im

Sommer ist montags Ruhetag. Nach ausreichend Speis und Trank locken zahllose weitere Ziele: Wurzer Alm, Völaner Joch, Stoanerne Mandeln. Das fordert teilweise etwas mehr Kondition. Immer gilt sowieso: Wanderschuhe nicht vergessen.

Das **Café Villa Bux** (Karl-Wolf-Straße 19) hat sich zum besonderen Ort für Emmenegger und Eva gemausert – und ein solcher ist es auch in Wirklichkeit. Seit Frühjahr 2022 unter neuer Leitung, hat das Café nichts von seinem bezaubernden Charme eingebüßt. Ein Ort, um zu entschleunigen und zu genießen: Innen gemütlich im Kaffeehaus-Stil, und draußen lockt bei gutem Wetter ein lauschiger Garten. Da vergisst man gern bei einem leckeren Cappuccino die Zeit, gönnt sich noch ein Stückchen Kuchen und findet es recht schade, dass schon am frühen Abend (Öffnungszeiten Montag bis Freitag 7:30–19 Uhr, Samstag 8–14 Uhr) geschlossen wird. Den schweigsamen Servicemitarbeiter habe ich in der Realität nicht angetroffen, dafür bewundere ich stets das Gemälde mit der rothaarigen Dame.

Nein, der Dude steht nicht hinter der Theke des **Forsterbräu** (Freiheitsstraße 90), und das finde ich persönlich sehr, sehr schade. Die Meraner Bezirksbäuerinnen haben hier meines Wissens auch noch nicht getagt. Also alles für den Kriminalroman erfunden? Mitnichten. Die gemütliche Atmosphäre ist echt, alle Hände voll zu tun hat der Service meistens auch, und eine Meraner Institution ist das Forsterbräu sowieso – schon seit 1869. Mit so etwas wie Ruhetag hält man sich hier nicht auf, täglich ist ab 11 Uhr mittags bis 1 Uhr morgens geöffnet, genügend Zeit also, um Hunger und Durst zu stillen, zu plaudern und das Ambiente der Stuben, Säle und des Gartens zu genießen.

Wer, wie der tanzbewegte Ispettore, in Meran einen Anzug kaufen möchte, hat viele Möglichkeiten – das Modegeschäft **Oberrauch Zitt** (Lauben 273) ist nicht die schlechteste. Befürchten, dass die 54er-Größen gerade »frische Luft schnappen« sind, muss man nicht. Die Auswahl ist groß, die

Qualität gut, und das gilt auch für das Sortiment bei Damen und Kindern. Dem modernen Geschäft sieht man die lange Tradition nicht an. Als der Bozener Anton Oberrauch in den 1950er Jahren die Meranerin Julie Zitt heiratete, machte seine Dynastie bereits seit über hundert Jahren in Stoff, und ihr Meraner Modegeschäft hatte ebenfalls schon eine jahrzehntelange Geschichte. Mit der Eheschließung begann eine neue, noch erfolgreichere Epoche. Heute ist Oberrauch Zitt ein Konzern mit Hunderten Millionen Euro Jahresumsatz und mehr als tausend Mitarbeitenden. Neben Trachtenmode und Loden vereint die Gruppe diverse bekannte Sportmarken unter ihrem Dach. In Meran gibt es seit der Jahrtausendwende wieder ein Geschäft, das Stammhaus ist nach wie vor in Bozen und ungleich größer.

Das **Schlosshotel Principe** ist ein Haus, in dem ich mich als Gast wohlfühlen würde – von der Mordlust eines Angestellten einmal abgesehen. Dennoch wird man im Hotelverzeichnis von Meran vergeblich nach diesem Namen Ausschau halten. Erfahrene Meran-Reisende meinen allerdings, entfernte Ähnlichkeiten mit einem anderen Hotelpalast in der Passerstadt zu erkennen. Diese sind aber rein zufällig. Nie würde ich ein reales, hochklassiges Detox-Konzept mit heimlichen Alkoholgenüssen und mörderischen Umtrieben in Verbindung bringen, Gott bewahre! Sie wissen doch – Schriftstellerinnen haben eine blühende Phantasie.

Erfolglos sucht man in Meran auch nach der **Tanzschule Glück**. Es soll aber verschiedene gute Adressen geben, um alle Standardtänze und noch vieles mehr zu lernen. Trauen Sie sich – was Amadeus Emmenegger kann, das schaffen Sie auch.

Ach ja, da ist ja noch das neue Clubhaus der Flying Taifl am **Schlehdorfweg**. Wer sich in Meran etwas auskennt, wird hier eine kühne Verquickung von Realität und Fiktion bemerkt haben. Ein Hotel Tappeiner gab es dort tatsächlich, ein nettes Hotel, in dem man sich wohlfühlen konnte. Die weiteren Entwicklungen mit Seniorenheim und Rockerclub sind frei erfunden. Heute gibt es das Hotel nicht mehr, an seiner Stelle sind moderne Luxuswohnungen und Ferienapartments entstanden.

Nach so viel schriftstellerischem Wolkenkuckucksheim wird es Zeit für einen handfesten Schluss. Was eignete sich dazu besser als Südtiroler Spezialitäten, zum Beispiel die bekannten Spinatknödel und die nicht minder berühmten Mohnkrapfen? Was dem Meraner Polizeichef und den Gästen des illustren Frühlingsfests der Familie Marthaler schmeckt, möchte ich den Leserinnen und Lesern von »Merano fatale« nicht vorenthalten. Ich darf allerdings nicht verhehlen, dass ich mir bei den beiden Rezepten fachkundige Hilfe geholt habe, denn ich merke jeden Tag, dass Schreiben und Kochen zwei ganz unterschiedliche Dinge sind.

Ich wünsche guten Appetit!

Rezepte

Spinatknödel

Wenn Ihr Chef unangekündigt in der Tür steht und es schnell gehen muss, sind Südtiroler Spinatknödel eine sichere Bank. Zubereitungsdauer insgesamt: circa 40 Minuten.

Zutaten (für 10–12 Knödel):
250–300 g Knödelbrot (altbackenes Weißbrot oder Brötchen, in kleine Würfel geschnitten)
200–250 ml Milch
400–500 g gehackter Spinat (am einfachsten tiefgefroren)
1 Zwiebel
1 Knoblauchzehe
50 g Butter
2 Eier
1 EL Mehl
2 EL Semmelbrösel
Salz, Pfeffer, Muskatnuss
1–2 EL geriebener Parmesankäse

Knödelbrot (die altbackenen Weißbrotwürfel) und Milch in eine Schüssel geben und etwa 10 Minuten einweichen lassen. Währenddessen den Spinat im Topf mit etwas Wasser auftauen. Abschließend abkühlen lassen und die Feuchtigkeit etwas herausdrücken. Zwiebel und Knoblauch schälen und fein hacken. Anschließend in etwa der Hälfte der Butter anschwitzen, dann den Spinat zufügen und einige Minuten auf mittlerer Hitze mitdünsten, bis die restliche Flüssigkeit verdampft ist. Kurz abkühlen lassen.
Währenddessen die Eier mit einer Gabel unter das Knödelbrot-Milch-Gemisch schlagen. Mehl und Semmelbrösel dazugeben. Nach Belieben (nicht zu sparsam sein) mit Salz, Pfeffer

und Muskatnuss würzen, dann auch den abgekühlten Spinat aus der Pfanne dazugeben. Alles gründlich (mit der Hand) durchkneten.

Aus der Masse ca. 12 etwa gleich große Knödel formen (mit feuchten Händen geht es besser). In einem Topf Salzwasser zum Köcheln bringen und die Knödel knapp 20 Minuten bei niedriger Hitze im sprudelnden Wasser auf dem Herd lassen. Die restliche Butter zerlassen und die Knödel mit ihr auf Tellern oder einer Platte anrichten und noch warm mit dem Parmesan bestreuen. Fertig!

Südtiroler Mohnkrapfen

Die Mohnkrapfen sind ziemliche Kalorienbomben, aber auf der Zunge die wahre Wonne. Deshalb werden sie meist schneller gegessen, als die Zubereitung dauert – dafür sollte man mindestens 1,5 Stunden veranschlagen.

Zutaten (für circa 6 Portionen):
Teig:
500 g Mehl
60 ml lauwarmes Wasser
60 ml Öl
1 EL Grappa (das Ganze funktioniert auch mit Rum)
1 EL Zucker
2 Eigelb
1 Ei
1 Prise Salz
60 ml lauwarme Milch

Füllung:
200 ml Wasser
250 g Zucker
250 g fein gemahlener Mohn

1 EL Honig
1/2 TL Zimt
1 Päckchen Vanillezucker
1 Messerspitze geriebene Zitronenschale
1 EL Grappa

Außerdem:
Fett/Öl zum Backen
Puderzucker zum Bestreuen

Das Mehl in eine große Schüssel füllen. Wasser, Öl, Grappa, Zucker, Eigelb, Ei und Salz hinzugeben, zuletzt die Milch. Daraus einen glatten Teig kneten, der anschließend mindestens 30–40 Minuten ruhen sollte.
Währenddessen das Wasser mit dem Zucker in einem Topf aufkochen, bis sich der Zucker aufgelöst hat. Den Mohn dazugeben und kurz mitkochen lassen. Anschließend Honig, Zimt, Vanillezucker, Zitronenschale und Grappa hinzufügen.
Den Teig in zwei Hälften teilen und jeweils sehr dünn ausrollen. Auf die eine Teighälfte in regelmäßigen Abständen mit einem Löffel Füllung auftragen, sodass dazwischen immer noch ein schmaler Teigstreifen frei bleibt. Es entstehen so einzelne Quadrate. Die zweite Teighälfte darüberlegen. Die Quadrate zu Krapfen ausschneiden, die von allen Seiten dicht sein müssen, damit keine Füllung herausquillt. Entweder ein Krapfenrad benutzen oder mit den Fingern nachhelfen.
Das Backfett (oder zum Beispiel raffiniertes Sonnenblumenöl, kein kaltgepresstes) auf 190 Grad erhitzen. Dann die Krapfen in kleinen Portionen hineingeben und von beiden Seiten in circa 2 Minuten goldbraun backen. Aus dem Topf nehmen, auf Küchenpapier abtropfen und auskühlen lassen. Mit dem Puderzucker bestreuen und servieren. Guten Appetit!

Danksagung

Wie die meisten Bücher konnte auch dieses nur durch die Mithilfe vieler fachkundiger und hilfsbereiter Menschen vollendet werden.

An erster Stelle sei Frau Dr. Christel Steinmetz genannt. Seit über zehn Jahren profitiere ich von ihrem scharfen Sachverstand in der turbulenten Welt der Krimiliteratur. Gleichzeitig fühle ich mich bei ihr und ihrem geduldigen Verständnis für schriftstellerische Irrungen und Wirrungen jederzeit gut aufgehoben.

Ich höre immer wieder von Autorenkollegen, dass Lektorate schwierig sein können. Ich kann in dieser Hinsicht nicht mitreden. Mit meinem langjährigen Lektor Carlos Westerkamp zu arbeiten, ist ein Vergnügen. Seine Anregungen und Ideen sind auch diesmal ausschlaggebend dafür, dass das Buch am Ende wieder so viel besser geworden ist als das ursprüngliche Manuskript.

Was die Südtiroler Mundart anbelangt, treffe ich trotz meiner inzwischen sieben Südtirol-Krimis manchmal daneben. Wie gut, dass es Menschen gibt, die sich Zeit nehmen, drüberzuschauen. Dieses Mal taten dies Elisabeth Gamper und ihre Mutter Christine aus Meran. Letztere betreibt mit ihrem Bruder Rainer Schölzhorn und Familie das wunderschöne Restaurant im Castel Pienzenau in Obermais und die Buchhandlung Alte Mühle. Vielen Dank für Eure schnelle und unkomplizierte Hilfe!

Meinem Mann Axel bin ich wie immer von Herzen dankbar, dass er meine schriftstellerischen Launen ertragen hat, unermüdlich mitgelesen und -gelitten hat und mich ermunterte, wenn der Schreibfluss einmal stockte. Mitunter hat er mich von meinen literarischen Höhenflügen zurück auf die Erde geholt – und das war gut so.

Last but not least ist da mein kleiner Hund Teddy. Ihm

gebührt das Verdienst, mir die notwendige Bewegung zu ver-
schaffen – und jeden Tag ein Lächeln auf mein Gesicht zu
zaubern.

Leider ist es auch diesmal nicht möglich, alle aufzuzählen,
die sich in der einen oder anderen Weise um dieses Buch verdient gemacht haben. Ich danke auch allen nicht Genannten
ganz herzlich!

Elisabeth Florin

Die Titel von Elisabeth Florin im Überblick
Auch als eBook erhältlich

Die Fälle von Commissario Pavarotti

Commissario Pavarotti trifft keinen Ton
ISBN 978-3-95451-122-8

Commissario Pavarotti küsst im Schlaf
ISBN 978-3-95451-439-7

Commissario Pavarotti spielt mit dem Tod
ISBN 978-3-95451-808-1

Commissario Pavarotti kam nie nach Rom
ISBN 978-3-7408-0316-2

Commissario Pavarotti probt die Liebe
ISBN 978-3-7408-0781-8

Die Fälle von Ispettore Emmenegger

Merano mortale
ISBN 978-3-7408-1319-2

Merano fatale
ISBN 978-3-7408-1710-7

www.emons-verlag.de